KRÅKAN

LARS C HOLMBERG

KRÅKAN...

*Mellan minne och verklighet
en roman*

Av Lars C Holmberg har tidigare utgivits:

Gubbarna på Råholmen, 2003
Gubbarna på Råholmen, mitt i prick, 2007
Gubbarna på Råholmen, på rätt köl, 2009
Hilly Ulrika, en filares dotter… 2012

© Lars C Holmberg 2019
Omslagsbild: Art by Ann-Mari Stenvall
Text omslagets baksida: F. Löte
Författarfoto: Fredrik Holmberg
Förlag: BoD – Books on Demand, Stockholm Sverige
Tryck: BoD – Books on Demand, Nordstedt Tyskland

ISBN 978-91-769-9645-4

Boken tillägnad min kära hustru Anita Holmberg, alias Vendela Grense

1

Tre allvarliga läkare i vita rockar, det var dessa som skiljde sig från de gröna figurerna, stod vid kortänden av min säng och kollade på skärmarna som oavbrutet ritade sina pulserande kurvor och siffror. En av vitrockarna presenterade sig som överläkare Ewa Carlquist-Weider och frågade mig hur jag mådde. En lite paradoxal fråga egentligen. Ligger man på IVA, mår man kanske inte sådär väldigt sällskapligt, direkt. Men det var säkert inte så hon menade. Så jag försökte förklara de där med tegelstenarna på bröstkorgen och värken i armarna. Efter en stund sa hon, du ska strax slippa värken i armarna, jag vill bara få ner ditt blodtryck lite till först.
Du har fått syrgas som ska hjälpa dig med andningen sa hon också... minns jag nu. Bara kort därefter sa hon, sådär ja. Nu ska du strax slippa värken i armarna, den kommer snart klinga av. Så hade hon nickat åt en grönklädd IVA-syrra som stått bredvid hela tiden och jag såg hur syrran hade sprutat in något i den kateter som satt på ovansidan av vänstra handen. När den katetern kommit dit, står antagligen bara skrivet i stjär-

norna, för det vet jag inte. Har inte den ringaste aning. Sedan kände jag hur värken sakta avtog eller klingade av, som överläkaren sagt och det började bli lite drägligare. Jag hade fått morfin. Återstod bara att lära sig flyga och att lyfta bort alla tegelstenar.

Att värken var så gott som borta ifrån armarna nu, var obeskrivligt skönt. Men fan så trött och dåsig jag var, kände jag plötsligt. Någon hade också börjat plocka bort en del av tegelstenarna ifrån bröstkorgen. Grönklädda människor kom och gick i en strid ström till en början. Även denna trafik började klinga av, om jag får använda överläkare Ewa Carlquist-Weiders ord. I hörnet till höger i rummet, satt någon person och läste en bok som de verkade. Märklig plats att sitta och läsa en bok på, tänkte jag. Det var någon person av yngre årgång, praktikant eller studerande. Han sa aldrig någonting, utan hängde bara där över sin bok. Senare på morgonen var han plötsligt borta. Jag såg aldrig när han försvann. Trist typ!

Alla var dock inte lika trista som uppehöll sig i de rum jag låg. Det var tvärt om, mer fantastiska och underbara.

Läkarna hade försvunnit, det var bara de där grönklädda syrrorna som kom för att kolla läget, nu mera sporadiskt och sällskapligt.

– Vad vill du ha till frukost, te eller kaffe, hade man frågat mig?

Vad drömde jag eller? Vilken känsla. Var det en ängel, kanske? Jag blev tillfrågad vad jag ville ha till frukost? Det var som en skänk ifrån skyarna. Jag skulle alltså inte köras ner i något kylrum. Men detta var naturligtvis inte mina tankar då. Det har uppstått långt senare, när jag hade fått distans till vad som hänt och det inte längre kändes traumatiskt på något vis.

Då kom jag också ihåg vad som hände innan. Innan läkarna som stått vid kortänden av min säng och sett så allvarliga ut. Det hela hade börjat några timmar tidigare.
Det hade fortfarande varit mörkt ute så det var tidig morgon. Snön som fallit under natten lyste i och för sig upp en del. Det var morgonen efter första advent. Men på det hela taget var det inget som jag noterade för stunden.
Just då, brydde jag mig egentligen inte om någonting. Jag visste att jag var på väg någonstans och hade precis hört en röst invid sidan av mig som sa till den som körde att "det är blått som gäller" och sedan bad han mig repetera mitt födelsenummer för säkert tredje gången från denna korta tid efter att jag hämtats. Men hans tjatande om mitt födelsenummer var konstigt nog ingenting som irriterade mig. Jag bara rabblade de tio siffrorna mekaniskt.
Samtidigt såg jag genom takfönstret hur blåljuset blixtrade. Minns i efterhand att det var lite olustigt för jag vill inte dra uppmärksamhet till mig. Jag har aldrig velat stå i rampljuset, eller blåljuset. Aldrig velat vara huvudpersonen. Därför är jag heller ingen som ser fram emot födelsedagar och liknande. Inte på det viset. Men helt klart, tycker jag om att bli äldre om jag nu får välja alternativ.
Kontentan var nu tydligen att med den här blixtsnabba transporten verkade det vara lite brådskande. Det stämde med facit som jag fick senare i handen.
Jag vet nu att det tog sju minuter hemifrån till dess vi stannade inne i garaget på akutmottagningen. Min status hade inte varit sådär övertygande god, har man berättat senare.
Vi hade mötts av en mängd personal och jag rullades snabbt in i ett rum på akutmottagningen. Jag tyckte inte att jag mådde dåligt egentligen, förutom det där fruktansvärda trycket över

bröstkorgen som gjorde att det blev enormt tungt att andas och det gjorde dessutom ont, att andas. Som om man placerat ett ton tegelsten ovanpå min bröstkorg, något jag anar skulle ge ett ganska outhärdligt tryck. Sedan hade jag också värk i överarmarna. En jävla värk, på ren svenska. Det togs prover och EKG i en hast. Nu flashar minnen förbi som ett bildcollage. Man minns!

Att labbet var och tog några prover, vet jag i efterhand. Reagerade inte på då. Blåmärkena på armarna talade dock sitt tydliga språk. Någon annan kopplade en massa sladdar på bröstkorgen, förstod jag efteråt, men inte då. Och man frågade hela tiden efter mitt personnummer inklusive de där fyra sista siffrorna. Detta evinnerliga tjatande om mitt personnummer, det blev som ett mantra och jag rabblade detta direkt då någon närmade sig och som jag trodde, skulle fråga efter mitt personnummer. Strax blev det en ny åktur. En kort sådan och denna gång i den säng jag låg i. Vi skulle till IVA som man sa, då vi närmat oss en hiss. Där hade hissdörren glidit åt sidan så fort vi var i antågande.

IVA, var förkortningen för Intensivvårdsavdelningen. Det var fortfarande väldigt tidigt på morgonen.

Och vid denna tidiga morgon, innan tuppen vaknat, gav jag fullständigt faderullan i vad förkortningen stod för. Skit samma bara någon lyfte bort de där förbannade tegelstenarna som tyngde bröstkorgen samt fixade så jag slapp den djävulusiska värken i överarmarna, så skulle det vara bra. Ut ur hissen på några våningsplan upp i huset och jag rullades in i ett nytt rum.

Nytt rum, nya människor. Nu undantagslöst i stort sett, i gröna kläder. Jag möttes alltså åter av en samling folk i det lilla rummet jag körts in på. Här på IVA, kopplades jag upp på en radda datorskärmar ovanför mitt huvud som med jämnt flöde ritade kurvor i en strid ström plus en maskin som ständigt, nåja i varje fall varje halvtimma, per automatik pumpade upp manschetten som satt runt överarmen för att kolla mitt blodtryck. Och det var väl då, som de där allvarsamma läkarna stod där och kollade kurvor vid min sängs kortsida. Men man behövde inte känna sig ensam i alla fall. Den strida strömmen av grönklädda människor verkade aldrig ta slut. Dom kom och gick, men de tre vitrockarna kom inte åter efter att de tittat sig mätta på de pulserande kurvorna. De grönklädda, kom också att avta i frekvens och det var till slut bara två som var de ständigt återkommande. Jag förundras än idag hur trevliga de var. Vänliga, förstående och med oändlig omtänksamhet.

2

– God morgon, sa en sjuksyster plötsligt som jag inte sett tidigare. Ytterligare en änglalik syrra, tar dom aldrig slut, tänkte jag? Hon berättade att hon hade jobbat när jag kom upp på intensiven. Då var du inte särskilt pigg sa hon och log värmande. Därför ville jag träffa dig innan jag går av mitt pass för att se hur du mår nu, sa hon? Väldigt trevligt att se dig igen, fortsatte hon. Fina färger på kinderna har du också. Var rädd om dig sa hon, och strök mig över kinden med sin hands baksida, blinkade och log.
Kan man bli rörd för mindre? Vilka fina människor det finns, vilken omtanke. God bless! för dessa människor.
Någon hade tydligen bestämt sig för att jag skulle få fortsätta min jordevandring, för nu stod där en sjukgymnast till råga på allt elände bredvid min säng för att höra hur jag mådde.
– Har du sett tavlan med bilder och text på en enkel övning, som sitter på väggen där, sa hon och pekade? Du kan göra denna fotgymnastik i sängen för att inte stelna till då du ändå är inaktiv.

– Jo, jag kör övning så gott det går hela tiden, i stort sett. Jag har inte haft så mycket annat att pyssla med. Har heller inte saknat någon aktivare sysselsättning ännu.

I samma takt som livet började återvända, började jag upptäcka saker som hände runt om mig som kom tacksamt att roa mer än oroa. Jag hade börjat bli mer medveten om min situation. Personal kom upp ifrån labbet igen med en liten vagn där färggranna plaströr stod i rad, som hon nu skulle fylla med prov från mig. Något som inte på något vis stegrar min syn på underhållningsvärde särskilt markant. Men i den armen hon hade hittat ett lockande kärl för sitt prov, satt manschetten för blodtrycksmaskinen. Inte bra!

Kanske därför kärlet var mer tydligt och synligt när nyss överarmen kramats om. Labbsyrran flyttade därför helt sonika manschetten till andra armen. I den armen satt ju bara droppet med blodförtunning i en kateter. När den kvinnliga fägringen ifrån provtagningen och labbet var klar med sitt, tog hon åter sin lilla vagn med den färgglada paraden av provrör och trippade klirrande iväg på nya äventyr.

En halvtimma går så fort så strax var det åter dags för blodtrycksmaskinen att pumpa upp trycket i manschetten och på nytt registrera och läsa av aktuellt blodtryck. Strax därpå, började något pipa i maskineriet ovanför mig och genast kom en grönklädd syrra in för att kolla varför heparindroppet larmat. Efter en kort stund hade hon konstaterat att allt hade sett helt normalt ut så hon nöjde sig med att ruska på huvudet.

Men aningen konfunderad hade hon sett ut och så hade hon gått.

Det såg kanske inte sådär kolossalt förtroendegivande ut när hon liksom uppgivet rycker på axlarna och samtidigt skakar på huvudet med minen - jag fattar ingenting!

Trots denna lilla incident, kände jag mig tryggt omvårdad, även om hon inte verkade ha hundra koll på läget.

Själv jobbade jag på mitt aktuella läge, både genom fotgymnastiken och med ett mentalt egopeppande där min inriktning hela tiden var att må bättre. Jag hade inte tid att ligga här och ömka mig. Resultatet kom att avspegla sig på mitt humör som blev ett gladare jag.

Men när man ligger där blir sömnen en aning lidande. Inte nog med denna maskin som drog igång varje halvtimma, så var det ju ett evigt springande av olika slag. Efter exakt en halvtimma, startade så blodtrycksmaskinen med sitt väsande igen och klämde ihop min överarm vilket förde med sig att jag vaknade igen. Då inträffade samma sak. Det vill säga, något började larma. Den gröna kom åter infarande för att kontrollera vad som nu orsakat larmet. Blodtrycksmaskinen hade mätt färdigt innan hon kom vilket betydde att också manschetten släppt ut sin luft och återgått i vilat läge. IVA-systern hade det i detta läge inte lätt. Att försöka hitta orsaken till larmandet när det inte längre var något fel, är inte särskilt lätt. Hon såg onekligen lika oförstående och grubblande ut när hon kvitterade larmet ifrån droppet, som för halvtimman innan. Inget syntes vara fel, nu heller. Hade det varit jag, hade jag sagt "vad i helvete är det som händer"? Hon tittade på mig lite frågande, precis som om hon hörde vad jag tänkte.

– Har du möjligen gjort något med någon slang eller sladd?

– Näe, sa jag. Jag har fullt upp med att ligga där jag ligger.

Lagd gubbe ligger liksom, sa jag på skoj.

Då såg hon plötsligt att blodtrycksmanschetten satt ju på fel arm. Så som den nu satt, så ströp den tillförseln av droppet genom den kramande blodtrycksmanschetten. Droppet satt i ett kärl på översidan av handen. När tillförseln av droppet ströps en kort stund varje halvtimma då blodtrycksmaskinen började arbeta, utlöstes larmet. Så långt var väl allting tekniskt bra. IVA-syrran justerade detta genom att helt sonika flytta tillbaka manschetten till utgångsläget och allt var frid och fröjd igen.

– Personal ifrån labbet var här och vad jag förstår, för att ta ett prov och hon flyttade då manschetten. Men glömde troligen flytta tillbaka den igen när hon var klar, sa jag. Inte vet jag?

När jag senare tänkte efter, ska man vara glad att det som hade hänt på denna intensivvårdsavdelning, inte var värre än så. Ibland har man stolpe in, liksom.

Den kvinnliga överläkaren Ewa Carlqvist-Weider, kom in och ställde sig vid kortsidan av min säng. Hon stod för att kolla diagrammen och annat, tror jag. På skärmen ritades det kurvor hela tiden och skrevs nu ut som en tapetrulle i dragspelsutförande.

Hon gillade det hon såg och rättade till den vita rocken. Tog upp en blå kulspetspenna ur bröstfickan och skrev något på tapetrullen.

– Hon berättade bekräftande och gillande, att allt såg nu bra och tillfredsställande ut. Men, det finns alltid ett men, jag vill ha kvar dig över natten!

Jo jag tackar ja, men det sa jag inte även om jag hade haft god lust till det. Det rymdes inom ramen för min humor. Jag måste varit på god bättring, helt klart.

Men den påföljande natten kom att bli en natt som var på sätt och vis ganska händelselös vad än överläkaren siat om lite tvetydigt.

Men in på rummet hade en nattsköterska, som tagen ur After Darks Show på Hamburger Börs eller liknande med Christer Lindarw och hans mannar, kommit. Hon strök runt i rummet som en kelsjuk sällskapshund. Men, man ska ju inte döma hunden efter håren, tänkte jag. Hon tog upp boken jag hade liggandes på mitt sängbord, tittade på den men verkade inte se.

– Vad läser du, frågade hon istället?

Jag hade haft en bok av Slas, Vem Älskar Yngve Frej med mig. Slas, en härlig författare och inte särskilt tung lektyr således utan lättsmält.

– Lite lätt lektyr bara, svarade jag.

Så släppte hon ner boken på sängbordet med en grimas som av sur uppstötning och gjorde en konstpaus...

– Kan jag hjälpa dig med något?

Blev lite konfunderad över frågan och funderade på vad hon menade.

– Nää, det är inte någonting jag tänkt på. Ja, att jag skulle vilja ha hjälp med, alltså. Näe!

– Ingenting, undrade hon igen, och skakade lätt på huvudet med även en undrande min för säkerhets skull?

– Nää upprepade jag, med en hängande förvåning över hennes fråga.

Vad skulle det vara tänkte jag? Men det kanske är sådant som nattsyrror frågar. Vad vet väl jag? Jag var ju tack och lov novis och nybörjare vad gäller nattsköterskor och vad de har i bagaget. Det var ju min första erfarenhet av landstinget nattetid. Men en något kluven fråga, det tyckte jag nog det var ändå. Frågan, på det sätt hon ställde den, var lika säregen som hennes sätt att vara i övrigt. Liksom svävade omkring, tassade som en smygande gepard som ju jagar sitt villebråd främst vid denna tid på dygnet. Hade hon inget att göra, var min tanke?

Nu på senare år har jag funderat på vad hon kan ha menat. Och nyss slog mig tanken... men herre gud!

När man låg där blev sömnen en aning lidande, inte minst på nattsköterskans uppsökande verksamhet. Och inte nog med att denna maskin som drog igång varje halvtimma för att hårdhänt krama min överarm, så var det ju ett evigt springande av personal av olika slag. Eftersom jag sett mig om i rummet, hittade jag knappdosan som gjorde att jag själv kunde vinkla sängen samt höja och sänka den. Fick jag lite pyssel där. Genom att klicka runt och prova alla vinklar på sängen, hittade jag knappen så jag kunde höja sängen. Plötsligt kunde jag se ut genom fönstret och ner på gatulivet där ute. Hade därmed full koll på gatukorsningen nedanför. Har man ingen annan förströelse, fick denna duga tänkte jag. Räkna bussar om inte annat. Jag såg hur trafiken började bli aningen livligare, inte mycket men bilar började köa vid stoppljusen och människor väntade att den röda gubben skulle bli grön. En av landstingets firmabilar kom med blåljus genom korsningen och jag sände denne, under det blixtrande blåljuset, en varm tanke om snar bättring. Staden levde, jag levde. Staden började vakna liksom jag själv. Allt gick vidare utanför precis som om ingenting hade hänt. Ändå hade det gjort så. Jag var en av brickorna som rubbade lunken. I rummet bredvid, låg en annan bricka som också rubbat livets invanda lunk. Men livet verkade gå vidare ändå därute trots att här låg för tillfället i alla fall, två brickor satta ur livets spel, och som just nu inte fick vara med utan att passera gå. Kändes en aning ojust. Men, det fick gå. Till och med klockan gick, såg jag på väggen, trots att den hängde lite snett. Jag försökte sova igen och stod därmed över ett kast.

Påföljande morgon som var en onsdag, skulle jag efter frukost, rullas upp på avdelning 10 berättade man.

Vistelsen på IVA var med andra ord över nu.

3

På avdelningen låg det tre patienter såg jag när jag rullades in och blev installerad på plats fyra. Han i sängen till vänster om mig, en mycket trevlig kille för övrigt, visade sig vara ifrån Finland. Vi var klart yngst i den nybildade kvartetten. Onni, som han hette den finska killen, låg med en radio tryckt till sitt öra för att lyssna på finsk tango. Men när jag hade rullats in och man parkerat mig på sängplatsen närmast fönstret mot gården, hoppade han genast ner ifrån sin säng och kom linkandes för att handhälsa.
Kompastellut... pälle fillaritällinki, försökte han förklara med lite gester och pekade på benet. Perkele! Han hade snubblat i ett översnöat cykelställ och skadat benet. Men det var inte därför han låg här.
– Jag gillar finsk tango sa han på stapplande svenska. Han pekade på sin lilla radio, den är fin. Tango har mycket melankoli och vemod i sig, och det ska den också innehålla när den är som bäst. Den ska naturligtvis gå i moll och det ska vara så mycket moll i tangon så ögonen gråter.
Jag hade bara nickat, som om jag förstod vad han sa, men det gjorde jag ju inte. Bara nästan. Det blev lite språkförbist-

ring eller vad man ska säga, oss emellan men vi kom att förstå varandra väldigt bra ändå.

– Den finska tangon är som en vedeldad bastu, fortsatte Onni. Och med sin lilla radio tryckt intill örat, linkade han tillbaka till sin säng med några haltande tangosteg. Som när man slänger mer vatten på de ångande heta stenarna, fortsatte han. I en vedeldad sauna, gråter också ögonen. Men det är röken från björkveden som letar sig ut från kaminen till ögonen.

Här fortsatte Onni att lägga ut texten medan han tog sig upp på sängen igen bärandes på sin lilla radio och satte sig.

– Välkommen grabben, sa en gubbe som hette Fredrik. Bra, nu är vi fyra, då kan i spela canasta.

Fredrik var droskägare, som han sa. En åkare, alltså!

Jaha tänkte jag genast, det är alltså han som är Fredrik Åkare. Han med Cecilia Lind som Cornelis Vreeswijk sjöng om i en ballad en gång för många år sedan. Men, naturligtvis var det väl bara en ren tillfällighet, jag menar att han hette Fredrik och var åkare. Men det passade så bra in, eller har jag för stor fantasi? Åkare, var inte hans efternamn. Åkare, var han bara som rörelseidkare. Den andre åldermannen på salen var en före detta trädgårdsmästare som hette Lindegren.

Symptomatiskt, hade han en blå hyacint på sitt sängbord och en smal tangorabatt på överläppen. Han var i övrigt en liten tunn herre som hostade astmatiskt. Han kanske inte skulle haft den där starkt doftande hyacinten på sängbordet, så nära inpå.

Och Onni, han ifrån Finland, fick jag aldrig klart för mig vad han sysslade med, men jag tror av hans gester att döma, var han bagare eller något med massage. Han såg ut som om han var bagare, för övrigt. Hur ser en bagare ut?

– Har du snackat med hjärnskrynklaren ännu, undrade han med droskorna. Hon med hjärntvätten?

Jag hade skakat på huvudet medan jag noterade en del i min almanacka. Mig veterligt hade jag inte gjort det. Skulle jag det, tänkte jag? Jag visste nog inte heller riktigt vad det innebar.

– Låter som nån smidesarbetare... järnskrynklare?

– Ha, ha, gnäggade han.

Det var en synnerligen egenartad glädjeyttring, tänkte jag om hans gnäggande. Det såg ut som han skrattade och han såg ganska glad ut. Men det lät som om han gnäggade. Något egenartat, ovanligt läte.

– En hjärnskrynklare förklarade han, det är detsamma som kuratorn här på avdelningen. Nån sorts psykolog, tror jag. En som snackar, snackar och snackar. Ett fruntimmer naturligtvis, vad annars? Hon kommer nog snart för att ta med dig till tvättstugan. Men akta dig för torktumlaren. Nytt rosslande. Henne har vi andra råkat ut för redan må du tro. Det blir en halvtimmes tvagning. Håll ut bara. En halvtimme är inte hela världen fortsatte han. Bara du ger fan i att lyssna på vad hon säger, och så gnäggade han igen på sitt så speciella vis.

– Ska tänka på det, sa jag pliktskyldigt.

– En halvtimma går fort, återupptog han. Men det känns som en evighet att ligga här.

– Gör det, sa jag?

Han tittade bara lite oförstående på mig.

– Du grabben, kan du hämta lite vatten åt mig, du som är ung och pigg? Men, kallt ska de va. Ta det ifrån kylskåpet ute ifrån expeditionen. Inget jävla pissljummet junk. Kranvattnet är bara som en ljummen fis.

Han hade muttrat något annat också. Det var nog inget viktigt i alla fall tänkte jag, då jag hasade iväg släpandes på min droppvagn för att hämta hans iskalla vatten. Min droppvagn var som en klädhängare på små hjul, men istället för en överrock, hängde där en plastpåse med något blodförtunnande som var kopplat till ett kärl på översidan av min hand. Att hämta vatten till åkaren, var för att inte belasta någon undersköterska med detta i onödan om inte annat.

Fredrik Åkare verkade vara den som höll i taktpinnen på denna sal trots att han låg i sin säng. Han var den som styrde upp hierarkin på avdelningen. Han var stor, rund och troligen ordentligt ohanterlig rent viktmässigt samt passade på att utstråla en slags auktoritet. En dignitet som han antagligen hoppades, hade stor betydelsegrad. Men jag tänkte inte bli hans passopp om han nu inbillade sig det. Du kan kanske hunsa med dina hyrkuskar och åkardrängar gubbe lilla, men inte med mig om du nu trodde det.

– Bara du inte får köldskador nu av det iskalla, sa jag då jag kom tillbaka. Så jag får fan för det?

– Köldskador, jag? Glöm det grabben.

Han hade naturligtvis även höjt armen med vattenglaset i vinkel samt skålat innan han hällt i sig det iskalla vattnet i ett svep. Sedan försökte han rapa lite diskret, vilket inte lyckades särskilt väl.

– Ja sa han för alla som orkade lyssna, nu är det dags att ta fram slåttermaskinen.

Sedan startade han sin rakapparat. Den lille trädgårdsmästaren satt på sin säng och pysslade med någon apparat han hade och som han sedan, när han var klar, skulle andas igenom en stund. Vad de nu var för någonting. Det var många pytsar och glasburkar han trixade med vid något som påminde om en tekokare i miniatyr. Allt de här ser mitt bedrägliga minne idag såsom i bilder. Ett kollorerat bildmontage, som en serietidning.

Lindegren, trädgårdsmästaren, låg normalt i sin säng mitt emot mig när han inte satt och mixtrade med sina pytsar. Åkaren låg snett emot åt vänster och Onni, han med den finska tangon, på min vänstra sida. Fyra stycken inalles på denna sal på medicinavdelning. Fullbelagt, lapp på luckan! Jag höll nästan på att skriva, utsålt!

– Den där överläkaren som jag hade haft nere på IVA, hon var förresten tillfälligt inlånad ifrån Thoraxkliniken på Huddinge Universitetsjukhus. Ewa Carlqvist-Weider, ville ha mig kvar över natten hade hon sagt, skvallrade jag.

– Jaha du, hade droskägaren nickat med en till synes avundsam gliring hängande vid underläppen, men den kom inte längre.

– Ja sa jag. Jag undrar vad hon kan menat med det? Så vital och viril känner jag mig inte ännu.

Gubbarna kluckade av skratt. Det vill säga, åkaren gnäggade och var tvungen att stänga av sin slåttermaskin för en stund medan Onni försökte hänga på gemenskapen han också, trots tangon i öronen och tårar i ögonen av vemod och antagligen för mycket moll.

Trädgårdsmästarens skratt övergick direkt i ett frenetiskt hostande och pipande.

Då, precis då, hade en öppen vitrock kommit fladdrande över golvet och stannade vid min säng. Det kändes som det drällde av änglar, nu kom här ytterligare en.

4

– God morgon pojkar, hade vitrocken sagt lite muntert medan hon utförde en snabb okulärbesiktning av mig.
   Det blev obeskrivligt tyst bland sänggrannarna. Även den evige snackaren Fredrik Åkare, hade tystnat. Han om någon skulle väl sagt, god morgon hjärnskrynklerskan. Men, det uteblev av någon anledning och lika bra var väl det. Men han hade ju haft möjlighet att vädra sina fördomar och visat oss vem som hade hår på bröstet. Jag tänkte, så big och tuff var alltså hyrkusken från Östertälje? När han väl konfronterades med vår hjärnskrynklare tystnade han. Hans fördomar föll solkiga och nedskräpande över linoleummattan.
– Ska vi ta en liten pratstund på tu man hand sa hon, riktat mot mig med huvudet lite på sned och en skälmsk blick?
   På tu man hand lät ju som en trevlig invit, tänkte jag och uppfattade något som sa klick. Men sådant kan man ju inte säga så här vid första mötet jag är mer väluppfostrad än så. Vårt samtal skulle ske fjärran från hyrkuskens gnäggande och fördomar om kvinnliga kuratorer och deras arbete.

Hon hade nickat mot dörren ut från salen och jag hade rest mig för att följa henne. Det blev skönt att komma ifrån åkarens snackande. Men jag ska kanske ändå följa hans råd att inte lyssna på vad hon säger? Vi får se. Det får bli med öppna själsförmögenheter, bestämde jag eller vad jag gjorde. Så det får bli, förutsättningslöst.

– Sätt dig, sa hon utan större preludier och svepte med handen mot sittmöblerna där jag fick välja först. De såg väl använda ut. Slitna, insuttna, men verkade bekväma.

– Tack, sa jag lite dämpat och sökte med blicken vidare runt om i rummet.

Jag kände mig inte särskilt komfortabel. Ofräsch var ett av de uttryck jag famlade efter. Inte duschad. Otvättat hår. Pylsiga kläder, släpandes på en droppvagn. Ändå en man i sina bästa år. Presentationen av denne man kunde varit bättre och betydligt trevligare, tänkte jag.

Ett fönster med raka orange gardiner som vette mot en, antagligen brusande trafikled. Den hördes inte, men syntes vara livlig. Samma trafikled jag sett tidigt en morgon, när de nu var. Nu såg jag leden ännu högre uppifrån, där solens strålar tittade ut genom gnistrande, snötäckta trädgrenar från träden på andra sidan av gatan.

Ett par, eller om det var tre fåtöljer, och som sagts till synes bekväma sittmöbler fanns alltså där vi nu var, samt ett litet runt trist budgetbord på ett lika trist linoleumgolv i grågrönt, vad annars. Ingen matta. Trist, trist och trist!

Jag hade kanske trott på en psykoterapeutschäslong där man halvligger och får svårt att snacka, men lätt för att somna. Varför ska man ligga på rygg och snacka?

Så, detta var ju ändå trevligt med några bekväma sittmöbler istället.

Men det kanske är så att landstinget har dragit in på de fina verktygen? Varför ska det vara trevligt på sjukhus?

– Hej Lars, jag är kurator här på avdelning tio och heter Vendela Grense, hade hon sagt och sträckt fram en smal behaglig hand. Kan jag säga Lars, hade hon undrat?

– Hej, hade jag svarat. Visst, kalla mig som du tycker.

– Då säger jag Lars, hade hon sagt.

Vad jag än hade fantiserat om efter droskägarens beskrivning av denna kurator, så var det nu väldigt långt ifrån hans beskrivning av denna uppenbarelse och jag kände att någonstans, sa det klick igen. Jag famlade i mina tankar efter en liknelse i Cornelis Vreeswijks ballad om Fredrik Åkare och Cecilia Lind... *ren som en blomma, skygg som en hind...*

– Ja, började hon. Varför tror du det hände, det som hände, var så hennes första fråga?

För att vinna tid att tänka sa jag ingenting... jag visste liksom inte vad jag skulle svara. Tänkte nog mest att detta var trevligt på sjukhus ändå. Efter en stunds väntan, då hon lutat på huvudet liksom tålmodigt väntande och frågande...

– Jag syftar på vad du tror kan vara orsaken till att vi sitter här nu?

– Jaha, jag vet inte hur jag ska formulera mig, vad jag ska svara? Jag är nog ganska förvånad och möjligen en aning förvirrad på sätt och vis själv och fascinerades av hennes blå naglar, men de sa jag inte.

– På sätt och vis, hur menar...

– Ja, jag har ju egentligen ansett att jag alltid mått bra, så jag trodde helt enkelt att det förhöll sig så. Det är nog därför jag känner mig aningen förvånad och samtidigt förvirrad över händelseutvecklingen. Vem kunde anat det här? Jag hade inga larmklockor som ringde någonstans. Jag hade slutat röka när jag tyckte det blivit tungt att andas. Min tanke då, jaha hur korkad kan man vara som röker? Jag menar, först köper man för dyra pengar ciggisar som man sedan eldar upp, för att därpå handla nya röka som man sätter fyr på så det bara blir aska kvar samt ett varmrökt filter genompyrt av nikotin, för att genast och återigen uppsöka en tobakshandlare, etc. etc. Jag anser fortfarande att folk som röker är lite knepigt korkade. Dom har ännu inte fattat hur vådligt det är. Och titta bara på hur fånigt det ser ut när folk röker. Var i ligger poängen, liksom? Vad är det för vits att dra i sig en massa rök och sedan blåsa ut den igen?

En i sanning lite urflippad handling. Man kan säga att jag blossade upp runt 14 000 spänn, på ett år? Detta löst och ledigt mellan tummen och pekfingret räknat. Var har jag dom pengarna, kan man undra? Jag slutade tvärt med blossandet. Det valet i livet ångrar jag inte ett spår. På jobbet tog jag täta rökraster för det liksom klarnade tänket, kändes det som. Man tappade inte fokus. Det måste funkat som ett gift att blossa. I och för sig kändes blossen på rökrasterna konstlade, som ett slags knark, som en konstgjord andning och måste väl ha varit så också. Ja, kanske inte konstgjord andning, det var väl dess motsats. Idag kanske man skulle behöva denna konstgjorda andning. Var skulle man annars gjort av händerna om man inte rökte? Jag vet faktiskt inte. Men den ångest som då kunde uppstå på grund av mycket jobb, att hinna med, dämpades relativt lätt med en cigarett. Inbillade jag mig då i alla fall. Det är svårt så här efteråt att minnas hur jag kände eller hur det var. Det var väl varken bu eller bä, svårt att sätta fingret på. Men det blev en ryggsäck som kanske blev lite för stor och tung möjligen, både för kropp och själ. Jag gjorde kanske mitt arbete till en pålaga mer än vad det skulle vara eller jag behövde även om det aldrig kom att synas i lönekuvertet. Där kan jag nog känna en stor orättvisa. Mina utredningar och lösningar inom den dokumentation jag pysslade med, gick inte att mäta i produktivitet. Med en del av de arbetsuppgifter vi hade på den grupp som jag arbetade i, så snackade jag med mina kollegor, som väl var naturligt. Hur vi kunde lösa det eller den uppgiften. Men de skulle jag aldrig gjort, visade det sig. Arbetskamrater förde mina idéer vidare bakom min rygg till vår chef och saluförde dem som om det var deras egna lösningar eller idéer. Jag hörde vid ett par tillfällen hur dessa kolleger pratade med de som var chefer då. Exakt det jag berättat för kollegan strax innan, tog han nu chansen att snacka till sig en guldstjärna i kanten hos chefen och därmed utöka tyngden i sitt lönekuvert. Då var det ändå jag som hade kläckt idén till innovationen. Andra grep alltså chansen att segla på min räkmacka. Vilket lämnar en fadd smak efter sig rent etiskt.

Därmed kom de så kallade arbetskamraterna att sätta ribban i mina ögon. Dom brände sitt ledljus i bägge ändar vilket jag inte glömt än idag. Det är väl sådant som också ligger i min ryggsäck och skaver. När de andra på kontoret gick till fikarummet för att smöra med chefen, hämtade jag bara kaffe och gick tillbaka till dataskärmen för att fortsätta knoga. Men jag trivdes med det jag gjorde så det var inget jag tvingade mig till. Mitt eget val. Så att kalla det börda, var nog ett fel ord. Och man får den plats man tillskansar sig.

Det är vad jag menar "på sätt och vis att jag sitter här nu". Jag ansåg mig må bra i rent kroppsliga termer, men nu var ju jag heller ingen läkare så därför, det rent medicinska välmåendet, kände jag naturligtvis inte till. Daremot gnagde en del oförrätter som barlaster och tyngde ner min självkänsla mer än själva arbetet.

– Så du har känt dig orättvist behandlad, menar du? Inget man behöver vara beteendevetare för att begri...

Herre gud, jag har aldrig sett en brutta med blåmålade naglar. De var fan i mig första gången, men såg spännande ut på något vis, snurrade mina tankar och koncentrationen blev lidande.

– Ja, så skulle man nog utan överdrift kunna beskriva det som, jo sa jag lite valhänt med tankar på annat håll. Det är mer som ett understatement. Jag tror det började redan i småskolan och har sedan förföljt mig genom livet dessa oförrätter och orättvisor. Jag har helt enkelt inte haft tillräckligt vassa armbågar. Så skulle jag nog vilja diagnostisera orsaken. Men armbågarna har helt klart vässats med åren.

– Kan vi sammanfatta det så att orsaken till att du nu sitter här, utan att vara allt för djupsinniga, som att du haft händelser som belastar och pressar dig fortfarande, om än inte kroppsligt. Det tar en massa energi i anspråk som är helt obehövligt och absolut onödigt, under din vardag. Känns detta rätt tycker du?

– Har ingen aning om ifall det du räknar upp är orsaken till min vistelse här. Så kan det vara. Men de låter för enkelt.

– Kan ju vara en av anledningarna tror jag, sa kuratorn. Men du har en stor central stress inom dig av den där ohälsosamma stressen som kan leda till just en infarkt. Bara om stress, skulle vi lätt kunna skriva en avhandling. Men nu finns det gott om arbeten inom detta område på Stressforskningsinstitutet med både avhandlingar och disputationer. Din hyperstress tillsammans med ett högt blodtryck och...

– Stopp, stopp, stopp! Det där har jag fått mig skildrat redan i ett par omgångar, på sätt och vis oberoende av varandra. Kan bli lite tjatigt. Jag har förstått att det har varit lite för mycket av de goda. För mycket krökande och rökande. Det där diagnostiserandet och hela läroboken från A till Ö som ju handlar om kostcirklar, motionerande, sömnbehov och inte minst medicinering, som är skrämmande i sig.

Dietisten har också förklarat att rent generellt är det kokt torsk som gäller i lättsaltat vatten, jag ryser. Minska ner på allt det du tycker om, var budskapet i stort sett. Och, skippa allt det du tycker är gott, det andra får jag äta som kokt torsk då, dock i lättsaltat vatten. Men, blir jag då av med mina åminnelser av oförrätter också? Vilka de nu kan vara, om jag följer dessa förmaningar jag fått. Man kan väl knappast bli mentalt återställd av kokt torsk, möjligen själsligt underminerad?

– Det du undrar över tillhör den medicinska delen och oftast är det så att man där, i ditt leverne, får göra en del justeringar i den dagliga rutinen som ett komplement till den medicinering du eventuellt kommer att få då du skrivs ut.

Du och jag kan däremot börja dissekera det du kallar för oförrätter via din fiktiva historiebok, men det kommer ju handla om din stressrelaterade del av det inträffade. Vi kommer tömma det mesta ur din ryggsäck. Det kommer ta sin rundliga tid. Men det kommer vi göra på min privatpraktik. Om du inte har något emot det? Här på tian, finns det inte utrymme för det. Redan nu har vi gjort av med nära nog två timmar genom att skrapa lite på ytan bara. Vi brukar klara av sådana här inledande samtal på en halvtimma högst, som också är den tid som var avsatt för vårt samtal. Har det varit otrevligt, tycker du?

– Nej, inte det minsta. Det var skönt att komma ifrån salen. Det här var både intressant och trevligt sa jag, medan jag såg på hennes behagliga varelse där hon satt. Jag har heller inte så

svårt för att prata. Men oj vad tiden gått fort! Jag har nog samtidigt drömt mig bort.
– Tiden brukar gå fort när man har trevligt, sa hon.
Jag såg inte Vendela Grense som någon form av vårdande enhet på landstinget utan endast som ett femininum vilka jag klassar som mycket tilltalande små vågstycken. Vår personkemi var hundra procent. Att hon sedan var min kurator, var liksom en bonus, både för mig och även för landstinget, antar jag. Hon var för mig vårdande bara genom sin närvaro. Även om så, det måste erkännas, så fanns det en del gubbar som hade delade meningar om den saken och gav även utlopp för detta. Där kanske inte personkemin var hundra.
– Ja, jag har märkt att du har lätt för att prata. En del av detta tillskriver jag det jäktande du för tillfället bär inombords. Man pratar ibland så fort att hjärnan inte hinner med. Det är inte ofta jag fått tala till punkt, sa hon och skrattade lite lätt. Men det gjorde ingenting. Jag har aldrig tidigare träffat någon så hyperstressad som dig i mitt yrkesverksamma liv.
– Oj, det var inte min mening. Jag ber såklart om ursäkt för det sa jag. Det var absolut inte min avsikt.
Hon log bara, som om hon godtog min ursäkt. Log på det där speciella viset som gjorde att jag fick en konstig känsla i kroppen. Där hon nu satt var hon betydligt mer påtaglig än andra kvinnor jag mött, var en känsla som korsade min skalle. Smal, blond, blå oskyldiga ögon som var väldigt intresserade och vakna. Hon var i en svår obestämd ålder så det kan vara. Trevlig, om man säger och sammanfattar.

5

Denna kvinna var sjukt inbjudande, intagande och klart intensivt attraktiv samt tilldragande. Inte konstigt tänkte jag, om hon lyckats förvrida huvudet på mig. Jag var ett perfekt offer. Den jag tänkte på satt bara ett par meter ifrån mig. Det var som Fredrik Åkare sa, hon kommer hjärntvätta dig och vrida skallen av dig. Jag kände mig hjärntvättad, men på ett synnerligen behagfullt vis, funderade jag vidare, som en slags massage för själen.

– Om vi skulle börja så långt tillbaks i tiden vi kan tänka oss. Kanske innan din fars födelse. Ska vi säga från tiden då din farfar ännu var ung och ogift, till och med? Tror du att vi skulle kunna gå iland med det?

– Ja, jag vet ju inte så mycket om farfar.

– Ta den tid du behöver och gör tillbakablicken lite soft och tillbakalutad i den takt du finner behaglig och inte jäktar på. Försök skaffa dig en uppfattning själv genom vad du kanske hört, fotoalbum och liknande som du säkert har.

– Det kom plötsligt... är nog inte kapabel just nu.

– Oj! Ja, nu ställde jag helt klart för stora förhoppningar för egen del som vi naturligtvis negligerar.

Anspråkslöst, är vad som gäller Lars. Hittar du inget, så gör det inget. Men det skulle vara intressant, absolut.

– Ibland är världen bra liten, sköt jag in på gränsen igen till att avbryta henne. Jag har några manusblad från en påbörjad och potentiell roman som skulle heta Klisterprinsen. Jag tänkte skriva en bok om hur det var förr med utgångspunkt ifrån en del släktforskning och familjealbum. Det är från början av 1900-talet, och det kanske är den tiden du menar. Min far föddes 1910. Jag ska se vad som finns av gångbart material. Ja, vad som är gångbart, vet ju inte jag. Det får bli din del att avgöra. Vad enkelt det blev plötsligt, farfar träffade jag aldrig. Han dog året innan jag föddes. Men farmor träffade jag en hel del.

– Ja men sök igenom de material du har. Titta efter vad du har nedtecknat. Detta är ju alldeles utmärkt och alltför bra för att vara sant.

– Hoppas inte för mycket bara. Du låter som en förläggare.

– Vi kan träffas igen i den berättelsen, om det nu finns en sådan. Du kan gärna mejla över de material du har så är jag påläst när vi träffas igen… förläggare, ja kanske du har rätt.

Vendela lämnade över sitt visitkort med sin adress samt mejladress.

– Allt ligger hemma i ett USB-minne, sa jag. Jag har det också i utskrivet format med en massa handskrivna redigeringar i, för dessa är inte gjorda. Så det blir ett slags oredigerat råmaterial i så fall.

– Oredigerat eller inte, spelar ingen roll.

Lars, en följdfråga. Hur kom det sig att du började skriva? Är det något du haft som yrkesval. Journalist kanske?

– Oj, skrivandet var från tiden jag låg i lumpen. Om man nu kan kalla det för att ligga i lumpen då jag största tiden under den tid jag gjorde min värnpliktstjänstgöring inom flygvapnet, satt bakom en skrivmaskin. Jag satt på ett kontor på Flygstaben under så gott som hela värnpliktstiden och då blev det att använda skrivmaskin under stor del av dagarna. Det var en elektrisk skrivmaskin så den skötte sig liksom nästan självt. Men det kanske var inkörsporten till mitt senare skrivande. Jag fick under denna tid för mig att jag skulle bli journalist. Det var kul att skriva maskin, tyckte jag. Så jag började helt enkelt och seriöst med att gå på en maskinskrivningsskola som Facit hade och låg vid Hötorget. Ambition fanns det gott om till en början.

Men att bli journalist, borde jag haft funderingar om redan under skoltiden och valt rätt gymnasielinje. Att bara kunna skriva maskin, är långt ifrån vad en journalist arbetar med antar jag. Än idag minns jag Facit maskinskrivningsskola som en synnerligen trist inrättning och det är antagligen därför den inte finns kvar längre. Det var helt klart en plåga att gå där.

Men efter det dagdagliga springandet och skubbandet på Flygstaben, tog jag vägen till maskinskrivningsskolan på vägen hem. Inte hade Facit, som ändå var en av de stora tillverkarna av dessa maskiner, några självskrivande maskiner inte i den lilla lektionssalen. Nej, det var sega, frostlackerade och skogsgröna tröskverk, man skulle lära sig på. Det var ett litet helsicke, och man undrade vad man gett sig in på. Som elev, fick man inte titta på tangenterna utan det var fingersättning det handlade om. Det skulle klämmas fast en skärm på maskinen som skymde sikten för tangenterna. Istället skulle vi titta på den stora tavlan som hängde på väggen längst fram i salen.

Där skulle man lära sig var de olika bokstäverna var placerade på tangentbordet i förhållande till fingertopparna.

Jag hade också en närvarobok där jag skulle skriva in när jag kom och när jag gick. Ville man bara sitta där i en timma, gick det bra. Ville man sitta längre, gick det bra de också. Idag skulle man nog kalla den för en, Drop In skola. Var och en bestämde helt enkelt själv när man skulle sitta där för att öva. Men detta krävde naturligtvis en viss disciplin. Nu hade jag inte så gott om den varan så jag satt oftast bara en timma varje gång. En timma som blev kortare för varje tillfälle jag var där. Jag räknade mer minuter till dess jag kunde skriva ut mig, än jag koncentrerade mig på att försöka trycka ner tangenterna i rätt ordning med rätt finger. Så till slut, upphörde min närvaro på skolan, helt. Jag hade satt punkt en gång för alla på denna skola. Tror det var med lillfingret, för övrigt som punkten sattes, eller om det var ringfingret. Jag fortsatte att använda skrivmaskin, men det fick bli min egen fingersättning som innefattar endast ett fåtal fingrar men som passar mig.

Idag går det hyfsat fort och med en hastighet som räcker mer än väl för min lilla hobby tycker jag. Så får det bli även i fortsättningen.

Ja, det om detta eftersom du frågade. Det blev inte mycket ull som kärringen sa som klippte grisen. Tror man kallade min fingersättning för pekfingervalsen, en gång i tiden.

– Jag kan berätta för dig att jag använder mig inte heller av rätt fingersättning. Men du hade alltså haft en inriktning, ett mål, i unga år som du inte fullföljde?

– Stämmer! Men jag var nog för lat för att plugga till journalist. Och därför har mitt skrivande i många stycken alltid varit typen av tydlig amatörhobby. Med stor betoning då på, amatör. Har känt av den där oskrivna lagen, Jantelagen, ganska påtagligt och markant.

– Någonting säger mig att du, liksom andra småkillar, hade andra planer än att bli journalist då du var liten, eller yngre kanske jag ska säga. Vad tänkte du bli när du blev stor? Lokförare, sotare, bagare, flygare... är ju några av de vanliga yrken som små killar har som ideal.

– Lokförare hade mycket riktigt stått överst på min lista i väldigt unga år då jag för första gången såg ett ånglok och sedan de andra loken som vi for in med till stan då jag var en liten knallhatt, som pappa sa. Obducent lät ju spännande... nä, jag skojar bara. Den översta platsen övertogs emellertid snabbt då jag såg brandbilar för första gången av att bli just brandsoldat. De kallades ju så på den tiden, brandsoldater. Dom hade fina glänsande bilar i julrött och med fina detaljer på redskap och annat i mässing och blanka silverglänsande hjälmar på huvudet. Vilka hjältar! Men det var då det. Då jag gick i kortbyxor. Med åren ställdes siktet in på att göra tårtor, när jag såg in i ett bageri. Min stora passion var gräddtårtor och då blev valet enkelt. Jag skulle bli konditor, eller sockerbagare som jag antagligen sa då. Man kunde på den tiden gå i yrkesskola i tre år på gymnasienivå. Men, jag hade ledsnat på skolan och valde att börja min klättring på karriärstegen som degsmedslärling. Att gå som lärling, eller gesäll, innebar sex hundår innan det var dags för gesällprov i branschen. En lärlingslön, var dock inte mycket att hänga i julgranen. Det var mest snuspengar. Under sex år hinner man tänka på mycket, stort som smått men de där sex åren uppnåddes aldrig. Snarare långt därifrån. Knappt halvtid. Men jag tog mig igenom ett otal bagarbodar under min lärlingstid innan jag kom till klarhet och visshet.

Först ut var mäster Gustav Olsson på Björkhagens konditori. Olsson var en fin man, en riktig bagare som kom att bli min bäste läromästare genom hans fina pedagogiska mönster. Han stod själv med i produktionen tidiga morgnar då vetebröd och wienerbröd kom till världen. Sedan hamnade jag på konditori Gateau på Ringvägen. Gesäller, var ett vandrande släkte. Konditori Gateau, var ett klassigt familjeföretag som drevs av gammelfar och hans två söner. Gateau var störst och finast på Södermalm. Säkert även utanför denna sfär också, på den tiden. De var lite av konstnärer inom yrket och det var en lärorik plats, men tung och slitsam. Konditori Gateau hade sitt lager i källaren med en lång brant trapp. Där skulle det bäras upp säckar med socker och mjöl. Det var ganska dåligt planerat, om man tänker efter. Visserligen var det som ett stort svalt skafferi, men beläget opraktiskt långt ifrån verksamhetens centrum. Mina tankar idag. Alla leverantörer, fick hasa nedför källartrappen med mjöl, socker och bagerimargarin av alla de sorter. Ja, allt, helt enkelt. Sedan var det gesällens jobb och slit att bära upp allting igen till produktionen. Förse bagarna och de stora bingarna under bakborden med mjöl och socker. Slitsamt för en tunn femtonåring. Det kom att bli ytterligare en erfarenhet innan jag steg in på bagerikedjan, Schumachers på Norrlandsgatan i City. Jag hade då varit lärling på allt ifrån det lilla trevna bageriet, till överklassens snobbkonditori samt bagerikedjans limpproduktion och morgonfralla tillverkning.

Därefter återgick jag till den lilla skalan med ett trivsamt litet bageri, och med den trevna tillverkningen av goda wienerbröd, dammsugare... eller "bagerigolv" som vi kallade dem, samt då tårt- och bakelse bakandet. En mycket fin hanverksmässig del för att inte tala om, den konstnärliga. Det var nog den delen som fångade mig. Den konstnärliga. Fina pepparkakshus och ståtliga krokanslott i skyltfönstren vid jultid och marsipangrisar.

Jag förundrades då hur man gjorde marsipanrosor, till exempel. Det var i mina ögon magiskt på något vis som så mycket annat.

Nu när jag vet hur man gör och själv kan tillverka marsipanrosor, då är det inte ett dugg märkvärdigt längre. Som när någon illusionist trollar fram en kanin ur en hatt.

Amazing... ända till dess man vet hur lite magi den där hatten innehåller.

Nu hade jag alltså återgått till ruta ett och var gesäll på Hammargrens konditori Kjellgården i Bagarmossen, var annars? Samt en servering med butik på Götgatan.

Som lärling och gesäll fick jag en god inblick i hur man kunde hantera pickeringsgelé bland annat, vilket är en konstart i sig.

Jag var nog där under något år innan jag provade på att bli dekoratör och gick i en reklamskola. Jag tyckte mig inte ha den läggning och talang som fordras utan sadlade helt och hållet om och började jobba med bärfrekvenstelefoni på LM Ericsson i Midsommarkransen. Snabba kast var det. Men, det är ett koncentrat.

– Okej! Det var en svindlande berättelse. Du har verkligen inte saknat tankar och idéer eller framtidsvyer. Det var många kast i dina yrkesval där du till och med har provat på hur det var i de olika yrkena. Ja, om vi då undantar både lokförare, brandman, sotare och pilot, då.

– Jo, jag var nog klar över att något skulle, eller måste, man ju bli. Frågan var väl bara vad, man skulle bli, vilket yrke som skulle passa mig? Flygledare kanske var intressant?

– Men Lars, steg ett, om vi ska landa på jorden igen och trava vidare i galenskaperna. Det blir nu att du ska klara dig igenom din vistelse här under landstingets försorg och bekostnad på bästa sätt.

Kämpa igenom sjukgymnastiken, för den kommer man föreslå du ska gå på och den är bra och naturligtvis frivillig. Följ dietistens råd och lyssna på vad din hjärtsköterska har att berätta. Lova det?

Du verkar hyfsat vältränad på hobbybasis, så det kommer du klara galant. Din fysik kommer räcka till.

Vattengymnastiken kommer vara som honung för själen och som en lisa för kroppen, sa kuratorn när vi skiljdes för dagen.

Något senare kom vi att träffas igen, men då på hennes egen privatpraktik men under landstingets vingar och då som en legitimerad beteendevetare. Hon hade blivit egen företagare tillsammans med en grupp socionomer som hade bildat en liten exklusiv grupp av specialister.

Men när vi nu skulle avsluta dagens övning, minns jag min fundering. Skulle jag krama henne istället för att bara ta i hand? Vilken beslutsångest! Jag valde att ta i hand. Ibland får man lägga band på sig.

Gubbarna på salen väntade kanske och undrade vart jag tagit vägen, funderade jag när jag klev ut genom dörren på väg tillbaka till salen och gubbarna.

6

– Tervetuloa! hade Onni sagt. Han med sin vemodiga tango, när jag kom tillbaka in på salen.

Jag hade nickat för det finländska språket var jag inte hemma på, men jag försökte och Onni såg glad ut.

– Hyvä, chansade jag och vinkade med handen, men kanske borde sagt, kiitos?

Men Onni såg mycket upplivad och glad ut samt gjorde tummen upp.

– Fan vi trodde nästan du hade rymt sa Fredrik. Han med droskorna, som han kallade sina bilar. Droskor! Får man fråga lite nyfiket vad har ni pysslat med hela tiden? Vi började bli lite oroliga. Du har väl inte hunnit bli både vital och viril i en hast. Vad tror du Ewa, hon överläkaren, skulle gilla dina snedsprång? Det var väl hon som ville ha dig kvar över natten, om jag inte missminner mig?

Jag tog naturligtvis åkaren och hans snack för vad det var. Vi hade i alla fall inte tråkigt på salen, på det viset. Och åkaren hade sina poänger ibland om man inte var för nogräknad.

– Hon har snackat, precis som du sa att hon skulle göra. Jag lyssnade på vad hon sa och frågade mig om. Klart jag måste snacka jag också.

– Jag varnade dig!

– Ja, ja, ja, sa jag och höll upp händerna mot ett eventuellt verbalt överfall. Jag minns det där du sa om halvtimman, men vart tog den vägen? Tyckte hon sa en massa bra prylar. Dessutom var hon väldigt trevlig att se på.

Men du grabbar, har jag missat någonting medan jag var borta?

– Inte ett skvatt, sa Fredrik. Men nu är du tvättad så ända in i roten. Renskrubbad, det hör man på lång väg.

Lindegren nickade medhåll där han satt i sin säng.

– Jag varnade dig ju för det. Inte utan att man var lite orolig, men nu är det som det är. Grabben, du är hjärntvättad helt klart. Det hör jag tydligt.

– Det bjuder jag på i sådana fall? Inget jag har ont av. Inte för tillfället i alla fall.

Åkaren grymtade misslynt något om ungdomen nu för tiden, och att det kommer surt efteråt. Bara att slå dövörat till.

– Vart är vi på väg, undrade den lilla tunna farbror Lindegren. Den före detta trädgårdsmästaren?

– Tja, det kan man ju undra, muttrade åkaren.

– Är det någon som vet vad det blir till lunch? Sjön suger, höll jag på att säga, sa jag.

Åkaren hade tittat upp förvånat.

– Pannkakor, tror jag det var. Eller sådan där crepes med svamp, sa han och rynkade på sin lilla näsa. Dom kunde väl i alla fall kostat på oss räkor i pannkakan, pep trädgårdsmästaren.

– Där sa du ett sant ord Lindegren, sa åkaren. Vart fan är vi på väg i det gamla svenska samhället? Svamp! När det finn räkor att tillgå?

Fredrik var en färgklick på tian helt klart. Stor och bred som en domptör. Var det något hos Fredrik Åkare som var synbarligt litet, så var det hans näsa. Men gubben hade sina poänger för han pladdrade ganska festligt även om jag föredrog hans utsagor i mindre portioner. Hans snackande kom jag att tänka på, var nästan i nivå med mitt eget.

På kvällen fick Onni och jag en galen idé att vi kanske skulle utforska fastigheten. En helt galen idé. Det var ont om civilister i huset så här dags vilket ju var helt lysande. Endast nattpersonalen och aktiviteten var därför påtagligt dämpad och trist precis som skiten på tv. Det var ju kväller som sagt var. Vi tog oss ut, utan att någon på avdelningen verkade reagera när vi lite diskret styrde våra steg iväg mot hissen och tryckte oss ner så långt vi kunde. Klev ur och hamnade i en kulvert med nattbelysning som det verkade. Vi såg oss forskande omkring. Lite spöklikt var det allt med denna dämpade belysning.

– Perkele, sa jag lite viskande och Onni fnissade.

– Varför viskar du, undrade Onni och fnissade igen?

Ja, varför gjorde jag det? Vid sidan om hissen, stod det en rad hopfällda sjukhussängar parkerade som såg ut som ett övergivet cykelställ i krom. En skylt med en pil, pekade mot hus 19 där sjukgymnastiken visade sig ligga liksom även bassängen för vattengympan. På håll kunde man känna lukten av klor från poolen. Vi funderade ett tag fnittrande att ta oss till bassängen för ett kvällsdopp. Där var det alltid varmt och skönt i vattnet. Det lyste svagt runt bassängkanten och det såg onekligen inbjudande ut. Vattnet lyste så där gnistrande grönt och det var spegelblankt, kristallklart. Vi såg härligheten ifrån panoramafönstret i kulverten. Men i kulverten där vi stod, var det dock aningen kyligt. Vi såg griffeltavlan vid bassängen där någon plitat med krita, 34 grader.

Men, som tur var skippade vi tanken på kvällsdoppet. Bada med en droppvagn i släptåg kanske skulle förpassa mig till avdelningen på psyket och i värsta fall, stormen. Men man skulle säkert blivit omtalad som den som badat med droppvagn i sjukgymnastikens bassäng. Därför beslöt vi oss för att ta en annan kulvert åt ett annat håll. Jag hade ju min droppvagn som sagt att släpa på också. Men tanken vi hade, livade upp oss betydligt. Vi saknade egentligen bara ett par äppelknyckarbrallor och en trädgårdsapel behängt med höstliga Åkerö äpplen. Så var vår stämning, pojkar emellan. Det var helt tomt runt om oss. Vi såg ingen och vi hörde inte någon heller. Vi garvade lite hysteriskt och beslöt att försöka ta oss tillbaka. Man började frysa.

Vi såg varandra som två vandrande vålnader i tunnelns lampsken på turné av något slag.

Mina byxor, eller landstingets om vi ska vara korrekta, var två nummer för stora liksom skjortan och jag kom släpandes på något som såg ut som en klädhängare på hjul. En fågelskrämma skulle känt sig uppklädd i förhållande, liksom filmens Ringaren i Notre Dame, som kunde visas som matiné bio efter detta.

Med kulvertens dämpade belysning som bakgrundsljus, såg vi säkert ganska ohyggliga ut. Onni hade sin skada efter mötet med sitt snöiga cykelställ, så därför haltade han ganska betänkligt. Synen var nog ganska skräckinjagande om någon skulle se oss. Skuggorna blev stundtals långa, fladdriga och spöklika mot tunnelväggarna. Vi skulle säkert väckt avund hos dramaturgen i filmen av katedralen Notre Dame om det var skräck och skrämsel var vad man önskade och sökte. Kanske därför vi inte ertappades någonstans heller. Tänk att man kunde göra sådana här utflykter i sjukhusets kulvertar på kvällstid utan att någon observerade oss. Det om något kom för oss att bli lite skrämmande.

Borde finnas kameraövervakning i dessa kulvertar. Idag är jag övertygad om att det finns kameror på alla de ställen i dessa kulvertar, om de finns kvar. Vi vek till höger i en korsning bland tunnlarna och beslöt så ta hissen vi såg framför oss, tillbaka upp igen på plan sju.

– Tänk om vi går vilse bland alla perkele kulvertar, sa jag och kryddade med ytterligare ett utdraget, perkkkkelee.

Rätt som det är kommer väl någon nattvakt ifrån något vaktbolag. Jag tänkte på den där lille fyrkantige vakten, han som dagtid går omkring och snurrar med batongen i den stora entréhallen. Men han vågar sig nog inte ner hit, han var inte den typen. Här är det ju mörkt och kusligt. Men om, då skulle det nog bli ett jävla liv. Vi fick väl skylla på att vi gått fel efter kvällspasset på vattengymnastiken, det köper säkert den lille. Väl ute ur hissen kände vi inte igen oss. För här var det mörkt och vi befann oss heller inte i något trapphus som vi borde om vi kommit rätt. En ljusstrimma ifrån det smala glasfönstret i hissen, gav oss aningen ledljus. Här låg en korridor, det såg vi, men den var helt nedsläckt. Vi borde kommit upp i ett trapphus på plan sju? Vi snodde runt och såg oss omkring. Det var som sagt närmast becksvart där vi stod. Bara det svaga ljuset ifrån hissdörren.

– Var fan har vi hamnat nu? Plan sju är det i alla fall.

– Perkele, sa Onni utan någon större entusiasm i rösten och flyttade över kroppstyngden från sitt skadade ben till det andra.

Han pekade ivrigt utan att säga någonting, på huset mitt emot oss där vi stod och där det var upplyst på ett par våningsplan. Till vänster om oss, huset till vänster, låg labbet och där lyser det dygnet runt, det visste vi. Vi kunde nu lokalisera oss med hjälp av labbet. Dom jobbar säkert skift på labbet. Man vet ju aldrig när dom behövs, bara att labbet behövs även nattetid.

När vi tittade ut genom fönstret rakt fram, såg vi vår avdelning. Det vi i alla fall trodde var vår avdelning. Den låg på andra sidan en gård som låg mellan dessa tre huskroppar. Det var på detta hus Onni ivrigt hade pekat. Vi vände om igen och tog hissen ner. Vi huttrade en aning. Jag frös nu minns jag, medan vi lufsade i våra tofflor till nästa hiss, och där stod ju de sängar som påminde om ett kromat cykelställ, vi observerat tidigare.

Så steg vi efter en ny hissfärd, äntligen ut ur hissen i trapphuset utanför vår dörr. Utanför vår avdelning 10.

Äntligen hemma! Vi kände igen den handtextade skylten på dörren in till salen. *Var vänlig använd skoöverdrag vid besök*, stod det på den handtextade skylten på den vattrade glasrutan till vår avdelning. Vi hasade vidare in på salen. Jag släpandes på min droppvagn och Onni linkande på sitt onda ben, båda utan de där blå plastpåsarna på fötterna. Nu var vi ett par frusna vandringsmän och osaliga andar som beslöt dricka en värmande kopp te istället för kaffe, vid nattmackan. Om inte denna var avdukad och överstökad redan. Te och kaffe fanns alltid att tillgå i fikarummet och fick duga för oss.

7

Här fanns personalen, här var det en vaken verksamhet. Vi mötte sjuksystrar som märkligt nog inte undrade var vi hållit hus. Men de skulle ändå i så fall bemötts av vår tystnad om de frågat. Detta fick ändå bli vår lilla hemlighet. Vi tog oss vår kopp te vi avsett och satt som två edsvurna gastar i fikarummet. Klockan visade att det var två timmar kvar till spöktimmen, så vi hade tid på oss. Vi var ute i god tid, med andra ord. Nattpersonalen hade kommit för en god stund sedan redan då vi tassat iväg.

– I have some good brandy, sa Onni och böjde sig fram mot mig medan han ställde sin necessär som han hämtat vid sin säng, på bordet i fikarummet. Han fortsatte på sin stapplande finlandssvenska, som jag begrep någorlunda med hjälp av hans gester. Onni var lustig och borde blivit något vid stumfilmen. Men jag hade därmed på inga vis svårt att förstå Onnis budskap.

Så tittade han sig omkring för att kolla om kusten var klar. Den var glasklar, och så skvimpade han raskt upp ett par re-

diga skvättar i våra temuggar. Genast steg en aromatisk cognac doft upp ur teångorna.
– Men hur, sa jag och pekade på hans lilla drogväska?
– Vaimo... började Onni, men fortsatte... hustrun!
– Bra idé sa jag... good idea, flinade jag. Kiitos!
– Hyvä, sa Onni och skrattade lite högre.

Vi sände en tacksamhetens tanke till denna vårdande omsorg och till Onnis hustru. Oj, det var som en helande het huskur för och mot förkylningar. Vårt teckenspråk funkade och jag gjorde därför ett, tummen upp.

De nattliga strövtågen tog också slut där. Onni skrevs ut dagen efter och livet blev med ens mycket tråkigare. Jag fick fortsätta att hasa mig fram i korridoren i mina för stora kläder där man såg ut som en vandrande säck lump i ytterligare två dagar till Fredrik Åkares grymtande.

Droppvagnen hade jag blivit av med. Men jag begär inte att man ska ha designade kläder på landstinget, men man borde ha fler storlekar och inte endast en standardstorlek utgörande storlek 52, eller XL när man bara drar storlek 48. Det blir lite yviga gester då, men det kanske ser kul ut. Clownen har gjort entré.

Fredrik, droskägaren och åkare, hade funnits där då jag lades in, och han låg kvar när jag sedermera skrevs ut. Han kanske inte hade någon körning inplanerad, tänkte jag lite sådär lagom galghumoristiskt.

– Fredrik gnäggade fram, samtidigt som han pekade på mig. Jag ska ordna så du får åka hem i en av mina droskor när du skrivs ut. Firman bjuder, rosslade han och log.

– Nej, det behöver du inte sa jag. Varför då? Dom skriver ut en gratisresa med Taxi, då det är dags sa jag. Men tack ska du ha ändå, Fredrik.

– Jag tänkte som tack för att du hämtade iskallt vatten åt mig, log han igen. Första dan du kom upp på avdelningen, så drog du iväg för att hämta iskallt vatten. Jag borde inte ha bett dig, det var omdömeslöst av mig, sa han. Men du hade vänligheten och empatin och därför förbarmade du dig över den frustande gamle åkeriägaren.

Plötsligt kände jag mig som en gedigen skitstövel. Minns ju hur jag förargad reagerat på hans, som jag ansåg, fasoner och divalater. Fan vad jag skämdes. Därför antog jag hans erbjudande om att få åka i hans stora droskbil. Det hade inte varit rätt att nobba. Droskan skulle visa sig vara en ytterst välvårdad och blank svart gammal Plymouth Savoy -55 precis som Fredrik, åkaren, förklarat.

Nu skulle den vagnen få den äran som han sa, att frakta mig hem då jag skrevs ut.

Några veckor efter den tjusiga hemfärden där grannar hade gjort stora ögon och undrat vad det var för prominens i denna storstilade limousin. Men, det hade bara varit lilla jag, hade jag förklarat.

Så kom då kallelsen till både sjukgymnastik, *kom igång gympan,* som det hette och som skulle innefatta både gymnastiska övningar i gymnastiksal och vattengympa i en varm bassäng. Det ingick också samtalsterapi i grupp. Men detta kom att dröja någon månad sedan jag kommit hem, innan alla besök med gympingen och samtalsterapin började. Åtta gånger, med en gång per vecka var det som gällde på samtliga inbokade aktiviteter.

Då hade jag också hunnit få ett återfall. Inget blåljus denna gång, men landtingets firmabil hämtade. Min första resa var tidigt måndagen den 28 november, dagen efter första advent, och då var det blåljus och jättebrådis. Den andra gången hämtades jag på juldagens morgon, innan julottorna dragit igång till och med, men utan blått blixtrande ljus denna tidiga lördagsmorgon. Inte utan att det kändes som ett nederlag minns jag. Ja, att bli intagen igen. Det var inte länge sedan som jag hade hasat fram i denna korridor i lånta paltor. Hade man, byxor i storlek 48, som var vad min kropp tarvade, så var de byxor jag fick i storlek 52 och märkta landstinget. Man var tvungen att med ena handen hålla ett stadigt grepp om byxlinningen för att inte byxorna skulle hasa ned över fotknölarna. Man ville ju inte gå med ändan bar då skyltsöndagen redan passerat. Jag fick en sal där det var plats för två patienter. En patient var på väg att skrivas ut, så jag var ensam än så länge.

Hade på så sätt toaletten för mig själv. Dusch fanns inte på rummet, men väl i ett duschrum i korridoren snett utanför min dörr. Där var det så gott som alltid ledigt. Det tackade man speciellt för.

Nu var det uteslutande nya ansikten på medpatienterna. Onni hade ju släppts ut liksom Fredrik, han åkaren med sina droskbilar. Trädgårdsmästaren Lindegren, hade man också skickat hem. Kändes som att börja om på ruta ett igen. Syrrornas ansikten var dock det samma liksom läkarnas anleten. Det var bara överläkaren Ewa Carlquist – Weider, som varit inlånad ifrån universitetssjukhuset, som lyste med sin frånvaro och hade återgått till sin avdelning på Huddinge sjukhus och Thoraxkliniken som låg där vid denna tid. Annars såg det ut precis som när jag lämnade skutan några veckor tidigare. Man har ju funderat, varför har jag åkt in första gången dagen efter 1:a advent och nästa gång juldagens morgon ett par veckor senare? Man ställer sig frågande, varför just dessa helgrika glädjefyllda dagar?

Juldag, tänkte jag. Rutinerna från första gången jag låg på salen, kände jag till. I allt väsentligt frångicks inga vanor från den upplevelsen.

8

Jag hade en droppåse med heparin som hängde dinglande ovanför mitt huvud i en vagn. Det gällde som tidigare att ta sig fram bland de andra patienterna med vagnen i ena handen och frukostbrickan i den andra utan att kaos skulle uppstå. Det hade kanske gått skapligt om jag varit ensam vid frukostbufén. Nu kan jag säga att jag var långtifrån ensam runt buffébordet och alla fylkades som en fiktiv REA på Systembolaget eller Ullared, i förhållande. Nästan samtliga släpade på sina femarmade droppvagnar med spretande hjul som osvikligt trasslar in sig bland andra patienters droppvagnar och fastnar i varandras hjul.
Som regisserat av Jacques Tati, slog det mig.
Lägg därtill att man, med den andra handen, ska hålla sin bricka lastad samt med samma hand vilken samtidigt vaktar droppvagnen, kryssa sig fram till ett bord med allehanda födoämnen man kapat åt sig vid huggsexan runt buffébordet. Man har så att säga händerna fulla. Är totalt upptagen med att släpa med sig den egna droppvagn utan bogsera på ytterligare

fyra – fem vagnar som råkat trassla in sig i min egen. En icke alldeles hisnande balansakt.

Borde egentligen filmas, när jag tänker efter. Kanske man gör förresten. Något man sedan visar på avdelningens personalfest som kvällens höjdpunkt under glada tillrop, skratt, visslingar och applåder. Vi borde egentligen gå runt med hatten.

Vad har då en juldag i sitt sköte på ett sjukhus?

Ja, vad kan den ha? Tomten satt väl i sin släde bakom sina renar på väg därifrån efter uträttat värv på avdelningen dagen innan. Så nu kunde man väl bara vänta sig en del julklappspapper och röda krusade snören i vrårna som syn för sägen samt tomma klibbiga plastmuggar som det varit glögg i av doften att döma, liksom kvarblivna russin och sötmandlar. Bara blicka framåt och se mot nyårsaftonen.

Men då förhoppningsvis i hemmamiljö förstås. Om antalet dagar inom landstingets väggar stämde någorlunda mot förra vistelsen, så skulle jag bli utskriven innan årets sista dag.

Dagen innan nyårsafton, skrevs jag mycket riktigt ut. Jag hann dock granska den meny som var vikt för nyårsafton. Inte utan att en viss avund spelades för mitt inre. En avundsamhet som snabbt klingade av, för att använda sjukhusets vokabulär. Avunden for iväg lätt som vinden bland vissnade höstlöv och blev till något jag inte behövde ligga sömnlös för. Vid lunchen skulle det serveras oxfilé? Till aftonens traktering, som det stod på nyårsmenyn, gratinerad hummer. Någon som behagade skämta?

Jag skulle alltså skickas hem dagen innan denna på pappret så kulinariska undfägnad. Man fick bara innerligt hoppas, å de patienters vägnar som tvingades övervara nyårsafton på avdelning 10 att kocken hittat kryddorna som kunde höja anrättningarna till den nivå de var värda. Det hade ju varit lite si och så med detta tidigare, enligt min syn på saken. Men jag var naturligtvis orolig över hur köket skulle hantera oxfilén med dessa varmskåpsvagnar som man normalt och dagligdags använde sig av.

Det var en längre resa i kulverten och sedan upp i hissen innan den skulle plockas ut för servering. Man har inte samma snurr på serveringsgången och fart i köket som man har vid Nobelfesten i Stadshuset, kan jag berätta.

Serveringspersonalen är ju utbildade sjuksköterskor och ingen personal man hämtat ifrån restaurangskolan, ska du veta. Resan för en färdiggrillad oxfilé, ser jag mest och bäst som en katastrof. Nu har ju jag ingen aning om på vilket sätt man hanterat maträtten. Men den tarvar helt klart en hel del varsamhet och kunskap vid tillagningen. Med helstekt, finns det en möjlighet till skapligt resultat och det är nog där vi landar i funderingen över tillagningen, provencale. Med hummern, kan man nog lyckas bättre. Här gäller det ju bara att gratinera lite tjusigt och sedan hålla varmt, och det klarar nog till och med landstingets åldriga värmevagnar.

Innan jag blev utskriven så fick jag, med erfarenhet från tidigare besök, gå igenom en test med ultraljud och sedan ett arbets-EKG. Sedan, om man klarade detta nålsöga, släpptes man ut på grönbete igen. Här följde avdelningen sina rutiner till punkt och pricka. Jag klarade nålsögat men kände mig ändå lite tillstukad då jag satt i taxin på väg mot den egna härden där samma meny som på avdelning 10, skulle avnjutas om aftonen i bostaden. Men då som förrätt och varmrätt. Man hade ju nu en del att fira.

Det kom att ta fem år, innan jag åter tog mig till sjukhus med smärtor i bröstet. Denna gång blev det lite opretentiöst med taxi. Brännare, hade nog Fredrik kallat den. På sjukhuset hade man tidigare sagt att jag skulle komma in direkt om jag kände smärtor i bröstet. Därför ställdes åter kosan mot sjukan.

Under dessa fem år hade jag levt i en ångest där huvudfrågan hela tiden var, när ska det hända nästa gång?

Hur spännande är sådana tankar på en skala från 1 till 10?

De små nitroglycerintabletterna jag hade i det lilla glasröret, som man skulle lägga under tungan vid bröstsmärtor, gjorde bara sin verkan under en kort stund, sedan återkom värken. Dags alltså för en ny resa men denna gång som sagt var endast med en brännare. Tidigare hade jag ju inte åtgärdats medicinskt mer än med några piller. Man minns ju så väl vid vattengympan då man bytte om till badbyxor i omklädningsrummet och träffade jämlikar.

Det var gamla ärrade vithåriga hjältar som undrade på vad för sätt jag hade åtgärdats? Ballongsprängning, eller? Nä, hade jag sagt. Jag har bara några piller.

Gubbarna hade bara fnyst. Sedan lämnade man mig åt mitt öde medan de själva gick runt hörnet på skåpet i omklädningsrummet för att mäta vem som hade längst ärr ned över bröstkorgen. Sådana som jag, gjorde sig icke besvär förstod jag. Detta var en del av jargongen. Det var härliga farbröder. Jag var bara fyllda 52 år och junior i skaran.

Alltså, jag hade bara varit medicinerad tidigare. Men nu låg man alltså där inne igen och hade passerat alla instanser. Akuten, intensiven och så var det upp på medicinavdelningen på 10:an. Denna gång på en sal för sex patienter minst. En morgon saknades en i vår sal. Men, han kom upp igen på förmiddagen ifrån IVA avdelningen våningen under. Lite olustigt sa jag till en av kompisarna på salen som hade nickat till svar. På kvällen då vi satt i allrummet för att snacka och lite förstött kolla på TV, blev det liv och rörelse på 10:an och ett evigt pipande larm ljöd. Läkare och syrror sprang i korridoren.

Strax efter, fick vi vetskap att det åter var en säng tom i vår sal. Den var inte bara tom, den var bortkörd in i ett rum mitt på korridoren. Hans anhöriga kom också senare under kvällen och allt blev därmed betydligt påtagligt.

Händelsen som uppstått så plötsligt, kom att sänka nivån på oss som var uppe och som satt i händelsernas centrum.

Jag mådde bra egendomligt nog trots att vi just fått se ett kvitto på hur fort allt kan förändras.

Jag hade naturligtvis ofta under dessa fem år, funderat när ska jag få en ny smärta i bröstet? Man kunde inte koppla av. Ännu mindre efter det som hänt nyss. Det blev en lite tryckt stämning och kompisen sa att, vad fan tror du det är för avdelning vi ligger på? Det är precis sånt som kan hända här. Kanske inte just på någon av salarna som ju ändå bara är en slags transportsträcka innan vi ska åka hem, eller blir utskrivna.

Förmiddagen efter låg jag där på min säng och läste i all sköns ro. Nästa dag skulle jag skrivas ut igen hade man berättat. Allt vara alltså bara en transportsträcka, så att säga. Åter hem till den lugna härd, där jag nu hade mina rötter, var min tanke. Men ändå fanns den där oron som gnagde mig, den tärande ångesten. När kommer jag få den där jäkla värken i bröstet nästa gång? Det var onekligen ingen behaglig känsla som inte förbättrats under gårdagskvällen. En värk som jag var övertygad om att jag skulle få igen. Frågan var bara, när? Även om det var fem år från förra gången, hade jag inte glömt.

Då, där jag låg och läste tidningen, utan att förta mig på minsta vis, kom så värken plötsligt igen!

Helvete! var min tanke. Jag hade mitt klädskåp invid sängen och det lilla glasröret med nitro tabletterna. Pust, värken försvann nästan omgående när jag tog det lilla pillret för att lägga under tungan. Men jag tryckte på knappen vid min säng för att påkalla min belägenhet så det kom en sjuksyster ilande. Jag berättade vad som hänt och hon sa, händer det igen ringer du direkt så tar vi ett EKG, men du tar ingen nitro, manade hon. Efter det inträffade, låg jag sedan bara på sängen och väntade. Väntade för jag anade att det skulle inträffa igen. Jag frös minns jag, antagligen någon form av chock.

9

Det tog bara en halvtimma, så var det dags igen för kärlkrampen. Man kom rusande med en liten vagn där en EKG apparat tronade. Den vanliga proceduren med sladdar som klistrades fast på bröstkorgen i allt väsentligt, en massa blad på kurvorna som spottades ut som ett mindre dragspel. Sedan var det lugnt igen. Ingen mer kärlkramp vilket var trevligt.
Morgonen efter vid ronden, då jag skulle bli utskriven, hade läkaren undrat på grund av händelsen kvällen före troligen.
– Vi har inte gjort någon utredning på dig, sa han och bläddrade bland pappren i min journal?
– Utredning, sa jag undrande?
– Ja en kärlkransröntgen alltså, förklarade han?
– Inte som jag vet, de har ni nog bättre koll på än vad jag har.
    Sedan förklarade han under en längre stund för mig vad de innebar.
Vad hade jag för val, tänkte jag.
– Vad säger du om det, undrade han till slut?

– Jo, sa jag. Låter inte särskilt upphetsande förstås, men det kanske är vad man har att välja på. Vi kör på det.

– Bra beslut sa han. Jag ska genast ringa Huddinge, för det är där teamet finns som kommer att genomföra denna kranskärlsröntgen, sa han. Men man måste beställa bord sa han och log. Precis som på krogen, lade han till. Man måste beställa bord, det är ju onsdag.

Det blev en lång väntan och vankande i den långa korridoren. Gällde att liksom röra sig, inte bara sitta still och stirra som många patienter på salen faktiskt gjorde. De satt apatiska och stirrade. Jag kände mig som en veteran nu på avdelningen och peppade nyintagna. Jag såg många komma och gå under tiden. Ett tag hade vi ett fint gäng och jäkligt roligt på tian. Det blev ett stambord i fikarummet där fler ville få plats i gemenskapen. Jag kommer idag att tänka på låten med Siw Malmqvist när hon sjöng en låt i Hylands Hörna, *"Stambordet på fiket vilket sätt*, har nu blivit Hörnan rätt och slätt..."

Det fanns bara plats för fyra vid stambordet nummer ett och det fanns en patient som liksom satt på "kö" vid bordet intill och såg lite avundsjuk ut. Han hoppades att få avancera till vårt bord, bordet nummer ett. Ja det berättade han senare efter avancemanget. Vid bordet fanns också en patient med ursprung ifrån Grekland. Han berättade en härlig historia om hur han var med i storfilmen Kanonerna på Navarone, som en av många statister. Det var intressant att höra hans berättelse om inspelningen av filmen som gjordes till en del vid Lindos på Rhodos i Grekland. Hur han var god vän med en av huvudrollsinnehavarna, skådespelaren Anthony Quinn som för övrigt fick en vik nedanför Lindos uppkallad efter sig, Anthony Quinn Bay. Så det blev om kvällarna lite uppsluppet kring vårt bord. Vi hade trevligt helt klart. Eller, vi gjorde vad vi kunde för att hålla humöret uppe. Ligger man på ett sjukhus är ju det i sig inte särskilt upplyftande, men med lika sällar kring sig är det betydligt lättare. Minns härmed även en patient på salen som låg i sin säng som Pippi Långstrump. Fötterna på huvudkudden och tvärt om. Jag frågade hans dotter vid besökstiden varför han gjorde så? Jo, hade hon sagt. Det var en säkerhetsåtgärd han hade med sig hemifrån Irak. Han ville inte bli skjuten i sömnen i sin säng. Om någon tog sig in i hans sovrum siktade man alltid i mörkret mot huvudkudden för att skjuta, så därför kunde han bara bli skjuten i fötterna och överleva. Han kunde inte svenska särskilt väl så det var svårt att tala med honom.

Vid ronden dagen efter, var jag ju ivrig för att höra om det var dags att göra den där röntgen. Och, det var så.

Påföljande morgon skulle jag transporteras till Huddinge Universitetssjukhus för kranskärlsröntgen. Äntligen! Så den kvällen blev man blåst på middagen för man skulle vara fastande och uppe i ottan nästa dag när övriga salar fortfarande sov även mannen från Irak, men han sov säkert med bara ett öga.

Transporten till Huddinge Universitetssjukhus skulle ske med ambulans, berättade man. Tror i allt väsentligt att detta transportmedel som jag färdades i, var en avlagd och utrangerad ambulans som man bara använde för transporter av det här slaget. Det luktade klart med urin i bilen. Och två kvinnliga samt trevliga transportörer såg till att jag kom ordentligt fram. Funderade ett tag, för något sa mig att de tävlade på hobbybasis i rally. Annars var kanske detta bara var på fritiden. Och naturligtvis fick jag upprepa mitt födelsenummer under resans gång då man också tog blodtrycket.

Nu var man inne i ekorrhjulet som genast börjat snurra och det gick nu inte att ta sig ur detta snurrande hjul.

I ett rum med mysbelysning och en radda med bildskärmar uppe vid taket, var jag så installerad och på plats. Ett litet myggstick i ljumsken och skådespelet kunde börja. Någon sa, du kan titta här uppe på bildskärmarna hur det fungerar, sa denne någon som var en, hon. Det såg mest ut som norrsken, och jag sa att jag avstod ytterligare tittande vänligen och möjligen även aningen bestämt. När man var klara med sitt petande i mina innersta gömmor, kördes jag iväg till ett litet rum där jag tidigare hade bytt kläder för att nu ligga där med tryckförband över ljumsken.

Inte så långt efter röntgen, kanske någon halvtimma högst, fick jag ett, på sätt och vis, dystert besked.

– Det var tre kärl vi inte kom igenom, sa en läkare som analyserat bilderna.

Och det han sa, var på så att säga ren svenska. Inga termer på deras eget fikonspråk.

Kommer inte igenom, tänkte jag? Vad är det han säger, vad menar han?

– Och de innebär, undrade jag?

– Det innebär att du nu är uppsatt på en väntelista, överst. Får vi något återbud och det brukar vi alltid få, så står du närmast på tur för en bypass operation, fortsatte han.

Jaha ja, tack för kaffet. En sådan operation förstod jag innebörden av. Tror Jan Myrdal genomgick en sådan operation 1988 och som visades i TV. Han var därmed drygt tio år före mig. Ständigt denna andraplacering. Jag applåderade inte på något vis, inte på det sättet i varje fall. Men min nästa tanke var, att nu blir man åtgärdad på kirurgiskt vis och slipper bli tråkad i omklädningsrummet vid vattengympan nästa gång av de där vithåriga farbröderna för att jag inte var ärrad. Ja, inte samma farbröder, de har säkert bytts ut ett antal gånger. Men jag anar att jargongen skulle vara den samma i omklädningsrummet idag som igår. Jargongen satt liksom som gjuten i väggarna i omklädningsrummet för herrar. Jag kom att föra den vidare.

Kanske var det detsamma för kvinnor. Varför inte?

Vattengympan, tänkte jag och log för mig själv. Det var ju där jag och Olli en gång hade tänkt oss ett kvällsdopp med droppvagn och allt, vilket jag idag ser som ett gott skämt och trogen skröna.

Efter detta besked blev det åter den illaluktande firmabilen, ambulansen, tillbaka till ruta ett igen och avdelning 10 men på en annan sal. Ombyte förnöjer. Men där började jag nu gå som barn i huset. Där skulle jag få vänta på att någon lämnat återbud eller på annat sätt överlåtit sin plats på operationsbordet till lilla mig.

En väntan på att åter få fraktas i en av de pissiga firmabilarna till Thoraxkliniken och bypassoperationen som stundade. En operation som jag inte var det minsta orolig inför, märkligt nog. Jag befann mig ju i det där ekorrhjulet och kunde heller inte kliva av. Bara att gilla läget, skulle Leif GW Persson troligen sagt. Lika bra att snurra med var antagligen min tanke, men det vet jag inte. Jag fick vänta en vecka, men sedan bar det av.

Mottagandet på Thoraxkliniken, senare i veckan, var berömvärt.

– Du är väntad sa man. Välkommen Lars!

– Va! Vilket varmt personligt mottagande?

Sedan hände allt slag i slag. Operatören var försenad ifrån London på grund av sent inkommet flyg. Så min väntan denna kväll innan dagen D, blev lång och alla inne på salen sov då. Men så kom han sent om sider, han operatören, farande som ett yrväder i april, men utan något Höganäskrus i en rem om halsen. Bara ett stetoskop i fickan. Fel! Han kom farande på en sparkcykel med sin vita rock fladdrande i den långa korridoren och det var december. Han hade inget stetoskop i fickan heller.

Det hade varit som om han dök upp borta vid horisonten som i en hägring och som seriefiguren Batman, där hans mantel flaxade som en vimpel vid hans framfart. Han for förbi mig men stannade ett tjugotal meter bort. Där höll man på att sätta upp adventsljusstakar. Det tisslades ett tag och någon syrra hade nickat åt mitt håll där jag satt på en bänk i korridoren.

Han vände om sparkcykeln och kom åter rullande i korridoren efter ett par kraftiga bensparkar. Så svängde han upp vid min sida och presenterade sig.

– Jag brukar alltid försöka träffa min patient innan operationen, sa han när han rullade in vid min sida. Är det något du undrar över?

– Nää, sa jag för frågan kom plötsligt och jag hade ingenting direkt på tungan att fråga om. Tror jag frågade hur lång tid operationen skulle ta. Men jag är inte säker och därför är jag osäker över vad kirurgen svarade. Något säger mig att han svarat, tre timmar, men jag vet faktiskt inte. Jag minns egentligen ingenting ifrån den stunden till dess att jag vaknade då allt var klappat å klart.

– Bra sa Örjan, vilket kirurgen hette. Då ses vi i morgon bitti, det vill säga jag kommer att se dig, men du kommer inte se mig!

Det jag sedan minns var att jag vaknade och såg att där satt en vit tejp över bröstkorgen och en tejp på insidan av vänster underben. Smart! Man har markerat var man tänkt sig så att säga, hugga in.

Sedan gick det upp för mig när det kom två grönklädda människor som sa, "han har vaknat nu." Jag *var* redan opererad, men hade ingen aning om någonting.

– Är det klart, hade jag frågat minns jag?

– Ja, sa en av de gröna och det har gått så bra så.

Minns att då fylldes jag av glädje och tacksamhet. Jag kände tårar rinna utefter min kind. På sätt och vis lite snopet. Man hade liksom lurat mig på konfekten, kändes det som för en svindlande sekund. Och det var ett dygn sedan de hade hänt! Jag fick telefon ifrån min hustru, som jag inte orkade tala med för mina känslor som svallade över. Men jag blev övertalad att det orkade jag visst, av en av de grönklädda, och det gjorde jag. Det blev mer tårar och jag var enormt trött.

Operatören Örjan Wesslén, såg jag inte mer men jag hade en bra bild framför mig hur han såg ut. Det finns en norsk artist som heter Jan Teigen… det är Örjans kopia så som jag minns honom. Fortfarande är jag förundrad över de inträffade. Kvällen innan operationen då alla sov på salen, kom nattsyrran och gav mig ett piller och sa att det kan vara bra att sova på. Och sovit hade jag gjort, jag minns inget annat. Inte förens jag såg två grönklädda syrror ett dygn senare. Jag frågade senare en narkossköterska som varit med att jag inte minns någonting.

– Det är väl bra sa hon. Kanske är det meningen att det ska vara så också.

– Ja men, man kanske har gjort bort sig eller så, sa jag.

– Nej då. Du hade till och med själv flyttat över dig till operationsbordet och sedan frågat om det var något mer du kunde hjälpa till med?

– Oj, detta har jag inget minne av. Jag minns inte ett dugg.

Efter bara några få dagar, fyra tror jag det var, skickades man på stapplande ben hem via en färdtjänst taxi. En del fick åka till ett rehab i Saltsjöbaden, men de fick inte jag. Jag fick inte heller som de andra patienterna på avdelningen, någon rollator. Minns att jag frågade varför?

– Du var aldrig i behov av rollator och vad skulle du till hemmet i Saltsjöbaden att göra?

– Tja, inte vet jag. Kanske var lite glassigt att liga där?

– Din kurva pekade hela tiden rakt upp. Och så sparade landstinget en del pengar på att inte skicka dig till Saltsjöbaden.

Jag sparkades alltså ut till en färdtjänsttaxi istället och hemtransport. Jag tänker då på vidden av operationen. Det var ju inte för att ta bort blindtarmen jag legat där. Nu hade jag tjatat till mig en extra dag på sjukan för att lära mig gå lite bättre, men sedan behövdes min sängplats till nästa patient.

Som sagt, det blev taxi hem och inga mer pissiga gulgröna firmabilar, vilka saknaden av inte var särskilt påtaglig.

Men man kan säga att allt inte var över för att jag nu var restaurerad och åter hemma i dess lugna vrå.

Det var komigånggympa och vattengympa som jag fick kallelse till och som jag också anslöt mig till. Det var läkarbesök och det var besök hos hjärtsköterskan. Lite efterkontroll, liksom. En slags kontrollbesiktning. Man ville gärna så att säga köra vidare och slippa körförbud. Man fick följa med på andra chansen och i mångt och mycket var nu bollen min. En del smärre korrigeringar i kosthållet blev en av de viktiga faktorerna utan att vara hänvisad till enbart kokt torsk i lättsaltat vatten. Mer mediciner blev det naturligtvis för att hålla blodtrycket på en behaglig nivå. Vad var annat att vänta?

Men hela detta äventyr, för det var ett äventyr, är absolut inget jag går och altar på något vis. Jag har inga svarta tankar eller grubblerier om detta som jag vet andra har. Så denna del kan

Vendela stryka ett streck över, vilket jag tror hon gör efter det jag har berättat mina minnen som jag kommer ihåg dem.

10

Vendela trivdes i sin nya miljö. Man hade haft inredare för att ordna arbetsmiljön. Och det var spännande att vara egen företagare tillsammans med de tre andra kollegorna inom sociologins hägn. Alla var de kvinnor.
Man hade börjat fräscha upp hela sjukhusområdets byggnader. Det var liksom dags, hade flera olika inblandade myndigheter enats om. Sjukhuset hade anor från tiden runt år 1907.
Allt kändes nu nytt och fräscht. Men, det var knappast så konstigt. Lokalerna var nyrenoverade med nya fönster från golv till tak. Man ville ha in mycket ljus. Allt var vitmålat, tak och väggar var ljusa och luftiga så man trivdes bra och andades lätt på denna avdelning. De fyra hade enats om en tes ifrån bibelns Första Mosebok 1 kapitel, där gud säger, *"Varde ljus och det vart ljus. Han såg att ljuset var gott och skilde ljuset från mörkret."*
Inget kunde bättre stämma in på deras dagliga värv.
Vendela kände sig stolt över denna tanke om skapelsen, och om deras egen skapelse, att vända mörkt till ljust.

Våren var till och med redan i antågande. Livet började åter knoppas, saven steg.
Det började pirra i kroppen, något började gro.
En gång hade sjukhusdirektören bott i denna komplexa och för dåtiden pompösa byggnad som låg inom sjukhusområdet. Nu fanns det fyra praktiker, ett väntrum, ett litet pentry, ett par toaletter och ett litet förvaringsrum där olika kopiatorer och annat behövligt inom it-området spred ut sig. Inredarna hade också gjort ett mycket bra arbete och följt riktlinjerna och önskemålen från socionomerna och som rent praktiskt var nödvändigt för deras verksamhet inom vården.
Därefter hade sedan inredaren gått till verket för att göra allt så funktionellt som tänkas kan.
Utöver bokhyllor, skrivbord och all form av nödvändig it-teknik hade man spånat lite om en logotype för de fyra terapeuterna. Man var inne på något med, Athos, Porthos, Aramis och D'Artangang.
Det tre musketörerna, som egentligen var fyra och hade sitt valspråk, *En för alla, alla för en.* Loggan man hade tänkt sig med fyra korsade värjor, vilket var lite för yvigt för landstinget. Inte heller föll namnförslaget Quattros dem på läppen efter den kända pizzan och de fyra årstiderna. Det var också fjärran för vad landstinget tyckte var lämpligt, så logotypen fick bli *TT* samt den gamla kända landstingsloggan. *TT* stod då för *T*anke *T*erapeuterna. Ibland finns det kreativa idéer och förslag, men som ibland blir för mycket för pärmbärande byråkrater och folkvalda lokalpolitiker som inte är det minsta innovationsbenägna. Nu blev det istället lite beige, en vanlig landstingskulör.
Vid Vendelas kortsida på rummet, som var aningen rektangulärt, var det ett högt fönster från golv till tak med lamellgardi-

ner som reglerades via sensorer. Blev det för soligt, ja då vreds lamellerna automatiskt helt enkelt för att skärma av solljuset. Även en markis utanför fönstret styrdes av ljusets styrka och värme. Men, hon hade naturligtvis även en trådlös fjärrkontroll för dessa innovativa solförmörkare. Naturligtvis fanns även luftkonditionering.

Man kan sammanfatta det så att Vendela och hennes kolleger hade det senaste av allt. Om det nu var nyrenoverat, så har man också genomgående renoverat med det senaste vad gäller både material, färg, form samt it. Aningen amatörmässigt hade det väl varit annars, kan tyckas. Mycket lättare att utföra ett proffsigt arbete om vi har proffsiga verktyg, hade en av hennes tre medarbetare filosoferat. De andra tre hade nickat instämmande.

Hon satt nu i sin ergonomiska och riktigt utformade kontorsstol vid sitt ordinära skrivbord och knappade på sin laptop. Stolen är egentligen väldigt ful och ingenting att slappa i, mer gjord för arbetsmyror. Ska jag slappa, får jag ta någon av de där, sa hon för sig själv och tittade ut över de vilsamma sittmöblerna. Där, kan man sova middag. Där, kan man forma tankar.

Det hon såg från sitt skrivbord, var gaveln på ett annat komplex med en massa fönster. Visserligen en bit bort, men ändå. Vilken form av verksamhet som bedrevs i detta komplex, eller skulle bedrivas där, hade hon ingen aning om än. Nu ska jag ju i och för sig inte sitta här för att titta på utsikten, så det stör inte på något vis min verksamhet.

Dörren till hennes rum var öppen och det verkade som om hennes kollegor också hade sina dörrar öppna, för hon hörde röster utifrån det gemensamma rummet som också var väntrummet.

Laptopen hade startat upp och hon kollade raden av nya mejl hon hade fått. Ett i den långa raden, hade intresserat henne mer än de andra. Det var bifogat en textfil i mejlet. Hon knappade in nummer och namn och då blev allt klart för henne.
Spännande, sa hon högt. Hon läste igenom journalen från den patient som hade skickat mejlet. Hon visste nu vem han var och klickade sedan fram den bifogade filen med text. Just det, sa hon för sig själv och nickade eftertänksamt med ett leende.
Han skulle skicka mig manus ifrån en roman han höll på att skriva där det fanns berättelser om hans farfar.
Hon lutade armbågarna mot skrivbordet och böjde sig fram mot bildskärmen för att läsa texten. Det var en massa sidor så det här skulle ta tid. Rent spontant, tyckte hon det såg välskrivet ut, men det kanske bara är min önskan, tänkte hon. Kanske ändå bara ögna igenom, var hennes nästa omedelbara och hastiga tanke. Hon läste:

"Att: Vendela Grense.
I bifogade berättelse är Knut som omnämns min farfar, den du ville få beskriven. Mer än det som du kan finna här, känner jag inte till om honom. Hoppas du är minst lika bra som Truxa, du minns säkert paret som uppträdde som tankeläsare, men gärna bättre än dessa som såklart hade en hemlighet i hur tankeläsandet fungerade.

En viss del av humor, kan jag redan skönja här men det uppmärksammade jag ju redan vid vårt första samtal. Hon flyttade över till de där mer vilsamma sittmöblerna. Man måste väl prova om det är så bra som inredaren påstod. Så började hon läsa.

– *Stockholm Södermalm anno 1908* –

På Prästgårdsgatan såg allt ut som vanligt denna helgdag, inte minst i 46:an. Solen stod högt över taken, syrenen blommade som bäst. Man hade klätt sig söndagsfina så gott det nu lät sig göras.
Söndagen skulle ägnas åt den vilodag den var avsedd för och Albertina hade sett om sitt och de sina så gott hon kunde.
Till Södermalm, stadens ena utkant, hade det under lördagen, anlänt en tjänarinna ifrån Kila, neråt Sörmland till. Hon hade sökt arbete som piga och härbärge. Nu sov hon antagligen ruset av sig bland annat löst folk ute vid Peter Myndes Backe nere vid Södermalmstorg. Hon sade sig heta Ida, men det kunde man aldrig lita på. Man fick se upp med pigor, hjon och drängar. De var inte alltid de var vad de utgav sig för att vara eller heta. Men, nu skulle i alla fall Albertina ta sig en närmare titt på henne så fick man se sedan hur man skulle rätta sig.
Inhysingar brukade uppgiva oriktigt namn, om man ville smita ifrån hyra och andra pålagor.
Ida Kristina Lundholm var nog något åt tjugo år. Hon hade nigit och påstod sig komma ifrån Kila socken i Jönåkers härad. Albertina skulle fundera under söndagen om man skulle ta henne som inneboende piga. Extra hjälp behövdes ju ibland och en liten slant kunde man ta som hyra. Knut hade varit ivrig och förespråkat att de skulle upplåta plats för en inneboende liksom hans syskon Elin och Elsa, ivrade för.
En piga kunde väl vara bra att ha, ja om vi har råd och lägenhet.
– Jag tyckte hon hade en varm blick i alla fall, hade Knut sagt. En ärlig uppriktigt varm blick, förtydligade han och nickade samtidigt.
 Han hade inte vågat säga mer än så trots att han hade gillat de han sett och hans hjärta hade bultat lite extra. Hon hade nog varit något år äldre än han själv, de trodde han. Men han kunde ju ha tänkt fel om hennes ålder, kanske var hon yngre ändå?

Det är ju svårt att bestämma åldern på unga jäntor liksom på en gammal häst.

Må vår herre låta Ida få ett husrum hos oss, hade han tänkt.

Till kvällen vid sänggåendet så bad han med knäppta händer. Hon hade ju saker och ting på de rätta ställena, drömde han vidare. Såg frisk och stark ut och det ena med det andra. Han hade bäddat sin säng extra noga morgonen efter. Han ville visa sig ordentlig så det blev lite noggrannare tvagning också, det var ju söndag, tänkte han. Han skulle ta sin fina kavaj och putsa lite extra över skorna. Vad visste han, hon kanske skulle komma att titta var hon kunde bo. Annars kunde hon ju lika gärna vandra gatan nedåt och få en annan pigsyssla på annan plats. Han tog kammen och var noga med sitt utseende denna morgon. Mer noga än andra dagar.

Mor Albertina hade stannat upp på väg ifrån köket och tittat på Knut där han stod framför spegeln med en inte lika varm blick och hade fnyst åt hans vurmande för denna piga, innan hon fortsatte på väg ut med slaskhinken.

11

Oj, detta ser intressant ut. Går nog inte bara att ögna igenom som jag tänkt. Nu kommer jag helt klart att läsa varje stavelse.
Hon hade bara tänkt tanken när en av hennes kollegor stack in huvudet och undrade om hon skulle följa med till Kvarnen, det var lunchdags?
– Jovisst, kommer på direkten, absolut.
Hon hade rest sig för att slå följe med kollegorna till deras gemensamma kvarterskrog Röda Kvarn, som snabbt hade blivit deras lilla stamlokus.
Vendela kunde inte låta bli att tänka på vad hon nyss hade läst och att det hade fängslat henne. Redan efter några fåtal rader. Vad mäktar denne man, tänkte hon på vägen tillbaka till praktiken, och en ljuvlig rysning for genom hennes kropp, så hon skämdes för sig själv. Eller är det något annat som drar?
Fortfarande var *Tanke Terapeuterna* i sin inkörningsfas, så hon hade inget uppbokat av den anledningen, utan det var lagt i kö. Det kunde inte hjälpas. Men nu var det något som det nya

datorprogrammet hanterade. Nu skulle hon tillbaka till laptopen.
Eller skulle hon skriva ut det romanmanus hon nu höll på att läsa. Ett leende spelade på hennes läppar medan hon fabulerade, det kanske ska vara ett romansmanus och inte ett romanmanus, log hon?
När hon kom upp på sitt rum igen, petade hon igång datorn och tryckte på, skriv ut. Under tiden kopiatorn spottade ut ark efter ark, gick hon ut i pentryt för att hämta sig en mugg kaffe. Det var nybryggt, så det skulle bli trevligt. Tog vägen förbi kopiatorn som nu var klar och hade även häftat ihop arken. Hon makade sig till rätta i en av de sköna fåtöljerna i lay back läge för att fortsätta läsandet medan hon hörde kopiatorn åter arbetade.
Kaffet värmde gott för det var aningen kyligt trots att det började våras en del. Bläddrade fram där hon slutat innan lunchen och fortsatte nyfiket läsa…

– Varm blick, jo, jo! Är det redan så illa ställt Knut, hade hon muttrat? Svansa kring en utsocknes piga det går an, gnällde hon och plirade på Knut. Vet han inte skäms?

Klockan hade klämtat sina fem slag på Maria Magdalena och en tupp gol samtidigt på stacken vid Ragnvaldsgatans gästgiveri. Hökarns bodknodd alldeles intill, lättade sin blåsa bak knuten och släppte samtidigt högeligt väder.

Redan till söndagens afton, hade mor Albertina funderat färdig och bestämt sig. Hon skulle nu städsla Ida som piga.

Det hade blivit precis som Knut hade bett en bön om och hoppats på. Ida, hade fått husrum och tjänst som piga hos Holmbergs i 46:an på Prästgårdsgatan. Men, hon ska veta sin plats hade Albertina sagt. Gör hon bara det, så blir det nog bra.

Det hade varit en snörik men inte för isande kall vinter som hade följts av en grönskande och ljuvligt, efterlängtad vår.

Björkar sköt skott till en skir grönska i träden, hästhoven lyste gult mellan gatstenen, gräset växte. Tjära och stenkolsrök blandade sig med dofter av hägg och kamomill.

Knut hade en intensiv kurtis med Ida och hans kärleks törst hade nu funnit sin oas att dricka ur genom Ida och till slut också drunknat i den.

Mor Albertina var inte odelat förtjust över Knuts kuttrande för pigan, men fick ändå vika sig då Knut var stor nog att ta eget ansvar. Bara han inte ställer till det för sig, hade hon tänkt. Vad hon inte visste, var att det var just det han hade gjort.

Knut arbetade nu vid Stockholms Renhållning och hade sin stadiga inkomst veckovis och var ett gott tillskott till Albertina. Hon var orolig för hur länge han skulle stanna kvar hemma. Hon hade en obeskrivlig känsla av att han och Ida var på väg att flytta och att skaffa sig något eget. Hur skulle det då gå för henne och hans syskon, tänkte hon lite förtvivlat. Knut var ju den som drog in de pengar man behövde för sitt leverne. Albertinas flickor, Knuts systrar, arbetade förstås också.

Både Elin och Elsa arbetade som korkskärerskor borta vid Brännkyrkagatan på korkfabriken Wicanders. Det dagliga arbetet bestod i att skära korkar till olika stora medicinflaskor, vinflaskor och damejeanner, men inte till pilsnerflaskor. Det ansågs vara karlgöra och var därmed också bättre betalt.

Pilsnerkorkarna stansade man ut ur tunna korkremsor av barken lagom för kapsylerna. På deras egen avdelning arbetade bara kvinnor och de var kanske ett tjugotal. I vita arbetsrockar, som kanske inte var så praktiska alltid, arbetade man i hårt tempo vid maskiner som drevs av remmar som kom uppifrån taket och som i sin tur drev vassa fintandade sågklingor. Spån och damm samlades i säckar, medan de färdiga korkarna trillade ner i kartonger.

Att jobba med detta smutsiga arbete, var inget varken Elin eller Elsa drömde om. Men vad kunde man drömma om, det var egentligen bara att överleva, få bröd för dagen och försörja sig, som det handlade om.

De gjorde vad de kunde för att hjälpa mor Albertina och Knut med försörjningen. Egentligen var väl inte heller det arbete Knut hade vid renhållningen, något han längtat efter eller önskat sig. Men han tyckte det var ett fritt och omväxlande arbete. Inte bättre eller sämre än vad andra hade. Han skulle kanske inriktat sig på en annan bana, den sakrala. Ja, inte så att Knut hade varit mer religiös än andra, men han hade talets gåva. Hans lärare i skolan hade talat i dessa ordalag. Knut skulle nog gå en utbildning med teologi som inriktning, hade läraren sagt. Knut har ju talets gåva. Kanske Teologiska Högskolan här i Stockholm, rent av?

Nu blev det inte någon läsning för Knut. Man hade inte råd helt enkelt att sitta vid skrivpulpeten för att läsa. Han behövde dra in några kronor för att man skulle kunna ha mat och potatis på bordet och pengar till hyran, då dög det inte att sitta på kammaren för att studera katekesen.

Knut hade ju fastnat för Idas varma blick och den blicken höll i sig. Man blev helt enkelt ett par och började så smått se sig om och söka efter ett eget boende.

Precis som mor Albertina anat, man väntade smått. Knut och Ida hade flyttat ifrån Prästgårdsgatan och logerade nu på Krukmakaregatan 38 över gården, man hade skaffat sig eget. Men hade hoppats på en lägenhet på tre trappor ute på den fina breda och stora gatan, Ringvägen. Det var i port nummer 19 snett ovanför pantbanken som låg i samma port, det skulle bli en lägenhet ledig.

Tre trappor upp skulle det vara och med fönster åt Ringvägen och så kunde man se en bit av korsning till den fina paradgatan Hornsgatan, antagligen också se. Knut hade skojat om att det var ju bra att ha nära till jäsken om man ville stampa på något. Tror pantbanken heter Erlandsson & Son, hade han sagt till Ida som ibland blev undrande över vad Knut sa på sitt oefterhärmliga södersnack.

Krukmakaregatan, där de bodde nu, var egentligen ett smutsigt dammigt tillhåll och mer som en enda stor byggarbetsplats. De gamla rucklen föll för grävmaskiner och hackor, gator grävdes upp och ner lade man både avloppsrör och vattenledningar liksom gasledningar. Brandväggar lyste skrikigt som höga protester ifrån var och varannan bakgård där nu bodar och uthus fick stryka på foten. Sprucken puts där tegel och vassmattor tittade fram, visade på förfallen tid.

Det var en tid i förändring.

En tid som hade spritt sig även till dessa utkanter, påtagligt och i rasande fart. En vaken observatör som den Knut var, kunde följa dess framfart. Men fortfarande drog han sin kärra över kullersten och sopade upp hästskit och annat ifrån gator och torg inom hans och hans arbetskamraters distrikt.

Som den renhållningsarbetare Knut var, blev det att rycka ut både bittida och sent. Oftast var det i tidig otta som någon självspillning hade gjort sitt och därför under natten kvitterat den jordiska ökenvandringen. Nu kunde den som tagit sig av daga dingla i någon takbjälke uppe på någon vind.

Fri från bekymmer, fri från värken, arbetslösheten och eller kanske fri från en förlorad kärlek som flytt. Nu hade hans liv flytt, kvar hängde bara hans stoft.

Då kallades renhållningen allt som oftast ut och Knut var en som åtog sig att sanera. Det blev ju trots allt en extra inkomst, men inte särskilt trevligt och därför enligt Knut, bra betalt. Och som det heter, den enes död den andres bröd. Man fick också tid att tänka medan han drog sitt strå till stacken.

Nu svängde han och Gustav in på Krukmakaregatan och stannade upp en stund. Knut lutade sig mot kvasten och tittade ut över Krukmakaregatans kullersten. Någon hade stängt igen sina fönsterluckor och han *undrade just varför. Gustav, Knuts arbetskamrat, kom dragandes på deras kärra och som vanligt gjorde han Knut sällskap både i lutandet på kvasten, samt funderingarna.*

– Bror Andersson är död! Det är därför kärringen hans slagit igen fönsterluckorna, sa Gustav. Makade snuset tillrätta medan han nickade mot 26:an. Hon vill väl hålla värmen borta så gott det går, antar jag. Andersson börjar väl lukta annars.

– Säger du de, att det är där Andersson bor?

Men jag såg'en ju så sent som i går och då verkade det prima liv i Bror funderade Knut. Ja, busfasan hade ett stadigt grepp över kragen på'n på väg mot station. Han verkade lite påstruken, Andersson.

– Jo men, där bodde han!

Knut petade upp vegamössan med kvastskaftet och vippade med mustascherna. Tog sig åt ryggen och grinade illa medan han kisade mot Gustav.

– Säger du de, sa han fundersamt, igen. Säger du de, Bror är död.

Gustav tog av sig sin pirka, plirade på Knut och kliade sig i skallen.

– Kanske blir det ledigt nere i 26:an nu, funderade Knut högt?

– Vem fan vill ha en lya efter en döing, sa Gustav och spottade ut mullbänken i diket bakom dem...

Vendela hade sträckt sig efter muggen med kaffe, men fann att det var iskallt redan och luktade apa. Hon var så fängslad då hon läste att hon glömt bort kaffet. Hon ställde ifrån sig kaffemuggen med en besviken gest. Muggen hade hon fått av en av hennes kollegor. Det var en färggrann logotype på och en supportermugg för mesta mästarna, Djurgården Hockey. Vendela kände för övrigt en spelare i laget. Hon funderade ett tag på att hämta nytt, hett kaffe, men hade svårt att slita sig så hon fortsatte läsandet istället. Hennes patient var ju ingen etablerad författare. Han jobbade väl på Telegrafverket? Hon

funderade en stund över varför hon satt och försökte lura sig själv. Vad var det för speciellt med denne man, eller... patient, låtsades hon tänka?
Hon sträckte på sig och vände blad för att fortsätta läsandet...

12

Diket lyste grönt och det var ett motlut upp mot ett rödmålat plank. På baksidan, fanns en dasslänga och en vedbod.
– Ja, inte vet jag. Men en gubbe nerifrån Tullen var ute efter en hyrning. Nilsson tror jag han hette. Jo, Nilsson var det, fortsatte Knut och vände på kvasten för att stöta borsten tillrätta.
Borsten till sina kvastar tillverkade gubbarna själva av nyskuret björkris, en konst Knut var mästare i efter år av erfarenhet.
– Jaså! Nilsson, sa du?
– Kommer ifrån Blekinge... Karlshamn tror jag sa Knut. Just det, Karlshamn var det. Har visst en hel hop med ungar så han behöver lite större, men om han har råd till det, se de vete skråen. Tror han jobbar på varvet i Gröndal, Men, om han har råd till något större, se det är ju å andra sidan inte mina problem. Tror jag träffade Nilsson vid Södra BB i vintras när han blivit pappa igen. Blossade på en stor cigarr, gjorde han medan vi snöröjde trappen. Han hade nickat till hälsning, har jag för mig.
– Jo, Elna heter hon... Anderssons kärring. Kan bli ledigt där nu ifrån den sista, upprepade sig Gustav.

Karlshamn... funderade han vidare och tog sig om hakan.

– Det är väl där de gör punsch, i Karlshamn, undrade han?

Knut var i sina egna tankar och funderade på om de skulle ta Krukmakarebacken också, upp mot berget medan de språkades vid.

– Ska vi ta backen också tycker du, sa han så?

Knut hade vänt sig frågande mot Gustav.

– Det är väl där man gör flaggen, sa Gustav, som varandes någon annanstans. Ja, i Karlshamn menar jag?

Knut hade nöjt sig med att nicka medan de drog vidare uppför Krukmakarebacken. Ovanför backen, uppe vid berget, var det som en skogsdunge. Där var det lummigt och grönt och var en mötesplats man hade om lördagskvällarna. Folk hade med sig dragspel, gitarr och fiol och man fröjdade till solen gick opp.

– Flaggen, skrockade Knut plötsligt? Jodå, Karlshamns punsch och snus tillverkade man i just Karlshamn. Varför kom du att tänka på punsch?

– Jamen säger man Karlshamn, så är det naturligt att det första en tänker på, så är det Flaggpunch. Undrar varför Nilsson flyttade ifrån Karlshamn där man tillverkade livets mening och hade det inpå knuten?

Annars började Knut och Gustav tänka på att ta kväll. Det hade varit en lång dag. Och Knuts Ida, skulle snart komma ifrån tvättstugan där hon slitit från arla morgon och tvättat linne ifrån Drottningholm. Det skulle vara manglat och klart till dagen därpå. Då kom man med bil för att inspektera och räkna linnet innan det kördes åter till slottet. Ida Kristina och Tupp-Olles Greta, var de som hade ansvaret. Så hade det varit det senaste året och de enda som också var betrodda till att vara tillräckligt aktsamma och noga med tvätten.

Tupp-Olle hade tidigare arbetat i Norrköping på Tuppens lakansväv. Så att han kallades för Tupp-Olle, var nog inte så konstigt.

Ångan stod ofta som en kvast ut ur fönstren nere i Hornsgatsbacken när de tvättade vitt och man kunde höra stenmangeln dunka när de drog den med det stora hjulet fram och åter över det breda stora mangelbordet.

Knut kom plötsligt att minnas den dag Ida kom till Stockholm. Hon hade kommit vandrandes ifrån en liten ort nere i Sörmland. Ja hon hade kommit med tåg och stigit av vid Liljeholmens järnvägsstation, strax innan Hornstullen. Det var bara bron över Liljeholmsviken att vandra och så upp över Hornsgatsbacken in mot den stora staden. Ida och alla hennes syskon hade bott i ett litet torp som hette Lövdalen i Kila församling. Det var ett mycket litet torp och där hade Ida bott med sina nio syskon och sina föräldrar, Claes Petter och Johanna Kristina. Det var en välsignad tid. På sitt sätt.

– Jo, sa Knut. Hon kom allt i rättan tid, hon Ida.

– Ja, svarade Gustav, hon gjorde väl det, Ida.

Han kisade mot solen och tog ett tag med snusnäsduken över ansiktet och rätade på ryggen.

– Du Knutte! Tiden går, kanske vi ska göra sammaledes?

Knut nickade och så började de dra sin vagn mot förrådet bort på Ringvägen där renhållningen hade sina vagnar och hästarna sina stall och verktygen sina bodar.

13

Jaha, tänkte jag när mejlet susat iväg mot Vendelas virtuella brevlåda. Detta kan väl knappast vara något som hon kan vara intresserad av? Det var inte mycket jag fått ihop som handlade om farfar och hur han var i sin ungdom, men alltid något. Farfar hade minst sagt varit en fridens man. Men nu är det Vendela som ska läsa mellan raderna och analysera naturligtvis. Bara att avvakta hennes reaktion, om nu någon sådan kommer. Man vet ju hur det är med vårdcentraler och i förlängningen dess arbetsgivare, landstinget. Det är lite som sirap, långbänk
Nu upptäckte jag hur mycket jag hade skrivit på det som skulle bli en roman var det tänkt. Där hade det kommit en del småsaker mellan fingertopparna och tangenterna som hindrat. Så som det där plötsliga och oväntade besöket hos landstinget. Jag mejlar iväg de där jag skrev om pappa också så kanske det jagar på den där kuratorn... nej just det. Hon uppstod nu plötsligt som beteendevetare. Här går det undan i svängarna.

Men hon kanske kan få iväg ett mejl så jag vet vad som är på gång.
Om inte annat, kanske jag får en tid hos henne. Men nu har ju hon hunnit blivit ett helt år äldre... shit!
Jag skrev ner hennes mejladress igen och bifogade stycket om pappa och hans äventyr. För, äventyr hade han allt haft.
Kanske ska kolla igenom lite själv först, bara bläddra men ändå läsa innan jag skickar...

— *November anno 1944* —

Hela Nisses pluton skulle mucka. Det vill säga, man hade gjort sitt denna gång inom det militära. Manskapet stod därför vid intendenturförrådet för att lämna in grötrockar, gevär och alla de persedlar man hade fått ut ett halvår tidigare.
   — Nisse, blir det pang på rödbetan nu när du kommer hem, skrockade Blomgren där han bland de andra gubbarna stod i den ringlande kön uppför trappan till förrådet för att lämna in sina persedlar.
   Intendenturförrådet låg lite avsides i en byggnad som tidigare tillhört en större verkstad i Visby. Trappstegen upp till övervåningen där de skulle lämna in sina persedlar, var nötta och det var murrigt skumt. Det fanns inga fönster som lyste upp det dystert militärgrå väggarna förutom de fåtaliga lamporna som lämnade ett trött sömnigt sken.
Där var en ingrodd lukt av vapenoljan Armol, skokräm, naftalin och beväring, i hela huset. Men nu betydde utryckningen i civila kläder att det var över för den här gången och det var inte utan att en viss glädje stod att läsa i de snart hemvändande beredskapssoldaterna.
   — Rödbetan, sa Nisse efter en stund? Hon är inte rödhårig om du menade det, sa han och så skrattade man igen. Men du kanske menade något annat Bogge? Gubbarna hade lätt för att skratta en sådan här

dag. En du själv då. Kommer du kanske skyldra gevär redan nere i farstun?

– Lystring, skrek en gubbe bakom disken. Ni ska inte lämna in skovårdspåsen, det är tillsagt. Den påsen bjuder Kronan på.

– Kan Kronan inte bju' på en sup också? Det skulle jag uppskatta mer än den där lilla dammiga putspåsen. Och det skulle sitta kuckelimuck nu med ett par strama supar, eller vad säger ni gubbar? Man är torr i strupen som kalkbrotten borta i Slite.

– Det skulle vara Kronbrännvin då förstås, menade Wille men stod i rullorna som 132 Wilhelmsson, det kunde vara en passande krök.

– Vi kanske skulle skaffa en halva Kron. Jag tror det kommer gunga ut av bara fan i den där plåtbaljan på hemvägen, fortsatte Bogart. Då kan det vara bra för magen och balanssinnet med några strama supar innanför flytvästen. Och det duger bra med Kron, naturligtvis. Blir kanske knepigt att få tag på innan Hansa lägger ut igen. Det är väl knappt några, förutom vi, som är uppe med tuppfan.

Känslan att det ska bli jäkligt skönt att komma hem var påtaglig, den saken var klar för manskapet. Alla hade de någon att komma hem till, någon som längtat efter dem och som man längtat till.

– Klart det sitter fint som fan som ett par sura gamla fotlappar med Kron, fortsatte han. Hörde på telefon igår att frugan å jag, ja och så den där lilla förstås, ska flytta nu innan jul. Fan också! För vilken gång i ordningen, vet jag inte.

– Bogart, för helvete! Ta hand om din skovårdspåse. Den vill jag inte ha här på disken hojtade grågossen igen, han med en påsydd vinkel på rockärmen. Det var en av dem som stod bakom nämnda disk för att ta emot persedlarna och glåporden ifrån gubbarna.

– Se där ja Bogge, nu kommer du hem med en fin present till huskorset hade Nisse skojat och nickade åt Blomgren som nu stod där och dinglade med sin grå skovårdspåse.

83

Ingen begrep egentligen hur man kunde kalla Blomgren för "Bogart".
Han rökte inte och kunde varken spela piano eller tala engelska, men han hade sett filmen, Casablanca.
Möjligen var det namnet då, som gossarna travesterade för han hette egentligen, Bo Gary Blomgren. Bogart var uppvuxen bland växthusen i Tungelsta och skulle möjligen kallats för Blomman, av tre skäl. Hans efternamn, den röda näsan och så då hans uppväxt bland växthusen ute i Tungelsta.
Kamraterna hade missat en poäng där, så det blev Bogart.
Tungelsta, var en öde plats mitt i skogen på Södertörn, vid vägs ände. Där växte bara träd och som det verkade, växthus.
Bogart Blomgren var en baddare på medel- och långdistanslöpning. Han kom till Högalids IF från sin moderklubb, Hanveden IF. Nisse och Bogart ingick i samma stafettlag numera och firade sina triumfer i bland annat gatloppet Ringvägen Runt, en stafettävling som avhölls varje sensommar på Söders långa breda paradgata, mellan alla idrottsklubbar runt staden. Små som stora.
Så hade jargongen varit över lag på logementet och dövade en del av oron för dem där hemma och för sin egen del om det skulle bli skarpt läge och ryssen kom. Kunde man lätta upp den monotona lunken, tristessen och harvandet med att hitta på träffsäkra smeknamn, så gjorde man det. Det blev nästan som en tävling, utöver de eviga kortlapparna. Bara för att ta ett exempel som att Nisse ofta hade hand om vaktpostfördelningen vid kasernerna och var den som delade ut fältposten när den anlände, kallades han därför, Post-Nisse.
Och det medvetna missförståndet var han kom ifrån, så sa man därför ofta, Post-Nisse i Enskede.
Nisse kom inte från Enskede, nä han hade bara en kusin som bodde där. Nisse kom ifrån Söder, eller Södermalm, som det hette. Han var en söderkis... därför sa man alltid Enskede, istället för söder om söder.

Men man hade lika gärna kunnat säga, Stuvsta, eller Gröndal, skulle man retas kunde man ta i ordentligt.

Nisse och hans lilla familj hade nyligen flyttat ifrån Heleneborgsgatan ut till Bromma. Därmed hade han fått lite längre in till sin anställning vid Nordiska Kompaniet på Hamngatan där han arbetade på belysningsavdelningen. Han hade jobb, och det var extra viktigt om man hade familj plus en extra liten parvel på gång. Men innan Nils började på NK och bodde på Söder, hade han haft ansvaret för ett stort filmlager på Hornsgatan i höjd med Adolf Fredriks torg. Det var en mycket brandfarlig nitratfilm som förvarades där. Filmlagret var en potentiell krutdurk, där allt nu skulle katalogiseras. Det var ett arbete som gjort just för Nils och hans kända noggrannhet av petimäter karaktär.

När han kom till spelfilmslagret, fanns det två pärmar sorterade och indelade i alfabetisk ordning efter filmtitlar. När Nils slutade sin anställning på KF:s filmlager, började han som vaktmästare för en kortare tid på Skansen, vårt svenska friluftsmuseum, som låg ute på Djurgården, men då var filmerna katalogiserade och specificerade i tolv pärmar där man kunde söka på i stort sett vad som helst och finna det man sökte. Skådespelare, dramaturgier, lustspel, idrott, invigningar, kungligheter, årtal, titlar och så vidare. Det var, kan man säga, ett typiskt handarbete med Nils signatur som han hade lämnat efter sig. Även i pedagogisk anda.

Från bostaden på Heleneborgsgatan, var det promenadavstånd till Adolf Fredriks torg vid Hornsgatan där filmlagret var beläget två trappor upp. En kort bit att gå och han var fortfarande på så att säga hemmaplan, mindes han där i blåsten. Det var många och långa minnen som likt en kinematograf spelade upp hans åminnelser.

Med jämna mellanrum ringde han hem till sin Ulla för att höra hennes röst och att han var efterlängtad. Det betydde mycket.

Hans familj hade utökats med ytterligare en liten medlem, men en liten medborgare som Nils inte hunnit träffa ännu. Så färsk var nedkomsten *med den nya parveln. En gosse hade det blivit som hade varit 53 cm lång och med en vikt av 3530 gram samt hade haft fem fingrar på varje hand liksom fem tår på varje fot och var i övrigt, frisk. Klockan hade visat på tjugo minuter i ett och det hade varit en tisdag, det hade han nyss fått reda på via telefon.*

Man hade hoppats på en flicka, så man haft en av var sort. Men då kanske det blir en flicka nästa gång, log han för sig själv där han gick och sprätte lite i sina tankar om dem han hade därhemma. Hans tankar var många och varma där han vankade i sina funderingar på kaserngården. Bara en dryg månad innan de skulle bära av hemåt med färjan Hansa in till Nynäshamn, hade han alltså blivit pappa igen.

Nils knäppte igen sin lilla bruna resväska med sina personliga tillhörigheter. Rättade till hatten och begav sig ner tillsammans med de övriga civilisterna, mot hamnen.

Rockskörten fladdrade om benen, halsdukar slog ut i vinden precis som fanorna vid regementet. Vakten hade gjort honnör för manskapet där de tågade iväg, höger – vänster om, utan att fundera det minsta på om det var en order längre, eller om det var i takt eller otakt. De var civilister nu och de visste ingen ände på sin glädje, man gav faderullan i vilket.

14

När kriget startade, bildade nästan alla partierna i den svenska riksdagen en gemensam regering. Det var bara två partier som inte fick vara med. Det var kommunisterna och en politisk grupp som stödde nazisterna i Tyskland. Regeringen leddes av statsminister Per Albin Hansson. Han anförde också att Sverige skulle undvika krig och för oss svenskar gäller det nu att med lugn sämja samlas kring den stora uppgiften att hålla vårt land utanför kriget, innehöll hans yttrande. Vår regering hade därmed förklarat att Sverige förhöll sig neutralt, i folkrättslig mening, till de krigförande staterna. Andra världskriget startades på hösten 1939 av Adolf Hitler, som var ledare för Nazistpartiet och statsminister i Tyskland.

På kort tid lyckades tyska soldater ta makten över flera länder i Europa, bland annat våra grannländer Danmark och Norge. Tyska trupper hade landsatts i norska hamnar klockan tre på natten. Men när fientligheterna tog sin början i september, var det ändå osäkert vad som skulle hända med Sverige.

Totalt var det tjugo länder i Europa som deklarerade sin neutralitet vid krigets början, men bara sju av dessa länder klarade att upprätthålla denna neutralitet under hela kriget av olika anledningar.

Sveriges läge på den skandinaviska halvön, förmågan att under lång tid förhålla sig neutrala i internationella kraftfulla konflikter, dess militära upprustning efter 1940 och krigshändelsernas allmänna förlopp, bidrog till att Sverige inte blev direkt indraget i världskriget.

En avgörande anledning kanske var de eftergifter som Per Albin Hansson och hans samlingsregering gjorde till Tyskland beträffande svensk export till Tyskland, och transiteringstrafiken med tyska militärtransporter både av personal och materiel på de svenska järnvägarna till Norge och mellan Norge till Finland. Skarp kritik riktades mot att de tyska trupperna fick transporteras genom Sverige. Och ett land som Sovjetunionen, såg inte med blida ögon på den svenska exporten till Tyskland av kullager och järnmalm som fraktades med fartyg från Sverige.

Många svenskar var rädda för att vi också skulle kunna bli attackerade av Tyskland, men Per Albin sa, när andra världskriget började, att våra militärer var väl förberedda för att klara av ett krig.

Experter menade dock att det som statsministern sa, mest var en lögn för att lugna det svenska folkhemmet.

Egentligen hade Sverige en ganska dålig armé när kriget började. Åren före kriget var det allt färre soldater som utbildades och de som kallades in fick bara en kortare utbildning. Under de år som kriget pågick, började Sverige bygga upp sitt försvar. Vi fick till exempel fler kanoner, stridsflygplan och krigsfartyg. Många fler män kallades också in som soldater och fick bland annat vakta landets gränser. En populär sång under beredskapsåren kom att bli Min soldat, med texten bland annat löd... *Men det gör detsamma för han är min soldat, någonstans i Sverige*, som Ulla Billquist sjöng vid tiden.

Efter dessa händelser och efter Tysklands framgångsrika seger över Frankrike, förändrades Sveriges ställning gentemot Tyskland till det sämre. När Norge också hade fallit kan man säga att Sverige hade två val. Antingen att säga emot tyskarna och riskera krig eller att bli en mer eller mindre lydstat åt Tyskland. Man hade inte så mycket att säga till om, med den lilla armé Sverige hade.

Man lät alltså tyskarna transportera sina soldater med tåg till Norge genom Sverige och man tillät också transporter av vapen och annat till soldaterna. Det gick ungefär ett tåg om dagen från Tyskland till Norge under tre års tid. Och betydande mängder av tyska soldater transporterades genom Sverige. Ett stort antal vagnslaster med vapen, gick också samma väg.

Såväl Joseph Goebbels som svenska forskare har bedömt att Sverige hade varit lätt att inta om Tyskland hade anfallit 1940 samtidigt som Norge och Danmark. Kring år 1943 tog Tyskland fram en detaljerad anfallsplan mot Sverige, men andra forskare menar samtidigt att det var en pappersprodukt och att Sverige aldrig var allvarligt hotat. Hitler hade inte anledning att attackera så länge Sverige exporterade kullager, järnmalm och verkstadsprodukter till Tyskland.

Trots att Sverige inte deltog i andra världskriget som krigförande nation, var hela landet satt i skarpt läge och det svenska försvaret hade en beredskap för att försvara landet mot fientliga anfall. Tiden som andra världskriget pågick, kallas därför beredskapstiden.

Svenska män blev värnpliktiga mellan 20 och 47 års ålder och utbildningstiden blev 450 dagar. Värnpliktiga uttogs till både officers- och underofficersutbildning under ett, respektive ett och ett halvt år där utöver.

Både yngre och äldre värnpliktiga var tvungna med anledning av det allvarliga läget, stanna kvar i beredskapstjänst under långa perioder. Försvarets sociala sida hade därför en svår uppgift att ordna för de inkallades familjer på ett rättvist och effektivt sätt. Medan de värnpliktiga låg, många gånger, långt hemifrån ändrades också deras familjeförhållanden på olika vis genom dödsfall och genom tillökning i familjen och så vidare, det var för många besvärligt under beredskapstiden. Familjer blev tvungna att söka annat och billigare tak över huvudet, man hade helt enkelt inte råd att bo kvar.

Kontakten med de sina, ordnades av den så kallade fältposten. Genom den posten kunde brev nå fram till fältförbanden och som var en viktig del av försvaret. Det riktades ju en ganska utbredd spionverksamhet mot Sverige och då var det av stor vikt och betydelse att post inte kom på avvägar i främmande händer. I den andan skapades också mottot, *En svensk tiger* med affischer som syntes på många platser. Affischen accentuerades fyndigt av en blå- och gulrandig tiger som kunde ses på varenda militärt logement.

Ett hemvärn kom att organiseras samt utvecklades och kvinnorna bildade lottaorganisationer efter finländskt mönster. Luftskydd ordnades, skyddsrum byggdes och mörkläggningsåtgärder infördes och det delades ut rullar med mörk-läggningspapper för att täcka för fönstren på hus och hem. Mörkläggning gällde även på byggnader, offentliga platser och fordon. Mörkläggningen var strikt under de första krigsåren.

Speciellt efter det tyska angreppet på både Danmark och Norge i april 1940.

Vakter kom att gå omkring under kvällar och nätter för att kontrollera att mörkläggningen var ordentligt utförd. Syntes den minsta ljusspringa vid något fönster, kom vakten att knacka på hos den boende och beordrade bättring vad gällde mörkläggningsreglerna. Alla fordon, även cyklar, skulle ha mörkläggningsbelysning med svagt blått avskärmat ljus.

Mörkläggningen i Sverige genomfördes för att hindra och försvåra för bombplan från främmande makt att kunna navigera genom de ljus varje stad kunde vara behjälplig med. Fönster skulle täckas för att hindra ljuset från att tränga ut. Utomhus och för fordon, användes särskild avskärmad armatur och särskilda mörkläggningslampor. Speciella bestämmelser fanns beträffande inner- och ytterbelysning samt för fordonsbelysning.

För arbetsbelysning utomhus, markeringsmålning på gator och fordon, markeringsljus, fartygsbelysning m.m. hade man också sina bestämmelser för mörkläggning.

Allt för att skydda det egna landet Sverige ifrån obehagliga nattliga besök.

Men Sverige blev ändå utsatt för bombfällning i början på 1944 som visade sig vara sovjetiska bombflygplan där man menar att bombraiden var ämnad för Åbo i Finland, och att de sovjetiska bombflygplanen förirrat sig och släppte sin bomblast över bland annat Tantolunden på Södermalm, tätorten Strängnäs, i Södermanland, Södertälje samt Stockholms norra skärgård.

Redan dagen efter konstaterades också att det var bomber från Sovjetunionen. Både på Södermalm och i Strängnäs hittades skärvor med kyrilliska bokstäver. Den svenska ambassaden i Moskva lämnade in en protest om det inträffade men Sovjetunionen dementerade och sa att de inte hade någonting med bombningarna att göra. Det andra världskriget sjöng så att säga på sista versen.

Men det skulle dröja in i maj anno 1945, innan Winston Churchill talade till folket efter segern över Tyskland. Det var en dag som man runt om i världen det firades att Tyskland kapitulerat.

Från slutet av 1939 till början på 1941 erövrade eller kontrollerade Tyskland genom en rad fälttåg mycket av den europeiska kontinenten. Baserat mellan Sovjetunionen och Tyskland invaderade, hade Sovjetunionen ockuperat eller annekterat helt eller delvis, sex olika europeiska grannars territorier, däribland Polen. Men i maj 1945, var alla slag över. Kriget var på väg att ta slut.

De hemvändande beredskapssoldaterna, var också på väg att ta slut. Det kändes som om man inte orkade mer. All spänning som dygnet runt hade genomkorsat deras medvetenhet i bunkrar och vid andra försvarsställningar de ständigt var i kontakt med och avpatrullerade, gjorde att man till slut avpatrullerade även hjärnan innan man resolut gjorde patron ur.

Nattligt flyg hördes på håll, var det våra, eller var det Luftwaffe? Strålkastare tändes och fångade in flygplanen och så släktes de igen och vi slappande åter av, trodde vi. Från början var vi fyra vid varje vakt där två försökte sova och två spanade efter ovälkomna besök.

Man förbannade detta krig och man önskade Hitler så långt man kunde. Men kriget skulle inte vara helt slut ännu på ett halvår. Men för Nils och hans kamrater, var det hemgång som gällde så slapp man den där dåren Adolf, på nära håll i alla fall.

15

Morgonen var minst sagt gråkall och mörkare än vanligt vid denna tidpunkt.
Nils vankade rastlöst av och an bland sina kamrater med en längtan efter sin familj. En familj som hade utökats för knappa månaden sedan. Nu skulle det bara färdas över Östersjön med den ankommande färjan som genast efter lossning, skulle vända åter mot Nynäshamn. Väl där skulle han sedan kliva ombord på tåget in till Stockholm Central. Fast mark under fötterna, kände han det som. Och hans kamrater runt om honom i stoj och glatt stim, hade samma längtan att komma hem. Flera av hans beredskapskamrater skulle också med tåget mot Stockholm. Ett gammalt ånglok skulle pusta sig fram genom den Sörmländska faunan upp mot hemstaden. Det skulle passera och stanna vid Tungelsta, kanske Bogart skulle kliva av där, Nils var inte säker. Nils själv skulle åka med till slutstationen innan det blev vidare färd ut till Abrahamsberg.
En envis vind låg på utifrån havet och flaggan vid kajen smattrade söndersliten energiskt i den envisa pålandsvinden. Fortfarande var dimman

tät, nästan som kompakt rök. För att vara Gotland, var det inte riktigt sig likt denna tidiga timma.

Det hade känts ovant att gå där nu i civila kläder. Det var lite kylslaget i den dragiga blåsten, till skillnad från de robusta varma grova grå vadmalskläderna Kronan stått för.

Nu skulle han invänta färjan nere vid hamnen för transporten tillbaka in till fastlandet tillsammans med sina kamrater, sina bassar. Han och hans logementkamrater som nu alltså klätt sig i en civilists uppsyn, hade man skämtat om, såg lite främmande ut för varandra där de nu stod. De hade kvitterat ut sina färjebiljetter av deras fänrik Sparre kvällen innan, så allt var ordnat på den fronten.

Termometern visade säkert bara fem grader och blåsten var så infernalisk att civilisterna fick hålla i kepsar och sina hattar.

Där stod de nu som sagt i civila kläder och huttrade och var lite svåra att allesammans känna igen. Som att skrapa av teatersminket på en clown och som plötsligt står där i sin nakenhet utan sin röda lösnäsa.

Nu efter deras utryckning ifrån det militära och landet de tjänat under senaste halvåret i beredskapstjänsten, var man van att se varandra i grötrock och med mausern över axeln. Inte i paletå, hatt, bruna skor och resväska, i varje fall. Man förmodades återgå till de eventuella arbeten man hade innan de skulle rycka in på grund av den trista beredskapsordern som trillat in i brevlådan tillsammans med biljett för transporten.

Det vill säga, var och en skulle återgå till arbetet man hade innan de fick sin inkallelseorder, var ett av de sista beskeden som lämnades av överordnat befäl. Allt skulle snart vara som tidigare, hoppades grabbarna.

Men förhoppningsvis lite bättre nu när kriget var på väg att ta slut.

En del hade förstås ingenting att återvända till. De var tvungna att se sig om efter ett arbete och det var inte helt lätt, men långt ifrån omöjligt, ändå. Nils hade det ganska väl förspänt på det området. Han skulle ju återgå till Nordiska Kompaniet inne på Hamngatan i Stockholm, efter sin lilla utflykt till Nyköping då han officiellt skulle ha svarat för återförsäljningen av möbler och armaturer.

Det hade börjat en dag då Nils kom hem ifrån Berns salonger, restaurangen vid Berzelii park. Där hade han putsat upp en av de två stora kristallkronorna i den stora salongen, så hade hans Ulla pekat efter sedvanligt pussande i hallen, på ett kuvert hon lagt på byrån.

– Du har fått ett brev från Nordiska Kompaniet. Det kom idag.

– NK... jaha, just det. Han, personalchefen du vet, Bernhard Håkansson, talade med mig idag och undrade om jag kunde ta hand om återförsäljningen i Nyköping under en tid. Kanske ett par år eller så.

– Jamen vi har ju precis flyttat till Bromma?

– Men, det kommer naturligtvis bli några kronor mer i veckan och det är väl inte att förakta, va?

– Nej såklart inte. Men återförsäljning i Nyköping åt NK, ser och låter aningen märkligt ut. Vad finns det för kundunderlag för Nordiska Kompaniet i Nyköping? Det är ju en liten, men charmig stad vad jag vet. Det är väl där Nordiska Kompaniet har alla sina snickerier och verkstäder för tillverkning av sina möbler. Det har du själv berättat om, min lille soldat.

– Jo, jag vet. Men det här är kanske en chans vi inte får igen. Och du, från det ena till något lustigare. Bernhard Håkansson kallas allmänt på jobbet för, Be-Hå!

– Men det var väl roligt, hade Ulla sagt med en besk liten touch. Herrarnas humor, kan jag tänka mig.

Verkligheten av brevets innehåll hade ju egentligen varit av en helt annan innebörd som Nils fått sig framställd av personalchefen under dämpade former och två par öron. Den egentliga orsaken med flytten till Nyköping, nämndes inte i brevet naturligtvis. Det var mer av den officiella prägeln på brevet, den faktiska var en annan och inget som skulle vitt och brett saluföras på gator och torg eller i brev. Nils visste ju genom den personliga förklaringen och förfrågan han hade fått på sin arbetsplats av personalchefen vad den egentliga orsaken var. De hade precis flyttat till en ny lägenhet där de trivdes alldeles utmärkt. Man hade också köpt en större matrumsmöbel samt ett par fåtöljer med personalrabatten. Att behöva bryta upp och flytta, trodde han inte skulle vara så populärt hos familjen. Men jag ska göra ett allvarligt försök att få hustrun att acceptera att vi flyttar till Nyköping. Men, jag fick naturligtvis inte nämna den informella anledningen. Det var till och med hemligstämplat på högre ort.

Nils hade bett att få sova på saken innan han bestämde sig.

Nordiska Kompaniets möbelfabriker i Nyköping skulle ju bygga stridsflygplan åt det svenska försvaret. Så därför hade det varit så att säga, locket på. Hemligt!

En Svensk Tiger!

Den officiella anledningen var nu att Nils skulle jobba med Nordiska Kompaniets återförsäljning i Nyköping, punkt.

Men orsaken var ju som sagt en helt annan. Det handlade om att man hade långt gångna planer på ett eget stridsflygplan och i början av 1940 hade man också tagit fram ritstiftet för att börja skissa på P22 projektet tjugutvå, som det kallades i början innan det nämndes som J22.

Det var ett resultat av andra världskrigets utbrott och 1939 hade flygvapnet beställt 264 jaktflygplan från USA.

Flertalet av dessa jaktflygplan kom aldrig att levereras till Sverige på grund av kriget.

Resultatet av de uteblivna flygplanen gjorde att Sverige tvingades att helt plötsligt konstruera och bygga lämpligt flygplan själva till de nya ännu icke uppsatta flygflottiljerna. En produktionskapacitet skapades och blev ett måste vid sidan av Saab.

Kungliga flygförvaltningens flygverkstad i Stockholm, såg dagens ljus. Och en viktig förutsättning, ty det fanns alltid krav, var för att produktionen av ett inhemskt jaktflygplan skulle fungera, var att det skulle byggas upp kring samma motor som satt i det första jaktflygplanet J9 som Sverige inköpt ifrån USA. All expertis samlades på det tillfälliga ritkontoret som sattes upp i en större lägenhet på Sibyllegatan. Det var expertis på allt annat än flygplan, men i slutänden så rullade man ut ett minst sagt konkurrenskraftigt jaktflygplan.

Flygplanet byggdes helt och hållet i stål och trä. Mer än 500 underleverantörer runt om i Sverige kom att vara delaktiga i konstruktionen som tillverkade, alla detaljer. Med så många underleverantörer fanns det stort utrymme för läckage av hemlighetsmakeriet. Det stora flertalet av leverantörerna, visste dock inte vad det tillverkade och vad som i slutänden ingick och vad de monterades tillsammans med, och i vad. Där låg dimridån.

Nils skulle ingå i gruppen för samordning av alla dessa detaljer som fordrade sin man. Det var så långt ifrån man kunde komma designade fåtöljer, soffbord, karmstolar och plymåer för att inte tala om hela serien med matsalsmöbler, linneskåp, piedestaler, takkronor, ljuslampetter och gungstolar, med mera som normalt låg på Nils bord. Men ett nog så omfattande detaljarbete som inte fick fallera, minst sagt.

Vid konstruktionen av flygplanet ställdes naturligtvis vissa och många krav av beställaren. I möjligaste mån skulle vid tillverkningen endast inhemskt material användas.

Aluminium fick man inte använda eftersom Saab behövde allt av den varan som kunde produceras i Sverige.

Slutresultatet av flygplanskroppen blev ett stålskelett tillverkat i Örnsköldsvik. I Bromma monterades sedan kroppen med ytbeklädnaden av träpanelerna som nu tillverkades och levererades från Nordiska Kompaniets (NK) snickeriverkstäder i Nyköping.

Komponenterna monterades alltså samman vid hyrda lokaler invid Bromma flygfält i Stockholm.

Tillkomsten av flygplanet J22 framstår egentligen som ett i all hast framtaget modernt jaktflygplan för att lösa flygvapnets akuta brist på flygplan. Det räckte inte långt med de tre divisioner Gloster Gladiator dubbeldäckare man hade till förfogande om vi skulle råka bli hemsökta och invaderade av Hitlers tyska jaktflyg där den snabba Messerschmitt ingick.

Utöver beställningen av stridsplan, hade man även beställt flera divisioner med attrapper som ifrån luften skulle se ut som J22 i stora mängder. Allt
för att lura Adolf och hans Luftwaffe.

Ja, om de kom in på hög höjd för att fotografera våra flottiljer och våra uppställda flygplan på olika flottiljer, så kanske man kunde skrämma skiten ur Fritzen. Det var en list man log åt. Samtidigt var det reservdelar som stod där och icke förty några bortkastade slantar. Vi var ju själva uppe på hög höjd för att plåta, och det var en skrämmande slagkraftig armada ur första division på F8 vi såg. Listen var förevigad och godkänd av högre makt, samt naturligtvis hemligstämplad.

En Svensk Tiger...

16

Nu blev det därför i all hast som Nils skulle packa sin lilla bruna väska och flytta till Nyköping. Nu hade det varit, om rätt ska vara rätt, hans hustru Ulla som packat hans lilla nötta resväska. Skaffa boende för sig och sin familj i Nyköping samt sköta en del av logistiken, stod på dagordningen för Nils. Jaktflygplanet J22, innebar också en viktig milstolpe för det svenska flygvapnet. Och Kungl. Maj:t har i nådigt brev av den 21 februari år 1941 nu bifallit Kungliga Flygförvaltningen med dess äskande.

Hemställan om medgivande att för konstruktionsarbete av jaktflygplan och experiment samt tillverkning av attrapper ävensom för tillverkning av två provflygplan för jaktflygflottilj till ämbetsverkets förfogande ställa medel till Flygförvaltningens förfogande.

När det gällde tillverkningen av träpanelerna, kom detta att ske vid två olika företag. Den första prov- och serietillverkningen, som även innefattade byggandet av jiggar, skedde vid AB Svenska Möbelfabrikerna i Bodafors.

Efter ett anbudsförfarande inkom ett anmärkningsvärt och ytterst lågt anbud ifrån AB Nordiska Kompaniet (NK) i Nyköping. Senare flyttades all träpaneltillverkningen från Bodafors till Nyköping.

Materialet skulle vara björkfanér på kropp samt vingar. En björkfanér som Finland stod som leverantör av. Det är inte mycket man förstår av allt som handlade om tillkomsten av detta flygplan, men kan vara intressant i själva berättelsen. Det kan vara lättare att förstå vad som hände, med alla papper på bordet.

På kajen i Visby hade någon försökt traktera sitt dragspel, men det var inte lätt med stela fingrar och de flesta tonerna flög all sin kos i vinden. Nisse bar på ett platt paket under ena armen inslaget med brunt omslagspapper, sin resväska bar han i den andra handen så det var inte lätt att hålla i hatten samtidigt. Det platta paketet med ett brunt omslagspapper innehöll två tändstickstavlor han tillverkat på luckan under sin beredskapstid och med sitt tålamod och precisa exakthet, som var hans utmärkande egenskap, hade han limmat tändsticka vid tändsticka. Den ena tavlans motiv var ringmuren i Visby, den andra föreställde domkyrkan i dess stad. Väl hemma var det meningen att han sedan skulle färdigställa tavlorna genom att med en lödkolv han kunde hetta upp över gaslågan på köksspisen, bränna in kontrasterna i motiven. Nisse bar på en erkänt konstnärlig ådra och hade en konstnärlig förmåga och ett skapande i sina händer. I sitt målande var han influerad av Gusten Widerbäck, en konstnär ifrån Uppsala. Några tavlor hade han målat innan fosterlandet kallade. Där ser man tydligt hans påverkan på ett utpräglat sätt såsom Widerbäck målade så många gånger utifrån Upp-

sala slätten. Det var ett uttryckssätt i måleriet som kanske tilltalade och passade Nils färdighet med penseln.

Nu såg han sig om efter motiv och fångade med blicken hur färgerna syntes vara bleka, som pasteller. Detta blandat i en mulen, tungsint och luguber stämning med akvareller i vemodiga grå toner. Men gråtoner kan vara rätt på rätt ställe, tänkte Nils och kramade sitt paket. Vinden slet och ville åt paketet.

Nere vid vindskyddet i hamnen, satt nu skaran med grabbar på bänkarna för att invänta färjan. Ett fartyg som skulle föra dem hem. Hem till hemmets lugna vrå på fastlandet. Färjans avgång skulle ske kvart i nio mot Nynäshamn.

Transporten över vattnet till fastlandet, skulle företas med ångfartyget Hansa. En gammal trotjänare i rederiet sedan anno 1925, men den var byggd 1899 så det var ingen ungdom direkt som nu svarade för färjetrafiken.

Enligt tidtabellen skulle Hansa angöra Visby hamn klockan 07:30, sådant var ju mest en beräknad tid. Det olustiga vädret hade tydligen försenat henne då någon färja inte låg i hamn ännu då klockan var åtta slagen.

Väntan, denna till en början så lustfyllda fredagsmorgon, övergick i en oroande olustig känsla när Hansa inte anlänt någorlunda enligt tidtabellen. Det flesta som satt där på bänkarna, försökte till en början spana ut mot havet för att möjligen se någon skymt av det förhoppningsvis snart anländande fartyget. I denna blåst skulle det minsann inte bli någon nöjestripp.

Men ingen kunde skönja något i den tjocka dimman och det vresiga havet utanför Visbys hamn. Några magasin skymde sikten till viss del men fungerade istället bra som vindskydd. Många av de som väntande vankande fram och åter nere i hamnen, var öbor som nu såg fram emot att möta nära och kära som befann sig ombord på färjan. Andra väntade på beställda varor.

Bogart hade hittat en frände som faktiskt hade en halva Kron att fira hemgången med. Wille, med flera andra, hade somnat och satt lutade mot varandra. Killen med handklaveret, var tvungen att ge upp sitt musicerande.

Rederiet hade meddelat att förseningen berodde på det dåliga vädret och att det är därför hon dröjer. Men när rederiet inte heller kunde upprätta någon radioförbindelse med fartyget, övergick man till att det trots allt kunde vara ett maskinhaveri hon drabbats av.

Rederiet kontaktar därför marinen som skickade ut patrullbåtar för att söka efter Hansa och ge henne den assistans hon troligen behövde.

Den väntande skaran på kajen förstod därför att det skulle dröja innan de kunde lämna denna kalkstensö.

Nils tog sig till telefonstationen för att ringa hem och berätta att det nog kunde dröja innan han kom hem. Men när han kom hem, skulle det bli desto kärare, hade han tänkt säga till sin Ulla. Nu var Nils inte ensam om att fundera på att ringa hem. Det var redan en lång kö utanför Telegrafstationen i hamnen. Det blåste mindre, betydligt mindre, vid Telegrafstationen än nere vid kajen, och det gjorde ju ingenting, filosoferade Nils. Vinden ryckte likväl en hel del i hans platta vindkänsliga paket och rockskörten slängde av och an runt hans byxben. Han var inte det minsta avundsjuk på de som skulle komma med färjan ut till denna ö och ta över deras ställningar runt kusten och i luftvärnen. Det var sålunda ingen avundsvärd situation de hade de som kom med färjan.

Plötsligt blev det liksom alldeles tyst i hamnen. Nästan så man kunde luta sig mot denna kusliga tystnad. Det verkade inte heller som om blåsten ven och ylade längre. Man tittade sig omkring förvånat som om man undrade vad som så plötsligt hade hänt, vad som stod på. Allt hade liksom stannat av och grabbarna i kön till telefonen, stod och vred sig om. Telefonkön tittade åt höger och vänster. Vad är det som händer?

– Så fort vi vänder ryggen till, då kommer den lede fi och invaderar oss i våra civila kläder.

Fega stackare, sa han med handklaveret och ställde undan skåpet.
Det var tungt att bära på i längden. Tur man inte övertalades att spela bastuba, hade han tänkt.
På avstånd i blåsten hörde Nils några tappra logementkamrater skråla på de sista raderna ur refrängen med Ulla Billqvist och hennes beredskapssång ... någonstans i Sverige. Nils log i sången där han fann en fin text och en fin melodi. Den hade etsat sig fast under tiden på Gotland under tiden med sina beredskapskamrater. Vi var många med samma innerliga längtan.

17

Orsaken till den oväntade och förbryllande tystnaden, var det ingen som kände till och spred därför en viss oro i leden. Man visste inte varför det kändes så konstigt. Men den första informationen som nu likt en löpeld spreds, kanske även hade förvanskats vartefter den tog fart och handlade nu om ond bråd död. Den hade dock talat ett entydigt språk om trolig orsak till den spöklika känslan.

Hansa, den färja grabbarna snart skulle fraktats hem i, hade förlist i det hårda vädret och gått till botten, var den senaste förklaringen till att fartyget inte anlänt Visby hamn.

– Ja, ja, sa Adelsson, vår rustmästare, som nu även han var civilist. Att det gamla vraket nu också gått till botten, var kanske inte så konstigt. Den skorven var väl sönderrostad från för till akter. Tur att det inte var på vår hemfärd till Nynäshamn som den sjönk. Det skulle i så fall betytt vår hädanfärd.

Men herre gud, alla som var ombord nu då hade han tänkt? Alla ombordvarande, vart har det blivit av dessa krakar? Plaskar dom omkring där ute i livbåtar eller bara flytväst?

Med ens började man tänka på alla som var ombord. Gods och sådant värdsligt, var ju döda ting och inget man ägnade en tanke, men alla ombordvarande människor, besättning som passagerare?

– Har plåtskorven gått under med man och allt?

Är det någon som vet, skrek han i blåsten?

Fan, vi får ju inte veta ett jävla helvete, gapade han vidare hysteriskt och verkade vara ordentligt ur vett och sans.

Han gick runt och slog och sparkade på allt som fanns att slå och sparka på. Han sparkade som ursinnig på flaggstången. Han kastade sin väska ut i hamnens vredgade svarta vatten och slängde iväg sin blöta filthatt som singlade högt upp i luften och for iväg långt in över land. Nils tänkte att någon måste ta hand om honom. Han kan ju skada sig själv om inte annat. Han tittade sig omkring och funderade på var han kunde lägga sitt paket och ställa sin resväska i skydd och snabbt försöka hjälpa denne olycklige kille. Var håller våra sjukvårade hus?

– Helvete! skrek rustmästaren vidare. Det var ju den där skorven vi skulle fraktats hem i som nån jävla slaktboskap, skränade han igen. Skorven hade kunna gått av på mitten när vi var på väg hem. En sista resa efter ett år för fosterlandet. Det skulle vara tacken de. Ett år av ändlös längtan som kunde slutat på havets botten. Nära ett år där ni suttit som rädda råttor i era förbannade jävla bunkrar. Ett år av saknad av våra kära som varit så stor på denna förbannade satans jävla helvetes sandhög. Kommer jag levande ifrån detta ska jag jävlar i mig aldrig mer besöka denna förhatliga ö. Jag ska anmäla hela försvarsmakten för underlåtenhet av fartygs duglighet.

Är det inte en käft som vet något, gastade han vidare ut i blåsten som trasade sönder hans verbala ångest.

Han skakade som av frossa och blev nu omhändertagen av hamnfolk och fick en stor filt om sig samt fördes inomhus vid hamnkontoret. Nils hade känt igen mannen som en av deras befäl. Det hade varit en gormande rustmästare som alltid mästrade om oknäppta knappar och annat dumt.

Om det hade varit skarpt läge, skulle man nog inte vilja vara inom hör och synhåll från denne rustmästare. Han kunde nog bli livsfarlig i skarpt läge. Chockade var vi lite till mans, tänkte Nils. Vi är inte mer än människor. Även om vi kanske inte beter oss som sådana i krisiga situationer. Men var och en visar det antagligen på olika vis. Nu återvände Nils till sitt paket och resväska som hade konstigt nog fått stå ifred för både blåst och annat.

Det man visste, vad gäller transporten hem med bestämdhet, var att Hansa lämnat Nynäshamns kaj i rättan tid men med endast 15 minuters försening. Det hade varit väldigt mulet, disigt och kyligt. Termometern hade visat på ynkliga fyra plusgrader. Blåsten var på elva sekundmeter och besättningen var på 23 man.

Besättningen hade surrat, stuvat och packat all last på reglementsenligt vis och placerat ut de 63 passagerarna på trygga platser ombord. Det skulle bli en vanlig överfart som så många gånger tidigare.

Men ödet ville annorlunda. En sovjetisk ubåt hade sökt i farvattnen och funnit Gotlandsfärjan Hansa i periskopet. Två torpeder skickades iväg mot Hansa som också träffade fartyget och satte stopp för vidare framfart. Hansa sjönk på kort tid med man och allt. Två överlevande hittade man vid eftersökning av fartyget.

Det var då det. Jag är glad man överlevde. Kriget var över. Nu skulle Nils arbetsplats åter bli NK, mitt inne i Stockholm.

Vid Hamngatan och avdelningen för armaturer, stod han numera uppsatt som lagerchef i anställningsrullan. Att Nils avancerat i företaget skulle man nog kunna tillskriva hans medverkan i Nyköping och framtagandet av flygplanet J22 vid Nordiska Kompaniets verkstäder.

18

På Gustav III:s väg i Abrahamsberg, gick Ulla och väntade på att hennes Nils. Hennes tappre krigare skulle komma hem ifrån den militära beredskapen på Gotland där han legat inne nu drygt ett halvt år. Hon hade ringat in fredagen den 24 november i almanackan med rött. Familjen skulle trots allt bli samlad till jul ändå tänkte hon, med en jublande känsla inombords. Hennes familj bestod av tre till antalet då Nils fått inkallelseordern. Då hade hennes mage ännu inte antytt någon avslöjade och rundad form. Och nu, nu var hennes familj, inalles fyra till antalet. Ett nytillskott hade anlänt till bostaden under tiden Nils låg inkallad.
Vistelsen hade inte blivit så långvarig i Nyköping för honom och hans familj. Till slut, efter allt letande efter bostad, hade han funnit en trevlig tvårumslägenhet nära Östra torget och Nyköpingsån. Det hade varit precis så som man hade letat efter och hoppats på. För Nils del kunde han cykla till arbetet som var behändigt. Ulla hade funnits sig väl till rätta i den nya staden trots hennes missnöje till en början att behöva flytta ifrån Bromma där de hade det bekvämt och bra och bodde

nära sin bror Gunnar och hans familj. Nu fick man magasinera de nya möblerna man köpt under tiden de bodde nere i Nyköping.

Man visste inte då hur länge Nils skulle arbeta med återförsäljningen åt NK i denna lilla tätort. Ulla hade tyckt det var konstigt, hur som helst. Men, nu var det mer historia och det hade visat sig, som Nils sagt, att det blev några fler kronor i veckan vilket inte hade gjort någonting. Nils hade också verkat trivas, så varför skulle man gnöla, hade Ulla tänkt.

Men det var då det. Nu hade man flyttat hem igen när Nils hade blivit inkallad till beredskap på Gotland, av alla de ställen och lång hemifrån. Då hade man fått flytta tillbaks igen till Stockholm och till en ny lägenhet ända ute i Abrahamsberg där de nu bodde.

Deras äldste sonen satt i fönstret för att titta efter sin pappa som han hoppades snart skulle komma där nere på gatan, för nu visste han att pappa skulle vara på väg hem.

Nytillskottet, låg och sov och var redan drygt sex veckor gammal.

Ulla hade såklart skrivit ett brev till Nils om tilldragelsen och hur hon längtade och hur de skulle fira hans hemkomst. Hon hade ju hans fältpostnummer som var vad som krävdes för att skicka honom ett brev. Han skrev nästan genast ett svar där hans längtan efter sin Ulla var minst lika stor och hans önskan att träffa sin familj igen var obeskrivlig. Han bad alltid i vanlig ordning om en kär hälsning till sin mor Ida.

Hans far Knut, hade ju gått bort året innan och hade numera sitt vilorum ute på den stora Skogskyrkogården i Enskede.

Det skulle bli en liten festmåltid, hade Ulla tänkt när Nils kom hem. Svärmor Ida, hade hälsat på dagen innan och haft med sig ett par kalvkotletter hon kommit över lite vid sidan om, som hon sa. Hon hade tumme med handlaren i Konsumbutiken på Ringvägen. Nils stora förtjusning var just kalvkotletter, förutom sin fru.

Ida hade blinkat lite menande och hade även skjutit över lite nymald köttfärs i ett smörgåspapper.

Nästan smygande. Hon hade sänkt rösten och såg sig om, som om någon kunde se eller höra, vad hon hade haft med sig. Lite vid sidan om, viskade hon och log. Kanske några köttbullar åt den store gossen hade hon sagt, så han blir stor och stark som sin farfar. Nej, nej, nej! Ulla, inte fråga... hade hon sagt när Ulla just tagit sats för att fråga hur hon kunde fått tag på köttfärs. Hon visste ju att det för det första var det ransonering och det måste finnas köttkuponger, sedan måste det finnas köttfärs också. Men, Ulla hade svalt de hon hade på tungan att fråga. Hon visste ju att svärmor hade kontakter på alla de håll och kanter.

Ida och Knut hade också en liten kolonistuga i Tantolunden där man som andra Söderbor odlade grönsaker av alla de sorter. Det var i första hand potatis och morötter, men de utökades med andra rotfrukter och bärbuskar. Knut hade även satt ett äppelträd, men det var ännu för tidigt att ge någon större skörd. Det var oftast bara några få äpplen ännu. Vid grävandet för apeln, fann Knut en liten skatt. Kanske ska sägas en större skatt vad gäller omfång och vikt, men inte i värde. Skatten hade en gång legat i någon jutesäck troligen, men som nu vittrat sönder under ett par hundra år och kvar fanns bara någon tråd av tjärat garn. Men skatten låg kvar i form av en hög med gamla mynt. Knut hade först trott, då han satte spaden i jorden, att det var småsten som tog emot när han skulle gräva. Men det hade varit tjocka slantar av koppar eller möjligen brons.

Man kunde utläsa på mynten, där det äldsta hade varit ifrån början på 1700 talet, och var 1 daler silvermynt från anno 1715.

Men, detta gav ju inte Ida något mer än mystik. Mynten gick inte att handla för. Vart kom dessa slantar ifrån, vem har grävt ner dessa?

Nu hade hon som sagts tumme med hanlaren på hörnet av Ringvägen och Hornsgatan mot byte av tjänster vid tvätten. Man måste vara om sig, hade hon hummat. Nu såg hon alltså till att förse sonhustrun med lite förnödenheter när hon så kunde.

19

Jaha ja, det var det!

Jag dumpade manusbunten på skrivbordet med en uppgiven duns och pust. Vad Vendela kan få ut av detta begriper jag inte, men det står väl skrivet någonstans i hennes läroböcker. Hon kör kanske med kaffesump eller kristallkula. Men jag förstår inte i så fall på vilket sätt, eller hur?

Trots den tanken, landade mitt pekfinger på s*kicka*, och så for allt iväg ut i cyberspace. När jag hade tänkt tanken färdigt vad pappa hade varit med om egentligen och vilka spännande händelser han säkert upplevt, var det ändå inget av detta jag saknade. Jag mådde bäst i hemmets lugna vrå. Tänk bara det där hemlighetsmakeriet med jaktflyget. Att han skulle ha varit delaktig i byggandet av detta jaktflygplan åt det svenska försvaret? Spännande! Men det är inget som pappa någon gång nämnde eller berättade om. Kan det kanske vara så att det är en *Svensk Tiger*, som bitit sig fast. Ränderna har inte gått ur? Tändstickstavlorna minns jag mycket väl och förundrades över. Båda hängde i föräldrahemmet. Idag har jag bara en mindre oljemålning i mitt arbetsrum signerat NH-44. Inget särskilt märkvärdigt, förutom att den är signerad samma år jag föddes, men ett minne med ett immateriellt värde där jag kan se den tydliga influensen från hans läromästare, Gusten Widerbäck.

Från det ena... när man talar om trollen, så står de i farstun. Ett gammalt ordspråk från 1900 talets början och som sägs mer sällan idag, rent av inte alls. Kanske uttjatat då. Antagligen kommer ordspråket dö ut med min generation.

Och vad var det då för troll som stod i farstun, imaginärt? Jo, ett mejl som jag inte sett eftersom jag inte haft mejlkorgen öppen. Avsändare, Vendela Grense. Jag har ljudet i datorn bortkopplat så man slipper höra en massa olika plingande, däribland när något mejl droppar in. Det hade kommit för drygt tre timmar sedan, såg jag nu.

En pirrande känsla spred sig i kroppen snabbare än tanken. Vad kan hon vilja, vad har hon nu på gång? Lättast att få reda på det, skulle tveklöst vara genom en liten dubbelklickning på mejlet. Så!

"Hej Lars!
Fantastiskt! Nu har jag följt i din farfars fotspår. Jag har läst *mellan* raderna och då kan jag finna en röd tråd. Läser jag *på* raderna blir det spännande på ett annat vis. Om dina manusblad nu är slut där, så nöjer vi oss självfallet med det och i så fall kommer jag skriva en sammanfattning på några korta rader vad jag kommit fram till. Om du däremot har en fortsättning, så är det naturligtvis av största intresse för mig att få ta del även av detta material. Kanske något om din far och mor. Och givetvis, något om dig själv också. Ja, allt av intresse,

skulle jag kunna ringa in det som. Som du säkert förstått, så är allt material klassat om sekretessbelagt.

Börja med att titta efter om du har något om din fars uppväxt och hur hans liv gestaltade sig. Naturligtvis är allt detta vi talar om och skriver helt konfidentiellt och i förtroende, precis som jag nyss skrev om sekretessen. Du behöver bara lita på mig, vilket jag hoppas du gör. Jag hoppas du hittar något om det jag här ovan önskat.

Jag har checkat med mina kollegor och jag har lyssnat med kollegorna på medicin. Sjukgymnasten berättade att du fullföljt det du och jag talade om, som vattengymnastiken etcetera. Bra!

Sedan har vi bara en liten sak kvar, men det skulle vi kunna avhandla på Röda Kvarn.

Men först, inväntar jag under några dagar mer material ur dina digra manusbuntar, skrivbordslådor och breda minnesbank. Något säger mig att du har mer att ösa ur. Och något säger mig att du är allt för blygsam.

Hälsningar Vendela
Vendela Grense
Fil.mag."

Så var de med det. Våra mejl korsade varandra. Men nu vet jag vad hon önskar. Hon har redan mitt mejl i sin korg med pappas bravader.

Vi bytte några mejl och jag fick en tid hos henne vid den nya praktiken. När vi sedan träffades släppte jag lite på handbromsen och kramade henne med ena armen om hennes axel.

– Hej, sa jag lite tafatt och mötte hennes leende ögon.

Hon var för mig sådär oemotståndlig.

– Hej sa hon, medan jag smälte av hennes leende ögon. Vad trevligt att se dig, har du åkt taxi?

Så visade hon mig runt i de nya lokaliteterna.

Jag funderade samtidigt varför hon undrade det där med taxin? Men det sa jag aldrig. Jag noterade också en större kristallkula stor som en något för stor tennisboll och som stod på en hylla till vänster om hennes skrivborg på en träfot. Det såg mäktigt men aningen mystiskt ut. Det verkar som hon tog åt sig av mitt skämt tidigare att hon kanske hade en spåkula. Men, jag sa inget om kristallkulan. Hon kanske nämner den själv.

Jag intog en inbjudande fåtölj eller om det var en stol, eller vad den nu benämndes som, och sjönk behagligt ner.

Ja hennes gest från hennes hand som snuddade vid min, kunde inte tolkas på annat vis.

– Då är det bara att gasa på, sa hon och log.

Jag kände mig nästan yr och någonstans tyckte jag det sa, klick!

– Okej, då gasar vi...

Det föll sig ganska lätt och så började jag...

20

Den solvarma dagen hade lockat fram dofterna från jord och tall samt nervösa funderingar och sorglig förfäran.
Skolgården, var ett asfalterat sluttande plan med en liten bergknalle i ena kanten samt några tallar. Klockan var inte elva ännu, men det kändes inte som om det spelade någon roll. Det kunde lika gärna regnat och varit fredagskväll, söndag eller julafton. Livet var ändå på väg att ta slut trots att jag inte skulle fylla sju år, förens i oktober.
Sommaren var slut, det stod 20 augusti på almanackan hemma i köket och man ville bara sjunka igenom denna skolgård, eller i varje fall försvinna ljudlöst. Jag tänkte antagligen inte i dessa termer då, men omvandlat kan andemeningen varit så. Då, var det kanske mer så att jag grinande bara velat springa därifrån. Hem till min trygghet bland hallon och vinbärsbuskar, gladiolus och pion och lekkamrater, som om det skulle löst alla problem.
Men tankarna vid denna ålder var nog lite primitiva och diffusa. Jag hade levt en omhuldad uppväxt som till stora delar

bestått i att mamma stod vid sidan av mig som en skyddande ängel. Sett från läktaren, kanske det inte var så lyckat i alla lägen. Nu stod man plötsligt och brutalt inför uppropet för förstagluttare i *Kråkan* som var de namn vi kände till mera än det officiella namnet, Långbrodal Gamla Skola. Man hade behövt tuffa till sig inför den värld som väntade där ute. Redan då var det inte utan att man klarade sig bäst med vassa armbågar och ett insmilat leende. Jag var inte begåvad med något av dessa attribut.

Skolan, eller den kråkslottsliknande byggnaden, kallade vi ofta rätt och slätt för *gamla* bara, eller lite nedsättande som sagts, för Kråkan. Jag bodde ju inte så långt ifrån denna skola, så jag var hyfsat bevandrad i området och Kråkan, trots min ringa ålder.

Fortfarande minns jag att det hade varit varmt i luften, liksom hela sommaren hade bjudit oss. Den årliga midsommarfesten vid Långbrogård, hade även haft tur med vädret, detta år. Minns att jag dragit Trollet i näsan som egentligen var en variant på en Fiskdamm.

De som skulle bli mina klasskamrater stod runt om mig. Det flesta, precis som jag, syntes något tyngda av stundens allvar och ovisshet. Jag, liksom alla andra förstagluttare, var lite finklädda. Killarnas knän pryddes här och var av en plåsterlapp under kortbyxorna och flickornas hår var påfallande långt och blont med en rosett i. En del av oss hade äldre syskon och hade säkert genom dem, fått en liten föraning om vad som skulle vänta oss. Inte kanske att någon skulle brännas på bål om de var bristfälliga i läran men näst intill, hade det förespeglats mig.

Själv hade jag en äldre bror och han hade nogsamt och detaljrikt berättat hur vi skulle plågas på alla de sätt och hur hemsk

skolmaten var i bespisningen som han sa det hette, den sal där eleverna åt lunch. Räkna med att få pölsa och havregrynsgröt var och varannan dag. Men om det är vintertid, då blir det paltbröd och lever, sa han och grimaserade illa. Med strumpeband!
Där skulle också finnas en skolvaktmästare som alltid var arg, sa han. Vaktis var smal och hade runda glasögon, en brun basker på huvudet, samt en grå rock. Denne vaktmästare skulle jag se till att hålla mig undan för. Han var helt galen och skrev nämligen upp alla elever som kom försent till skolan på morgonen. Där fanns även en skolsyster som stod med sin stora spruta beredd för att sticka eleverna i armar och ben. Särskilt förstagluttare!
Runt henne stod en stark lukt av eter så man nästan svimmade. I Kråkan fanns även en rektor, en elak en som slog alla olydiga barn och även om de var lydiga, med sin pekpinne och drog dem även i öronen och luggade dem i håret. Det var rysligt, helt enkelt. Håll dig undan för honom också. Gå gärna en omväg istället.
Allt var som att famla i en skräckvärld och ett tag kändes det som om jag skulle kräkas eller svimma, eller både ock.
Jag visste vad som skulle vänta mig och bara att detta något inte var av det trevligare slaget, det hade min bror nogsamt berättat, som sagt var.
Jag borde tänkt annorlunda, för en del av mina blivande klasskamrater, studsade glatt runt omkring mig som det verkade. Då kan de väl knappast äga någon större dödsångest. Eller, dessa klasskamrater kanske rent av saknade något äldre syskon som visste att berätta? Näja, de flesta stod ändå likt mig, blygt väntande. Jag kände inte till utseendet igen någon av dem som skulle bli mina klasskamrater. Våra mammor, de flesta hade

sina mammor med sig denna ödesmättade dag, stod lite vid sidan av och som jag trodde, pratade med varandra. Jag vet inte hur länge vi stod där på skolgården och inte visste jag vad vi väntade på heller. Men till slut kom en skolfröken, det fick jag veta senare att det var och talade med oss, om oss och över oss, med våra mödrar.

Ett, lade jag märke till. Hon verkade verkligt snäll och skulle bli min skolfröken. Detta hade min bror inte nämnt något om. Ja, att det fanns snälla skolfröknar! Det kanske fanns ett liv efter detta i alla fall? Vi uppmanades att vara uppställda vid denna tall, hon pekade på en tall strax bakom oss, en krum tall i kanten av skolgården. Där skulle vi stå varje morgon i ett snyggt och prydligt led när det ringde in till dagens första lektion. Den klass som stod uppställd stiligast och mest ordningssammast, fick traska in i skolan först.

Skolan, tänkte jag och skrapade med skon över en platt tallkotte medan jag tänkte på den koja vi byggt senast... skolan... Kråkan, menade du väl? Fast det yppade jag inte för guds skull. Det vågade jag inte. Denna skola var av oss sedan länge kallad som sagts, för just Kråkan om vi inte bara sa *gamla*. Man blir lite tjatig ibland när inte minnet hinner med.

Byggnaden såg ut som jag föreställde mig ett kråkslott, det såg gammalt ut redan då det var nybyggt. En gigantisk byggnad i typ av ett kråkslott. Fyra våningar högt med ljust, rödbrun putsad tegelfasad. Höga, spöklika fönster och med tinnar och torn överst. Uppe vid det brant sluttande taket, var det gjort som för fladdermöss och kråkor samt ett och annat spöke. Taket kröntes av en spira och där uppe fanns också en urtavla i spöklikt svart smidesjärn.

När jag stod där med den hemska känslan av förtvivlan och ödesmättad förstämning, upptäckte jag att dessa känslor har jag känt tidigare i mitt liv. Detta var en slags repris av tidigare händelser.

Tillbaks till mina rötter, var kanske inget jag tänkte på just då. Men andemeningen men andemeningen var nog densamma. Låter som en typisk romantiserad efterkonstruktion. Kråkan var väl kanske bara en slags repris på den ångest och förtvivlan jag känt några år tidigare. Kanske man borde lärt sig, man var ju som en liten veteran. Sommaren, den sista sommaren, hade varit bara så njutbar den bästa på de senaste tre åren. Men, nu var det slut, nu började livet nu började allvaret.

21

– Vad poetiskt du berättar, sa hon plötsligt! Och någon förklaring i efterhand, behöver det inte vara. Det är inget fel att tänka tillbaka på någon händelse som inträffat med nya ögon. Det gör vi alla i olika avseenden och metoder.
Benämningen *hon*, det är den Legitimerade beteendevetaren Vendela Grense, för att i möjligaste mån röja alla funderingar och spekulationer ur vägen. Nu befann vi oss på hennes egen praktik och nu var hon till professionen Leg. beteendevetare. På avdelning 10 träffade jag henne som kurator. Det var hon som Fredrik åkaren, gemenligen kallade för hjärnskrynklare
– Poetiskt, sa jag och satte mig upp aningen omtöcknad?
Solens strålar besvärade en del där de sipprade in mellan lamellerna vid fönstret och stack i mina ögon så jag vände bort blicken. Genast justerades detta av Vendela genom fjärrkontrollen, så lamellerna vred sig en aning.
– Ja, långa stunder kommer du in i väldigt poetiska slingor. Poesi och lyrik på jobbet, hör inte till vardagen.
– Det tänkte jag inte på, sa jag.

– Nä, du märkte det troligen inte själv. Någon av dina föräldrar är kanske poetisk lagd? Din farfar hade ju talets gåva, läste jag.

– Ja han hade ju det, sa man. Annars skulle det kanske varit min mor i så fall, funderade jag. Hon brukade säga att, ditt skrivande de har du nog efter mig!

Annars har jag inga föräldrar kvar i livet. Hilly Ulrika hette min mor och det låter kanske lite lyriskt i sig. Jag har skrivit en roman som bland annat handlar om henne. Den heter, Hilly Ulrika, en filares dotter.

Men det här är hur jag minns, hur det var då jag skulle börja skolan. Precis det du bad mig berätta.

– Du verkar berätta ifrån dina absolut innersta minnen, innersta gömmor, romantiska drömmar och tankar i fin prosa. Det låter som början på en resa i tiden bland hågkomster. Jag önskar att du vill berätta fortsättningen på den resan på det sätt du känner. Och för min del gärna lika lyriskt som nyss, så hoppas vi dina minnen kommer väckas ytterligare. Du har gjort mig mer än nyfiken och du ska se att vi kommer gå till klarhet efter klarhet. Det är min övertygelse. Sedan kan du skriva en roman om dina egna bravader och hågkomster, kanske det blir dina memoarer, så som du minns, din biografi.

Klarhet med vad då, funderade jag? Men de sa jag inte. Men frågan gnagde i mig. Vad är det som ska klaras ut egentligen? Vad är orsaken till min stress, var kommer den ifrån, är det de hon menar?

– Jag ser att du är född i oktober. Alltså ganska sent på året. Det betyder att den dag du stod där på skolgården för att skrivas in i första klass, då var du bara sex år gammal. Det är en pusselbit så god som någon. Vi kommer hitta samtliga pusselbitar innan vi är klara, absolut. Annars ska jag återvända till min läst och bli skomakare.

– Jag är inte särskilt förtjust i pussel. De bränner för mycket tid och lyse. Precis som att försöka lösa korsord, även om det är en betydligt trevligare syssla och berikande mer än pussel. Men jag anser mig inte ha tid med sådant.

– Okej! Vi glömmer pusslet. Försök nu att minnas hur det var den gången du utsattes för samma slags obehagliga upplevelse som liknar, eller påminner dig om den där dagen på skolgården, dagen "D" så att säga.

Vad jag förstår måste detta varit en upplevelse som inträffade innan du skulle börja skolan, och det behöver man ju inte vara kärnfysiker eller beteendevetare för att inse och förstå.

Åter lutade jag mig tillbaka på den sköna britsen, eller vad den nu kallas. Åter försökte jag sjunka ner i mitt undermedvetna. Det blev inte lätt. Att hitta stämningen jag hade nyss, att blicka bakåt, att hitta det kronologiska blev en aning knepig uppgift det är ju ändå några år sedan. Det är som att äta en glasstrut en solig sommardag och ändå försöka ha den kvar trots att den rann mellan fingrarna. Minst sagt i det närmaste omöjligt.

Jag såg att där fattades en pusselbit i min levnadshistorik. En bit nästan i mitten av hela pusslet. En bit som jag möjligen anser aningen nedsolkad. Någon bit jag troligen kunde vara utan.

Vart kan man vända sig någonstans för att reklamera ett pussel för att där fattas, inte saknas, rätt pusselbit? Den bit jag har, passar inte in bland de övriga. Som ifrån ett annat pussel, någon annans pussel, blev min ogenomtänkta tanke.

Pusselbiten får vara. Jag personligen saknar den som sagt inte. Även om den gör ett svarthål i bilden bland alla de andra niohundranittionio bitarna så lämnar den mig inte sömnlös.
På ren svenska, skiter jag i den biten idag, men inte då.

22

– Det var den andra obehagliga upplevelsen jag nu ska försöka berätta om sa jag liksom mer för mig själv, eller hur?
Jo så var det nog, funderade jag medan jag tittade på tavlan som satt där uppe i taket med det förbryllande motivet?
Vad smart med en tavla i taket ovanför huvudet när man ändå låg på rygg. Normalt är väl att man har tavlor på väggarna, tänkte jag där jag låg och stirrade i taket samt försökte se åt vilket håll vattenfallet, som tavlan föreställde, rann. Inte helt ovanligt är att man bara har ett vitt tak med någon lampa dinglande i, men här fanns alltså en tavla istället för den dinglande lampan att fundera över. Men var det så smart egentligen, blev min nästa tanke?
Hela koncentrationen kanske går åt för att försöka förstå åt vilket håll vattnet rinner. Lite illusoriskt och förbryllande.
– Jo sa Vendela, så sa vi, fyllde hon i och nickade medan hon vred på ett armband i förbifarten, så där mekaniskt.
– Det var händelsen som några år inträffade innan min första dag i Kråkan, första dagen på skolgården. En dag då allvaret

började på riktigt. Nu kanske det blir lite förvirrat bland tankarna och mina minnesbilder i en kronologisk ordning, förklarade jag.

– Då tar vi dem i oordning, sa hon och log. Kör!

Det kändes som om det var lunchdags, eller var det bara för att skjuta pinan framför mig, förhala, tänkte jag? Men det var inte utan att jag faktiskt började känna ett visst sug efter ett kaloriintag. Eller så var det blodsockret som började bli för lågt.

Känslorna för det ena eller det andra, är faktiskt i allt väsentligt hårfina.

– Klockan är halv ett, fortsatte jag... lunch, eller?
– Absolut, sa hon. Absolut, bra idé!

Hon, är i det här fallet alltså Vendela Grense, legitimerad beteendevetare till professionen och med en för mig svårläst ålder.

I kvarteret intill låg en krog som tydligen Vendela och flera av hennes kollegor, frekventerade flitigt. Varför förstod jag omedelbart då jag läste vad som serverades som dagens rätt utan att vara på à la carte menyn.

Kalvlever Anglais, rödvinssås med knaperstekt bacon och kapris. Det var nästan för bra för att vara sant. Oh, mon dieu! En av mina favoriter. Vendela visade sig även vara begåvad med god smak, för även hon beställde Lever Anglais. Minns att jag tänkte, hon är nog singel. Det hade liksom legat i luften. Men, varför tänkte jag så? Men det var vad jag kände hon utstrålade. Men, jag kunde naturligtvis ha fel. Kunde jag? Skulle *jag* ha fel? *Jag?*

Vendela hade hittat en vrå med bord för två lite vid sidan om. Hennes val av bord, kändes onekligen en aning spännande och kunde kittlat min fantasi ytterligare, om jag varit på det

humöret. Men det piffade onekligen upp min tidigare tanke om att hon skulle vara singel. Fråga mig inte varför!
Moulin Rouge, voila... une date!
– Trevligt och intressant namn på den här krogen. Kan man vänta sig samma uppträdande här som i Paris också, undrade jag.
– Paris?
– Ja, huvudstad i Frankrike, sa jag för att försöka vara lite rolig.
Hon tittade på mig lite underligt, men sa inget så jag förklarade vidare.
– Ja, där har den berömda anrika kabaréteatern i Montmartre samma namn. Där föddes cancan.
– Jag tror inte du ska ha dessa förhoppningar, log hon. Att stället heter, Moulin Rouge, är efter kvarterets namn. Om du inte har tänkt på det så heter kvarteret, Röda Kvarn! Tidigare låg det en mindre biograf i denna lokal med just det namnet. Ganska fyndigt, långt ifrån särskilt beigt. Så förhåller det sig med namnet. Från kvarn och biograf, till restaurang.
– På den här platsen, där vi nu sitter, låg alltså en gång i tiden en rödfärgad väderkvarn, eller mölla som man säger i Skåne. Där malde man olika sädesslag. Bland annat korn, havre och vete för att bränna sitt eget brännvin. Man tog efter den stora kvarnen Kronobergskvarnen, inne på Kungsholmen i Stockholm. Den malde säd till de priviligierade kungliga brännvinsbrännerierna. Det fanns gott om kvarnar på den tiden varav den blygsamma Röda Kvarn, var alltså en av dem. Men några galanta damer på det viset, berättar historien inte om från tiden på sjuttonhundratalet.
– Spännande, jag känner nästan pusten från kvarnens vingars slag, varv för varv. Förnimmer nästan dess gnissel. En inte

helt obekant kvarn är annars den i Paris, med som sagt var samma namn, Moulin Rouge.

– Låter för bra, som en saga, för att vara sann sa Vendela.

– Jag har faktiskt besökt en teater med samma sorts *meny* som den kända Moulin Rouge i Paris, sa jag. Den teatern hette Folies Bergère och låg vid Rue Richer om du är bevandrad i Paris. Det var en fin revyteater. En trevlig upplevelse. Enormt proffsig kabaré med mycket bensprattel men såklart, dyrt. Man togs emot av i det närmaste topless värdinnor i entrén som lotsade publiken, var och en till sin plats. Bara det, kostade 10 franc i dricks, på den tiden.

Ändå var det som vanligt, angivet på biljetten både rad och plats. Men, visst var det trevligt att få sin plats anvisad på detta vis så man slapp irra runt i den dämpade belysningen man hade i lokalen, för att leta rätt på sin plats. Dessa ytterst lättklädda mademoiseller, som visade oss till rätta, tjänade en skaplig dusör på dricksen. Jo, jo!

Men det fanns inget vulgärt på detta etablissemang, det var bara klass. Mycket påfågelsfjädrar och paljetter, strass, strutsplymer, högklackat och glitter, samt inte minst, scenografi. Elegant, skulle man kunna sammanfatta det som lite slarvigt vårdslöst.

Folie Bergère har förresten gamla anor från 1869 men då var det mer operetter och komiska operor på repertoaren.

– Jag suger i mig varje stavelse, sa Vendela. Vad du är påläst? Fortsätt! Var kommer namnet Folie Bergère ifrån, känner du till det? Det finns ju oftast eller alltid, någon vinkling till ett namn, precis som vår Röda Kvarn.

– Om man översätter namnet Folie Bergère rakt av, så kan man väl säga att det betyder, Galna Herdinnan. Låter inte så där särskilt mondänt och stilfullt kanske, men det är så man kan översätta de till.

Bergère, på tal om det, är för övrigt namnet på en stolstyp också som kallas herdinna. Ja det kunde man läsa om i det fina och elegant kollorerade programbladet på teatern.

– Men vad fascinerande. Inget jag naturligtvis hade en aning om som du säkert förstår. Man lär så länge som man lever... oj förlåt! Och vad jag antar, var det väl cancan också. Jag menar på den där teatern?

– Bara förnamnet!

– Det här stämmer väl inte särskilt väl med vad du tidigare berättade om dina unga år? Det verkar som du tagit igen på gungorna vad du en gång förlorade på karusellen, som väl Karl Gerhard en gång sjöng. Ne sutor supra crepidam, om jag får slänga mig med lite latin, eller "skomakare bliv vid din läst". Man bör hålla sig till det man behärskar. Annars är det ju så modernt och eftersträvansvärt, att göra en klassresa. Visst har jag rätt?

– Jo, jag tänker bli vid min läst, har inga ambitioner åt något annat håll. Och, vilka fraser på latin!

– Ja, mest för att glassa lite, ha, ha. Hon log sådär gnistrande varmt.

Här passade servisen lägligt och med perfekt tajming att komma med den mat vi beställt, Lever Anglais. Naturligtvis på varma tallrikar.

Märkligt egentligen. Många tror ju att denna maträtt har sitt ursprung i England eller Frankrike, men så förhåller det sig inte alls. Det är naturligtvis i Sverige och troligen på ett hotell i Kalmar, som maträtten föddes. Nu finns det lite olika uppfattningar om det, men det är sådant man får leva med. Vi får denna kalvlever serverad på franskt porslin, vilket väl kanske är en liten tankevurpa från krögaren, om nu inte han anser att rätten har sitt ursprung i Frankrike, och då har han i så fall en poäng istället.

– Trevligt och sobert ställe ni har inpå knutarna, sa jag för att passa på att tala om något annat men minst lika trevligt. Lunchhaken brukar inte se ut på det här viset. Inte vilka jag har för vana att besöka, måste jag erkänna. Skulle i så fall vara en krog som hette Lizas Mäss, idag jämnad med marken som allt annat med anor. Den hade tidigare varit en klassig officersmäss vid en flygflottilj med vad en sådan mäss bär med sig för anor med ekparkett, en stor bred öppen spis samt pelare och smide där guldgalonerna lunchat en gång i tiden eller hängt vid bardisken.

Där hade den spiondömde översten vid flygvapnet, Stig Wennerström, som du säkert hört talats om, hängt vid baren några gånger med en fyra fingers Chivas Regal 18 Gold Signature, skulle man kunna tänkt sig. Men det är fel. Det var bara Dry Martini han sippade på! En del lär sig aldrig. Kanske därför denne flygöverste havererade med ett par flygplan. Han fick i fortsättningen bara flytta papper och bära pärmar. Men, det passade ju hans syften som hand i handsken. Han var lärare vid krigsflyghögskolan och hans andra haveri var med en S17 spaningsplan där han och signalisten fick hoppa. Wennerström blev hängandes upp och ner i en gran, berättas det. Då ledsnade flygstaben och i hans betyg står det "knappast lämplig som fl.ch." samt "Har höga tankar om sin egen förmåga"

– Jaha, vad spännande. Men vad hände första gången då han havererade?

Inte utan att Vendela såg lite intresserad ut. Kanske man ska vinkla ut detta om hon ändå undrar. Vad gör man inte?

– Det var i närheten av Västerås som han kolliderade under skolflygning i rote med en SK9 då han kolliderade med sin rote etta. Båda flygförarna klarade sig med mindre skador.

Men som sagt, flottiljen där den anrika mässen låg, var vid den anrika Huvudstadsjakten, om jag nu inte tar helt fel och blandar ihop något. Det var en flottilj med huvudsaklig uppgift att försvara Stockholm. Så även att vistas där var antagligen intressant för Wennerström.

Atmosfären på Lizas Mäss satt fortfarande kvar i väggarna kände jag vid mina lunchbesök. Imaginärt kunde jag höra hur det mullrade ödesmättat och skrämmande från en J22, operativ vid andra världskriget vid någon klargöringsplatta. Eller ifrån en rote J35 Draken, i modernare tider som med tända efterbrännkammare, dånande iväg över grantopparna.

Men det var endast något jag anade för mitt inre bakom det höga djupa fönstren och den porlande dammen utanför. Här svävar jag ut i det blå i typiskt killsnack. Det var bara lite historia om den plats jag ätit lunch på ett större antal gånger. Blev säkert lika vanebildande som det här, Moulin Rouge.

23

– Er Röda Kvarn, är helt klart en ny och trevlig värld för mig. Jag har verkligen missat någonting tidigare. Detta trots, att bodegan inte bjuder på någon cancan som dessert. Det var ändå en ny och minst sagt trevlig erfarenhet och upplevelse, både med sober inredning samt inte minst, behagligt sällskap.
 Vendela skakade sakta på huvudet.
– Oj, sa hon så och log. Tack!
– Så det är alltså hit till Moulin Rouge, ni brukar styra färden för era luncher?
– Det händer, som sagt!
– Absolut tolv poäng av tio möjliga. Men ett skapligt inflöde på kontot, är vad som krävs om man äter här dagligen.
 Miljön var lysande för en avspänd lunch, eller varför inte en date. Inget pladdrande som ifrån en skolmatsal, med dess slammer, matos och stolar som dras över klinkergolv. Matstället var istället som handsytt för diskreta samtal på tu man hand. Att man kunde hålla denna höga nivå på inredning

och mat, skvallrade dock redan prisnivån på smårätterna om vid à la carten.

– Nu kommer jag antagligen att möta en del kollegor, teaterviskade Vendela. Hon lutade sig fram så vi kom att se varandra i ögonen, tätt, tätt.

– Hur menar du nu, och vad skulle det göra i så fall, viskade jag tillbaka?

Hon såg sig om, vänster - höger.

– Det kommer pratas en del, förstår du väl. Bara det att jag valt ett bord för endast två matgäster... ett slags kroppsspråk de inte kommer missa.

– Pratas om vad, varför ska det pratas menar du? Jag fattar nada, men kände en omedelbar och plötslig intim närhet och kontakt genom hennes framsynta handlande när hon valde plats och bord i lokalen. Hur naiv får man vara?

– Jag sitter här och äter lunch med en patient och sådant missar förstås ingen sociolog viskade hon med en sufflös röst.

– Patient! Vilket ord. Kund, kanske låter vulgärt. Klient låter kanske inte mycket bättre det, men patient? Det klingar illa i mina öron. Precis som om jag var sjuk. Det låter så, hur ska jag säga, desinfektionerat på något vis. Precis som om jag lider av en akut operativ halsfluss, portvinstå, regio genus rectus eller liknande kryptiskt.

Dock tror jag mig förstå vad du menar. Men Vendela, patient, sa jag och skakade lätt på huvudet? Från det ena till det andra, Vendela. Jag tänkte lite skämtsamt när jag åkte hit... *undrar om hon har en sådan där kristallkula?*

– Nej, jag har ingen kristallkula, sa hon och visade sitt varma, vackra vita leende. Jag kanske skulle skaffa en att ha på mottagningen som kuriosa. Tack för tipset!

– Men kan du inte koppla av arbetet för en stund, tänka och vara privat? Det är lunch!

Oj, hade jag blivit för privat.

Jag kände själv hur jag ångade på av ohejdad gammal vana. Inte utan att jag skämdes en smula. Hoppas inte Vendela upptäckte det bara, det var illa som det var.

– Jag är några år äldre än dig och frånskild. Det ser illa ut i någons ögon, jag känner tongångarna.

– Men, jag är ju bara din *patient* eller hur? Och vad gäller ålder, så är ju det bara en siffra. Sådant sladder trodde jag inte kunde rubba en beteendevetares yrkesheder och stolthet.

– Ja, jag är kanske lite yrkesskadad. Men jag tänker just på hur mina kollegor kommer montera en Leghorn av en fjäder.

– Inte utan att jag känner mig en aning smickrad, Vendela.

– Äsch, sa hon och log så där vackert gnistrande igen.

Trots leendet och hennes ärliga blå ögon, kunde jag inte komma ifrån den avspända interiören. Men kunde inte sätta fingret på vad det var mer exakt som gjorde den så, absolut. Inredaren hade träffat precis rätt för att skapa denna tilltalande känsla av total närvaro och intim patos. Kanske var det Vendela som förblindade mig.

– Ett kungarike för dina tankar, sa hon plötsligt. Berätta, var du nu var någonstans?

– Hoppsan, jag känner mig ertappad med fingrarna i syltburken. Var befann sig mina tankar... vill du verkligen veta det, log jag som svar.

– Ja sa hon, väldigt gärna och nickade medan hon log sådär gnistrande oemotståndligt igen.

Är hon tankeläsare också undrade jag medan skammens rodnad färgade mina öronsnibbar.

24

– Jo jag satt och försökte höra om det var en stråkkvartett som spelade någonstans i bakgrunden. En ensemble som filade på något av Vivaldi nyss, lite soft sådär. Som av sammet.
Vendela hade skakat sakta på huvudet medan hon log lite sådär mångbottnat, om jag får säga så.
– Nej det var inte det du hade i tankarna nyss. Din tunga är alldeles svart, sa hon.
Jag skämdes såklart som en hund för att hon avslöjade mig så snabbt och enkelt. Hon var inte beteendevetare bara till namnet, inte. Men jag berättade vidare på min vita lögn ändå med mina lite rosa öron.
– Jag har upplevt sådan kammarmusik en gång i Grands spegelsal då vi var ett större antal företagsmänniskor som fick uppbära guldklocka för, *nit och redlighet i rikets tjänst*, som det så vackert hette och var även ingraverat i boetten. Då satt det en stråkkvartett på scenen och spelade såhär finstämt som jag hör nu, under vår bankett i spegelsalen. Här förnimmer jag samma

känsla, men kan inte se musikerna. I takt med det finstämda födde jag en utsökt god tanke.

Istället för detta, i och för sig förträffliga tjeckiska öl, så skulle man naturligtvis tagit in ett rött franskt vin. Man har ju rättigheter på detta ställe antar jag med tanke på vinlistan? För ska det vara, så ska de. Men inte under arbetstid, förstås.

– Vendela hade nickat samt undrat, varför just rött?

– Jag föreställer mig att det är vad du skulle kunna tänka dig och även välja.

Man beställer inte ett glas vitt vin till kalvlever Anglais. Det känns för mig som ett sakrilegium, en styggelse och visar på dålig matkultur. För övrigt njuter jag bara röda viner, företrädesvis då ifrån Frankrike. Så för min del hade valet sålunda blivit enkelt. Vita viner får mig bara rent spontant och generellt, av någon anledning, att tänka på avslagen äppelcider utan allt bubbel. En anledning så god som någon att välja ett rött vin och för att jag tror det är just ett rött, du som sagt var skulle valt.

Själv är jag lite svag för vin med en absolut fatkaraktär och med en tydlig kryddig ton samt lång eftersmak. Vilket just detta vin har tycker jag. Men jag är långt ifrån någon vinkännare sa jag och pekade på ett i vinlistan. Vi kanske skulle prova det någon gång. GW:s Röda är ett av mina favoritviner. GW, du vet han kriminalprofessorn. Nu har jag hasat över till Portugal och vindistriktet Tejo i sydvästra delen av landet, från att ha varit Frankrike och Italien troget tidigare och deras vintrampare.

– Dags att dra åt handbromsen innan vi svävar iväg för långt, sa Vendela. Vi kanske ska ta oss tillbaka innan skvallret övergår i verklighet och vågorna börjar gå för höga. Jag som inte kan simma, sa hon lite skämtsamt. Det glittrade i hennes ögon när hon sa det. Och kom ihåg, jag är fortfarande nyfiken på vad det var du hade i tankarna alldeles nyss.

Från det ena... Paris har du nämnt flera gånger. Berätta, har du varit där fler gånger än en?

– Inget märkvärdigt med det. Jag fick bara några vibbar från denna krog till teatern i Paris med samma namn. Det blev lite information from backstage, så att säga. Men, jag minns resan som igår.

Det var hela 11 varma grader i duggregn när vi for hemifrån och ut till Arlanda med taxi. Det kom att bli viss temperaturskillnad hemifrån till Paris. Väl i stadskärnan var det en fuktig värme men med bara 28 grader under den utrullade fuktiga trasmattan, för det var så det kändes, för att inte säga yllefilt.

– Berätta, jag brinner av nyfikenhet.

Vendela såg verkligen intresserad ut av denna gamla resa, men Paris är ju liksom inte vilken stad som helst heller. Det vilar ett romantiskt skimmer över Paris.

– Jo, jag minns att känslan var som en gammal amerikansk film någonstans från 1950-talets början när vi gick över den oljefläckiga betongplattan. Där hade det genom åren stått ett otal flygmaskiner som synbarligen lämnade en del spår efter sig. Kändes lite primitivt med oljefläckarna och de muttrar jag såg här och var på plattan. Men, det var väl ifrån gamla propellerplan eller truckar och traktorer som bogserade flygplanen. Allt var som en klackspark, kändes det som.

Det var lite siesta över denna flygplats. Det kändes som man firade söndag, vilket det även var.

Vi hade landat på en flygplats som hette Beauvais i utkanten av Paris. Beauvais, den gamla staden på landet, var en av Frankrikes äldsta städer och som nu hade en flygplats om än i blygsam storlek, som ligger drygt sju mil norr om Paris.

Men det som var påfrestande, var den där tropiska, fuktiga värmen vi kände där vi sakta föstes över plattan mot passkontrollen. Vi bevakades av något som möjligen var en provkarta på La Guardia i Paris. Han stod där och kunde lika väl varit den där snuten från den gamla TV-serien Kojak, som du kanske minns från slutet av -70 talet.

– Han som alltid hade någon sorts klubba i munnen att suga på?

– Precis! Kortärmad skjorta, bredbent och med den enormt stora revolvern hängande i ett hölster vid höften. Som en mindre kanon. Han var av den typen att behövde han använda kanonen, skulle han inte tveka. Jag kände denna rysning efter ryggraden och tänkte absolut följa hans anvisningar. Absolut, obetingat! Skulle någon avvika från vår väg mot passpolisen, skulle han tvekslöst blåsa ett hål igenom den som försökte avvika.

Lieutenant Kojak kan du ju förresten se på Madame Tussauds vaxkabinett i London för att uppdatera minnet.

– Jaha, det hade jag förstås inte en aning om. Men å andra sidan, där finns väl alla kändisar idag?

– Jo så är det nog. Och hur det är med Kojak på Paris eget vaxkabinett Musèe Grévin, vet jag verkligen inte. Men Zlatan Ibrahimović finns redan på plats.

– Ja se där fick man en liten snabbguidning genom Paris då det begav sig. Men senare än så har du inte varit där, eller?

– Nej precis. Men det var en oförglömlig resa.

– Jag har däremot hört talas om det där stora varuhuset i Paris, Lafayette, tror jag bestämt det heter.

– Lafayette var i Paris som NK här i den stora staden, men dubbelt så stort, mellan tummen och pekfingret beräknat. Nedre plan i den stora butiken, inte mycket större än två fotbollsplaner, var det bara kosmetika. Har aldrig sett dess motsvarighet.

Jobbigast som jag minns det, kom att bli den långa transfern in till Paris och vårt hotell i denna fuktiga värme. Alla Parisare verkade ha varit ute på landet och nu skulle de hem samtidigt i sina bilar. Det var arbetsdag i morgon.

Kring midnatt, släpptes vi av vid vårt hotell. Det var ett gammalt anrikt hotell med höga fönster, stuckatur i taket och tjocka gardiner för fönstren samt en liten fin trädgård mellan husen där en springbrunn porlade.

– Så du kan franska också, undrade Vendela?
– Nej då, inte ett dyft. Vi försökte på engelska, men då ryckte man bara på axlarna och slog ut med händerna. Man sa något som lät som, "no comprendo" men det är ju spanska. Men något liknande lät det som. En expedit av alla på det stora varuhuset Lafayette du nämnde, hade hört vår stapplande engelska och klev ner från sin fiktiva häst och började tala engelska med oss. Hon fick därmed också sälja. Måste ju vara en bra affärsidé att lyssna på kunden. Sedan får man kanske svälja förtretet om man nu bär på någon fördom från dagen D. Men deras attityd var att ville vi något, fick vi berätta detta på franska. Själva kunde det inte ett ord engelska. På den tiden sågs svenskar ofta som tyskar, och vi sammankopplades därför med andra världskriget.

Annars var vi på de där kända platserna när man är i storstaden. På den tiden rymde stadskärnan runt två miljoner invånare. Inte konstigt om det är lite rörigt. Vi tog oss trots trafikröran, till de platser man bara måste besöka om man befinner sig i denna stora stad. Så det bestod såklart av en titt på den mystiskt leende Mona Lisa i Louvren, klättra upp i Eiffeltornet, titta efter ringaren i den stora katedralen Notre Dame och kolla alla konstnärer som målade i konstnärskvarteren vid Sacré Cœur. Man baxnade av den enorma Triumfbågen liksom den stora pampiga paradgatan, Champs-Elysés. Inte mycket bredare än landningsbanan på flygplatsen Charles de Gaulle. Men det var då de, på det glada sjuttiotalet.

– Tack för utflykten Lars.

– Det var så lite så.

Jag kom att tänka på vad hon hade sagt innan jag berättade om Paris. "Innan skvallret övergår i verklighet" hade hon sagt. Vad kan hon ha menat med det? Säkert glittrade det den här gången även i mina ögon då min tanke föddes.

– Om du gillar Bordeaux viner, sa jag för att anknyta till det vi hade talat om innan min irrfärd till Frankrike, så gillar du detta ännu mer med sin rustika karaktär, fortsatte jag.

– Viner, kontrade hon aningen konsternerad?

25

Åter hade jag intagit positionen som god historieberättare. Men lunchen hade gjort mig enormt sömnig. Det var väl blodsockret som stigit nu och försatt mig i detta predikament. Kanske man bara skulle blunda en stund? Och jag undrar faktiskt om inte John Blundaren infann sig till slut? Men nej, så oartigt beter jag mig inte. Det finns gränser även för mig och hur skulle Vendela uppfatta mig då?
Och så började berättelsen som tärt mig om igen...
– Fattar fortfarande inte att detta liksom har inträffat, att det är sant. Att det verkligen var så som mina minnen berättar. Jag avskydde ju dessa deporteringar till sommarkollot som jag utsattes för under tre somrar i rad. Ett barn vid dessa unga år, förstår inte begreppet *hata*, annars hade jag gjort det. Jag ville verkligen inte föras bort. Bort från min trygghet, bort från dem jag tyckte om, bort till något okänt, bort till för mig okända människor. Jag visste inte vart jag skulle föras. Jag anade antagligen att jag strax skulle skiljas från mina syskon, från mina föräldrar och min trygghet, och föras iväg så fort

dörren på bussen slog igen bakom min rygg. I vart fall har jag inget som helst minne av att någon skulle ha berättat och förklarat för mig att jag skulle få komma hem igen.

Nu efteråt, har jag tänkt att det var för mig som en slags anstalt dit jag skulle föras. Någonstans där man förvarade små blonda gossar under den ljuvligaste tiden av sommaren under en möjligen skör uppväxt.

Jag avbröt den berättelse jag höll på med och satte mig upp.

– Orkar du verklige lyssna på den här berättelsen Vendela, undrade jag?

Vendela nickade bara och log ända upp i sina närvarande ögon.

– Jag orkar! Fortsätt gärna, sa hon och knäppte händerna i knät som min gamla faster en gång gjorde.

– Det är naturligtvis en efterhandskonstruktion. Det flesta barn på sommarkollot stormtrivdes vill jag minnas, eller är något man också berättat för mig på senare tid. Men alla barn är inte skapta för internering. Lika lite som att alla barn passar inte på dagis. En del är lite mer råbarkade medan andra är lite mer bräckliga. De råbarkade klarar sig betydligt lättare är väl en tes som man inte behöver vara beteendevetare för att förstå. Alla är långt ifrån stöpta i samma matris.

Jag genomled denna tid på sommarkollot så som jag minns, helt med avsaknad av varje uns av någon som helst glädje eller lycka. Det var ångest, det handlade om. Det var bara en enda långa pina och jag längtade hem från första dagen och sedan dag för dag.

Det var inget som blev lättare med tiden. Nej denna ständiga ängslan, ångest och oro satt där den satt. Redan innan avresan med bussen första dagen, längtade jag hem, om man nu kan och förstå att göra det, att längta?

Minnet berättar ju hur min mamma innan avresan packade en liten resväska med kläder och annat jag skulle ha med mig. Hur kunde jag tänka annat än att det var alla i familjen som skulle resa bort. Då trodde jag antagligen vi skulle resa ut till morfar ute på landet dit vi färdades med ångbåt. Först tåg, sedan en ångbåt som tog väldigt lång tid på sig och gick in vid varje brygga på vägen till morfar. En fantastisk resa. Ända till den dagen då faktum uppstod att någon resa ombord på någon ångbåt, skulle det inte bli. Någon resa till morfar, ännu mindre. Jag skulle ensam släpas ombord på en buss för att forslas iväg någonstans. Jo släpa, var vad det gjordes. Verkligheten är ibland inte längre bort än vad den synes vara. Det här kom att bli ett av de hemskaste minnena jag har ifrån den tiden. Även hemskheter bleknar med åren, men för den sakens skull suddas de inte ut, det finns där illa dolda.

Fick man verkligen göra så med barn? Ja, på den tiden fick man nog göra det, hemska tanke. Idag är jag säker på att detta absolut inte skulle få inträffa utan rättsligt efterspel. Rent rättsligt, var det ju faktiskt mina föräldrar som såg till att förpassa mig på detta sommarkollo. Anställda vid LM Ericssons fabriker, fick förmånen att gratis bli av med sina barn på deras sommarkollo. Farmor hade ansett detta som praktiskt eftersom jag då inte kostade familjen något under denna tid. Detta har min mor berättat i efterhand. Det var farmor som var den som hade bestämt, sa hon. Märkligt, ser jag det som idag. Pappa borde sagt ifrån, men han var en av de största ivrarna att få ombord mig på bussen. Men som sagt, på den tiden var det annorlunda, då kunde man säkert göra så mot barn. Idag finns ju Barnens rätt i samhället, att stödja sig mot. En barnrättsorganisation i ideell verkan. Inbillar mig att det kanske inte är så bra start för en liten gosse som skulle fylla sina fem år i oktober, med den något brutala separationen ifrån sin trygghet och sina föräldrar.

Jag hade ingen som helst uppfattning hur länge jag var tvångsförvisad varje sommar på denna inrättning. Men nu då jag skriver detta, läser jag att det var 6 veckor på denna förhatliga ö jag var vid varje tillfälle. Alltså, 6 veckor under ångest! Det kändes som en evighet de år som detta fortgick. Men sista gången jag skulle vara där, kom att bli den kortaste och på det viset därmed den bästa. På kolonin hade någon insjuknat i scharlakansfeber. Det var en väldigt smittsam barnsjukdom, därför blev jag tvungen, kändes dock inte som något större tvång, att skickas hem omedelbart. Jag var naturligtvis jublande glad, om jag förstod vad som var i görningen. Troligen var det fler barn som också blev tvungna att skickas hem, men det är inget jag känner till.

Personal hade ringt mina föräldrar, berättar min mor, och de hade förklarat att jag skulle sändas hem omgående. Man berättade troligen på vilket sätt det skulle ske och att det skulle ske som sagt var, ofördröjligt.

Hur som helst blev det först med en droska ifrån kollot, ner till bilfärjan. En färja som gick mellan Resarö och Nantes på fastlandet. Sedan vidare med droskan till tågstationen Österskär, samt tåg på den smalspåriga järnvägen in till Östra station i Stockholm.

Ditresan skedde ju med den förhatliga abonnerade beigefärgade bussen till anstalten och interneringen. Medan den plötsliga reträtten skedde till en början med droska och med glädje. Jag hade aldrig åkt droska tidigare, ja inte bil över huvudtaget, så bara det var en upplevelse. Jag är inte alls helt säker på att jag förstod vad som var i görningen, men just då var det att åka droska som gällde. Bort från den förhatliga inrättningen.

Sedan kom det att bli en obeskrivligt trevlig och lång tågresa. Limpmackor med prickig korv samt god saft som matsäck, höjde allt och var obeskrivbart härligt. Det var många stationer och hållplatser med spännande uppehåll utefter järnvägen för att invänta mötande tåg. Vilken liten kille glömmer sådant? En snäll fröken ifrån sommarkollot var mitt resesällskap hela vägen ända till Östra station. Där hade min mor stått på perrongen för att möta mig. Idag kan jag tänka mig hur hon i en hast fått ändra dagens göranden för att hämta den lille knallhatten ifrån hans korta utflykt.

Hemresan som för mig hade kommit helt oväntat och glädjande plötsligt, kom även att till slut bli en fantastiskt härlig och underbar sommar. En sommar i frihet, en sommar i trygghet. Den bästa sommaren av dessa tre år. Det var för övrigt samma år som jag sedan skulle börja i första klass i Kråkan och skulle fylla sju år senare på hösten. Jag skulle gärna vilja stoppa tiden och berättelsen här. För det var en ljuvlig sommar så som jag minns den.

Idag, är det fantastiskt trots allt, att jag återfunnit den plats som på den tiden kallades sommarkoloni. Platsen, som stal nära nog, tre somrar av mitt liv. Idag känns naturligtvis inte den tiden lika smärtsam. Saker och ting bleknar ju med tiden som sagt var, även om det finns ärr kvar, där minnen idag endast fungerar som en orange/vit orienteringsskärm i en oländig terräng med i huvudsak träsk.

Att jag minns så exakt, har jag svårt att få grepp om och svårt att förstå. Men herre gud, har jag tänkt många gånger, vad är egentligen minne och vad ur minnet är verklighet?

Finns jag här och nu, eller är jag där och då?

26

Vad är det som gör att man minns? Var det för en fyraåring den traumatiska upplevelsen när han skulle föras bort till okänt mål ensam, avstyckad från sin trygghet som ändå hemmets härd utgjorde, som gör att minnet är så oerhört starkt i denna händelse? Vad säger sakkunskapen?
– Sakkunskapen, jo jo! Tack ska du ha, det är att ha höga tankar. Minnet är ju nu en oerhört komplex och komplicerad mekanism, förklarade Vendela lite enkelt. Hjärnan består av olika delar med specifika uppgifter. Minnet med det sensoriska registret, fungerar som ett slags filter. Här finns den del av minnet som tar in eller stänger ute information och impulser som din hjärna får.
Om din hjärna skulle ta in alla impulser runt om dig och som rör sig kring dig, skulle du bryta ihop och drabbas av stress. En slags informationsstress. Det skulle bli för mycket av det goda, om jag säger så. Om man exempelvis blir distraherad av något under den tid man får en information, hinner inte arbetsminnet lagra i långtidsminnet och du glömmer vad in-

formationen som du fick och tillhandahöll vad den handlade om.

Detta tack vare, eller på grund av, det du blev distraherad av under informationens gång. En del kan stänga av all irrelevant distraktion och har istället full koncentration på den information som ges. Man kan helt enkelt avskärma sig.

Du kan ju också minnas fel, liksom du naturligtvis kan minnas det som är det riktiga. Man kan med andra ord inte riktigt lita på minnet. Ju längre ifrån det man vill minnas man kommer, ju suddigare och otydligare blir minnesbilden. På de viset du nu berättar om. Så allt du säger dig minnas, behöver alltså inte vara korrekt. Du kan ju på senare tid ha fått vetskap om olika händelser som du sedan har sammaflätat in i din egen minnesbild.

Bara det, är en snillrik mekanism. Vi kan plötsligt komma på saker som vi länge glömt, även om det är obehagliga saker. Och vi kan börja tro vi varit med om saker av plågsam karaktär som vi faktiskt aldrig varit med om. I ditt fall har du fått dig berättat saker av andra som stärker dina minnesbilder, eller som får dig att tro att det var så, trots att motsatsen kan vara den riktiga. Den otäcka händelsen då du höll på att bli överkörd av en spårvagn, till exempel. Där kan det uppstått luckor i minnesdelen från den extremt traumatiska händelsen med folk som skrek, spårvagnen som gnisslande bromsat. Så det är inte säkert du minns allt ifrån den händelsen. Den information ditt minne fick var att du skulle fly ifrån bussen men minnet blev distraherat av spårvagnen och människor som skrek. Det du tror dig minnas kan vara något du kommit på senare att så måste det varit. Det är alltså oförmågan att minnas en viktig händelse bland händelser. Minnet är som jag sa, en synnerligen och ytterst komplicerad, minst sagt avancerad mekanism.

Och ju längre ifrån händelsen i tid du kommer, ju mindre exakt reagerar minnet, som jag sa nyss.

– Men, de där låter verkligen invecklat? Jag minns ju så väl hur jag sprattlande kämpade emot när man skulle fösas ombord på bussen som stod uppställd där utanför LM Ericssons stora pompösa fabriksbyggnad vid Telefonplan alldeles intill spårvagnshållplatsen, Midsommarkransen.

Jag ser denna bild framför mig som i en film och som går i nonstop läge. Kanske är den tatuerad på näthinnans insida?

Och jag minns lika väl hur jag flydde då pappa och personalen inte hade anat att jag skulle ta till flykten, eftersom alla andra små barn klev på bussen utan att tveka. Jag hade vänt tvärt, som av en plötslig ingivelse, och sprungit så mycket mina små fyraåriga ben kunde förmå.

– Ursäkta mig, bad Vendela och plockade upp en näsduk.

Hon torkade sig försiktigt under ögonen för att inte förstöra mascaran antagligen

– Du håller väl inte på att bli förkyld?

– Jo, det kanske är så. Eller är det någon allergi, björkpollen eller något sådant. Timotej, kanske? Förlåt mig, fortsätt är du snäll.

– Jag sprang alltså över gångbanan, och över spåren vid spårvagnshållplatsen. Att jag inte snubblade på spåren, begriper jag inte heller. Det var precis framför spårvagn 16 som kommit ifrån Mälarhöjden och hade varit på ingång till hållplatsen. Att spårvagnen kom ifrån Mälarhöjden och var på ingång till hållplatsen precis där vi stod, är naturligtvis något jag tagit reda på långt senare. Någon gång på sextiotalet, var jag tillbaka på platsen.

Föraren hade ringt allt vad han förmådde i sin klocka och bromsade allt vad han antagligen orkade. Det hade varit ett

förfärligt gnisslade och ringande med folk som skrek. På senare tid har jag fått detta berättat för mig.
Med guds försyn, hade mamma sagt, så klarade jag mig ifrån att bli överkörd av spårvagnen. Jag har också förstått att det var precis jag klarat livhanken framför spårvagnen, då jag sett platsen för att försöka rekonstruera och förstå vad som egentligen kunde hänt och vad som hände. Jag hade ju av naturliga skäl rent oförnuftigt, sprungit iväg som en skrämd harpalt. Det är vad mitt minne berättar.
Allt runt om finns inte med, utan det är väl en minneslucka där i sådana fall. Med jag fick tyvärr ett alldeles för kort försprång. Resultatet av min flykt tog snabbt slut, trots att pappa hade fått vänta till dess spårvagnen passerat.
Det hade blivit en kortvarig jakt. Min far hade ju sina meriter som god medeldistanslöpare att falla tillbaka på från tiden i Högalids IF och jag hade bara mina små korta ben. Så med några älgkliv, blev jag snart infångad när jag försökt gömma mig under en bro. Sedan bars jag resolut under pappas ena arm, med mig antagligen vilt sprattlande och tjutande tillbaka till bussen som stod där nu på tomgång. Först en traumatisk upplevelse med spårvagnen, sedan föstes jag hjärtlöst in i bussen mot okänt mål.
Mycket av just denna händelse med spårvagnen har återberättats för mig, så är det ju. Berättandet har dock väckt mina minnen och som korkflöten flutit upp till ytan.
Denna berättelse om vad som hände, finns väl ingen anledning att misstro eller att ifrågasätta? Varför skulle mamma tummat på sanningen i så fall?
– Nej, det är säkert så som du berättar.

– Någon drog in mig i bussen skoningslöst, och det var inte pappa. Dörrarna stängdes med ett pysande av kompressorluft och vi for iväg mot det för mig okända färdmålet.

Denna händelse glömmer jag aldrig! Uppfattningen att känna hur jag färdades någonstans, i en buss med en massa barn för mig helt okända, mot för mig något okänt mål, var ohyggligt och fasansfullt.

Vart skulle jag och varför, vad hade jag gjort?

Jag reste mig upp igen medan jag funderade, varför ska man ligga och snacka? Bra fråga, eller helt korkad funderade jag? Jag sökte blicken hos Vendela och hennes ärliga blå ögon. Hon satt fortfarande och snurrade sin näsduk runt fingrarna men såg inte lika förkyld ut längre. Kanske bara var någon sorts allergi ändå.

– Oj, sa hon så som så många gånger tidigare. Du skulle skriva en bok, sa hon. Men, det är väl det du höll på med?

Hon satt antagligen och memorerade det jag nyss berättat. Papper och penna, var nog något förlegat inom detta skrå, här hade nog utvecklingen tagit över för det var inget hon använde sig av.

– Ja, så var de med det tror jag, sa jag. Lite torftigt och kortfattat kanske, men jag kommer ju inte ihåg alla detaljer.

– Oj, jag känner mig riktigt omtumlad av din berättarförmåga. Ibland kanske för många detaljer för att det ska kännas riktigt autentiskt, vilket jag naturligtvis inte med minsta uns betvivlar att det är och som sagt, helt fantastiskt berättat. Mint condition! Dina detaljer tycker jag du kryddade i en riktigt riklig mängd. Så väsensskilt det du nu berättade, och från vår samtalsstund på Moulin Rouge. Det är två absolut helt olika gestaltningar, och/eller från två olika personer.

27

– Inget jag själv lagt märke till. Det bara blir så.
– Men hur kom det sig vad jag förstått, att du nu på senare år hittade tillbaka till den där geografiska platsen där du var under dessa somrar på kolonin, vad var det som drev dig att söka efter den platsen?
– Bra fråga egentligen, men jag har strängt taget alltid varit nyfiken på var jag förvarades någonstans dessa somrar. Skiljetecknen i mitt liv, var en styggelse.
Jag frågade en gång min mor om hon mindes eller visste vart det där kollot låg. Tyvärr hade då åldern gjort sitt med mamma då jag frågade. Hon hade inget minne längre var det var. Hon fick för sig att det var någonstans uppåt Dalarna. Så mycket förstod jag att Dalarna, det var de absolut inte. Och att det inte var Barnens Ö, det förstod jag också på ett tidigt stadium. Det sommarkollot finns det ju en hel del skrivet om.
Av en ren tillfällighet hittade jag platsen för *mitt* sommarkollo på Internet. Det var någon likasinnad som även han en gång i

tiden varit på samma koloni som jag vistats på. Nu sökte han samma sak, samma plats.

Han hade lite försprång och kände till att den geografiska punkten var, Resarö. Långt ifrån Dalarna, med andra ord. Han hade däremot ingen aning om var någonstans på Resarö, själva kolonin legat. Det ena gav så småningom det andra, liksom. Och när jag sedan väl fick hjulen att börja snurra, så rullade allt på ganska raskt.

Jag fick vidare vetskap om den mer exakta geografiska positionen av en ren händelse. Helt underbart egentligen och otroligt. Genom hustruns dotter, som bor på Resarö, fann jag svaret. Jag ringde och kollade med henne om hon kände till ett gammalt sommarkollo som skulle legat på ön?

Svaret kom utan betänketid. Ja, det huset kan vi se hustaket på från vår övervåning, sa hon. Efter lite närmare beskrivning med adress, åkte jag direkt ut till Resarö. Nu inte längre med färja, utan det är landförbindelse.

Promenaden uppför backen, som på den tiden var en grusad väg och hade en betydligt lantligare miljö på den tiden. En hel del charmiga sekelskiftes kåkar kantade vägen fortfarande bland grönskande syrenhäckar. Det var en pirrig känsla minns jag. Nu var jag långt ifrån säker på att jag skulle känna igen huset eller platsen. Jag hade ingen fotografisk bild framför mig alls.

Så kom jag fram till adressen och jag stannade förstummad. Två stora grindar i smide mötte mig och som jag tyckte mig känna igen. Eller, trodde mig känna igen.

Kanske inte så välkomnande, men de hängde där. Om grindarna kan jag ha fel. Men där låg huset! Sommarkollot utan den minsta tvekan. Tomten verkade på något vis avstyckad, för jag mindes den som mycket större på framsidan av huset. Kan vara fel minnesbild.

Här hade jag nu alltså återfunnit den förhatliga platsen. Den hemska platsen som hade stulit två somrar av mig och en början på en tredje sommar. Allt stämde med huset så som jag nu erinrade mig det. Någonting lämnade min kropp emotionellt! Åminnelsen rullades som en repig gammal journalfilm. Reporna satt dock inombords. Synen var i känslomässigaste laget för mig. Det var något som inte borde finnas, men fanns här framför mig ändå. Som humlan med sina allt för små vingar för sin stora kropp och inte borde kunna flyga, men som humlan inte hade vetskap om och därför flög i alla fall.

Jag stod ett tag som förstenad medan tårar rullade utefter min kind. En känsla som var obeskrivbar, flödade genom mitt inre. Det blev helt enkelt för mycket och jag torkade mina tårar som fortsatte att rulla. Trodde inte till en början jag skulle reagera på detta vis, men det var så oerhört starkt samtidigt att se huset, se detaljerna, minnas olusten igen.

Husets färg mindes jag inte alls, men nu var det hur som helst, gråmålat.

Kanske hade det haft en annan kulör på den tiden funderade jag, men det gjorde det samma just nu. Ganska egalt, egentligen.

Balkongen från övervåningen med rutschkanan, för att snabbt evakuera vid eldsvåda från övervåningen. Ett säkerhetstänk redan på den tiden. Lätt och snabbt kunde man få ner barn på det viset med rutschkanan från övervåningen. Efter alla dessa år, fanns denna kana kvar. Den breda trappan bredvid kanan fanns också den kvar. Jag minns detta så väl, så väl. Det började nästan kännas bedrägligt, obehagligt och fiktivt. Där uppe på balkongen hade jag suttit en kväll på pottan. En potta som jag skulle kunna sätta en slant på att den varit gulemaljerad med en ljusgrön kant på. Alla pottor såg väl ut på det viset kan man tänka. Men det hindrar inte att det var just en sådan gulemaljerad potta jag satt på denna gång.

Vid tvättning och tandborstning varje kväll innan läggdags, skulle alla barn sitta på pottan i tvättrummet. Det var som sagt antingen en gulemaljerad potta med en ljusgrön kant, en vitemaljerad med lavendelblå kant, eller så en potta i glas som såg ut som en hög hatt, men med ett handtag, eller öra på. Pottparaden stod uppställd på en hylla och kunde lätt plockas ned av nödigt barn för brukande. Jag var nog lite för generad för att sitta där på pottan i rad bland de andra barnen för att uträtta mitt tarv. Skulle det sedan vara en glaspotta, kunde jag lika gärna giljotineras. Men där satt alla små barn i vår grupp i en lång prydlig rad, så även jag, kväll efter kväll, man hade inget val, inget alternativ.

Jag skämdes ihjäl varje gång. Och troligen till skillnad från de andras, var min potta tom en kväll då det ansågs att bajstiden var slut. Jag blev satt där ute på balkongen på min potta för så att säga kvarsittning, om jag får skriva så, till dess önskat resultat uppståtts.

Och jag ser det idag intet på annat vis än bestraffning.

Timmen blev sen. Jag satt där, en fyraåring helt ensam på en kylig balkong, i säkert en timma och troligen grinade jag lika länge. Jag minns inte, men det sannolika var nog så. Tror pottan var tom även efter denna timma. Där är jag dock lite osäker.

Nu, genom tårdränkta ögon av hågkomster när jag står på vägen många år senare, återser jag alltså platsen.

Rutschkanan, trappen och balkongen, där man en gång suttit och huttrat, för att försöka leverera det önskvärda.

Jag fotodokumenterade nu huset och platsen för att göra ett bokslut i mitt inre över händelsen så fort jag fått scenen klar för mig och samtliga bitar trillat in på sina bestämda platser.

En bild jag faktiskt sökt i årtionden, nu hade jag den framför mig så att säga, live.

Fanns det inte en brandstation på den tiden en liten bit härifrån, kom jag plötsligt på? Jo, så måste det vara, visst var det så. Vilken liten kille glömmer en brandbil? Finns inte på kartan.

Om nu inte mitt minne spelar mig ett spratt, så skulle det kanske vara sådär en 100 meter vidare uppför vägen och så en liten väg in till höger. Har jag fel nu månntro?

På den tiden kom vi efter badet i den iskalla sjön, från andra hållet.

Jag började gå vidare uppför den svagt sluttande backen för att se om där fanns en liten tvärväg till höger. Och, förvånad minst sagt, fann jag en väg som mycket riktigt tog av åt höger. Så långt var allt rätt.

Förbluffande att jag verkade minnas rätt. Eller en ren slump och lyckträff?

Men bara för att där låg en väg till höger, behöver ju det inte betyda att där hade det legat en brandstation en gång i tiden. Det skulle vara för bra för att vara sant. Kunde det verkligen ligga någon byggnad här som tidigare skulle kunna antas inrymt en brandstation, här mitt ibland buskar och sly som kantade vägen, tänkte jag där jag travade vidare. Men kanske ändå, på den tiden kanske den låg här. Inte idag naturligtvis, men kanske då.

Om några få kliv skulle jag få vetskap. Jag fortsatte in på den smala grusade vägen och redan efter sådär en trettio meter, så låg något där till vänster som jag kunde svära på varit en brandstation en gång i tiden. I alla fall varit ett garage för en brandbil. I mina unga år hade jag fångslats av den julröda brandbilen där innanför dörrarna med stora glasrutor. Julröd med blänkande mässingdetaljer. För mig hade det varit en brandbil, absolut. Vad annars? Har man som liten kille sett en röd brandbil en gång, glömmer man det förmodligen aldrig. Inte jag i alla fall.

Jag mindes den eftersom vi hade varit på hemväg från badet och var antagligen halvt ihjälfrusna. Det var då vi passerade den värmande bilden av den röda brandbilen vid det som jag ansåg som en brandstation, men var väl egentligen bara ett långt garage, sett med dagens ögon.

Sedan, bara en liten bit till, så hade den förhatliga anstalten legat, när vi var på hemväg från motsatt håll jag nyss kommit ifrån. Det är som sagts en hel del år sedan, men allt fanns där jag mindes att det skulle finnas, som fyraåring. Frågan var nu bara, hade det verkligen varit en brandstation där?

Var mitt blickfång fel? För här fanns inga garagedörrar så som jag kom ihåg att det varit. Nu var det bara två fönster på gaveln. Hade jag ändå misstagit mig?

Men visst hade det varit en brandstation. Detta fick jag ganska omgående bekräftat av en boende på ön. Garageportarna hade tagits bort och man hade murat igen gaveln.

Där satt nu bara två förvillande mindre fönster. Huset användes nu till en vävstuga där man lärde sig hantera en vävstol och väva tyger genom hembygdsföreningens försorg.

Vad beträffar den brandbil jag fantiserade om att jag sett innanför glasdörrarna, så var det naturligtvis en brandbil jag sett anno 1948 på Resarön. I efterhand har jag sedan tagit reda på att den brandbil jag sett, var tillverkad på Tidaholms Bruk som en så kallad Tidaholmare, där bruket bland annat tillverkade brandbilar. Denna brandbil hade ett tillverkningsår av anno 1929. Nu är man så att säga i mål vad gäller denna bit. På tal om brandbilen, så står den på Tidaholms museum idag. Ibland funderar jag på att göra en utflykt till Tidaholm för att på så sätt sluta cirkeln.

Ön som ju då förtiden, egentligen bara var ett sommarparadis där man kunde ta sig till eller från ön via en färjförbindelse. Den utgick från fastlandssidan vid Nantes, ut till Resarön, eller så tvärt om. Men en brandbild, det förfogade man över.

Åter kunde jag ana att detta var historia och något som passerat för länge sedan. Men jag tänker inte gråta över spilld mjölk, jag vill bara få fatt på mina rötter. Men nu var det som en tidsmaskin som varligt rörde vid mina minnen likt känslor som ett vackert bröllop eller en laber bris på väg att kantra på sydosten i kontrasten ifrån en tårepil.

När man nu återfunnit de jag letat efter, kändes det som en lättnad, en befrielse, en form av god resultaträkning. Huset där sommarkolonin legat, hade en gång på tidiga 1900 talet byggts åt en skomakare Österberg. Sedan byggdes det om till pensionat runt år 1930 innan LM Ericsson tog över 1947 och öppnade ett gratis sommarkollo för sina anställda. En sommarkoloni för sina arbetares barns fromma, var det tänkt. Idag är huset privatbostad.

Under tiden jag sökte efter detta sommarkollo, fann jag något ganska intressant. En lokal tidning för LM Ericsson anställda? Tidningen hette, *Kontakten* LM-arnas tidning.

Det kanske inte är helt fel att påstå det som skrev om kollot på Resarö i denna tidning, var aningen tillrättalagt för att passa LM-aren. Jag kan hålla med om att på detta sommarkollo var alla barn väldigt glada. Eller låt mig säga, det är vad jag minns rent allomfattande. Jag hade nog med mitt lilla helvete. En del barn passar på sommarkollo, dagis och liknande, andra gör det inte. Svårare än så behöver det inte vara. Jag måste bara citera några väl valda rader ur LM-arnas tidning *Kontakten*.

"Nej, jag vill inte vara i stan, jag åker tillbaka till Resarö igen, deklarerade en liten solbränd pigg krabat då han återvände till Midsommarkransen efter 6 veckors stärkande landsvistelse vid LM:s barnkoloni på den idylliska skärgårdsön."

Eller detta:

"Barnens vårdarinnor berättar samstämmigt att rarare barn finns inte. Till och med tvättningen strax före läggdags har gått som en dans, framhåller man. Höjdpunkterna på programmet har varit utfärderna till badviken och dessa har för det mesta företagits med lastbil."

I mina öron låter det lite kluvet. Men, jag kanske bara var undantaget. Jag kanske bara var en katt bland hermelinerna, eller den fula ankungen. Jag har egentligen bara berättat mina minnen hur jag blev avpolletterad för internering i 6 veckor. Jag har alltid undrat hur länge jag var borta. Nu, tack vare tidningen *Kontakten*, vet jag att det var så länge som 6 veckor. Pust! Grattis till alla barn som stormtrivdes och var små solbrända pigga krabater när det återvände.

"Den stärkande luften i förening med stoj och lek ute i det fria på stranden och den rymliga trädgården har bidragit till att skapa en matfrisk samling, som enstämmigt förklarat att "allting är det bästa det vet"".

Som kronan på verket har LM-barnen på Resarö en egen kolonivisa. Jag kan inte låta bli att bifoga den:

"Vår koloni den är den bästa utav alla som vi vet.
Där har man bara roligt, där blir man tjock och fet.
Maten den är prima, humöret det är gott,
Ett hjärtligt tack för allt som vi på Resarö fått."

– De barn som hade lyckan att gratis få vistas på detta sommar-kollo var från 3 – 7 år. Och jag hörde aldrig denna visa. Låter som en skrivbordsprodukt från en lokalredaktör på LM-arnas tidning *Kontakten*.
Case closed.

28

– Du får ursäkta mig, men jag är lite överraskad. Det var år och dag sedan jag hörde någon berätta något liknande. Inget avslag på gasen någonstans. Inte det minsta. Du berättar bara rakt av, pang på den så kallade rödbetan och det är så målande, medryckande och så inlevelsefullt. Carl Larsson skulle inte kunnat måla det bättre.
Spännande, säger jag. Good greeif!
– Oj, nu gör du mig generad.
– Detta var väldigt ovanligt ska jag säga dig i min vardag. Oftast blir det enstaviga berättelser och som är avslutade, innan de påbörjats, nästan. Men blir istället lite knepigare och svårdiagnostiserade i sin förlängning. En vidare berättelse, är naturligtvis lättare att diagnostisera.
– Känns inget konstigt i hur jag berättar, som jag sagt tidigare. Så som något märkvärdigt, kan i varje fall inte jag betygsätta det som. Men det är heller inte mitt bord, om man säger. Bara vanligt osammanhängande babbel. Jag berättade som jag minns det.

Du har ju förklarat för mig att allt man tror sig minnas, inte behöver vara rätt.

Själv har jag inte gåvan, så jag kan inte skingra agnarna från vetet. Känner bara hur riktig och rätt min berättelse är till dess någon annan kommer och bevisar motsatsen. Du har fått *min*, berättelse.

Vid denna paus, måste jag passa på att fråga dig något av ytterst personlig karaktär och som jag inte har det vittersta med att göra, men ändå. Du berörde detta tidigare själv om jag inte tar helt fel.

Varför skilde du dig egentligen? Rätteligen är det väl två parter inblandade i en sådan process, men det är din del i processen jag undrar över. Den andra lämnar mig faktiskt ganska kall. Ja, jag minns ju att du berättat att du var skild, eller missuppfattade jag något där?

– Inget att berätta om. Men det är som du sa, med alla skilsmässor. Där finns en viss integritet och som är av personlig prägel. Men lyckliga skilsmässor, är en myt.

Den är passerad för mig och för min del och kan knappast ha särskilt stort allmänintresse. En historia som dock kunde fått vida konsekvenser som jag inte vill tänka på. Men för att göra en lång historia kort, så handlade det om att jag blev sjuk. Till historien hör också att jag aldrig hade varit sjuk tidigare. Jag hade exempelvis aldrig varit förkyld, hade aldrig haft någon influensa, etcetera. Men nu låg jag plötsligt och oväntat, i feber. Jag skulle kunna tala om feber en längre stund, men det tycker jag vi hoppar över. Usch! Det var ju den korta varianten, det handlade om av historien nu. Jag hade frossa och kände mig förvirrad, ja mer än vanligt då förstås. Skämt åsido, jag tyckte jag hade svårt att andas, mådde alltså ganska visset.

Normalt är att man har feber ett par dagar vet jag, vid influensa och sådant, sedan klingar det av och planar ut liksom. Och man känner sig då inte så sjuk längre.

Nu hade jag ganska plötsligt fått feber och min make, som jag då trodde fullt ut på mitt dumma nöt, sa att det ger med sig. Du har säkert bara fått en lättare förkylning ska du se.

Jag litade naturligtvis på honom, han var ju läkare. Men jag mådde inte bra, jag kände mig hur sjuk som helst. Riktigt eländig, faktisk. Kanske berodde på min ovana av att vara sjuk?

Min man reste ändå till Oslo samma dag med en lätt klapp på min kind att jag skulle krya på mig.

Han hade senaste året rest en hel del till Norge. Det var ett jäkla spring, om jag uttrycker mig så. I Oslo skulle man planera för ett nytt stort modernt sjukhus och min man hade jobb där som konsult. Vad har man i Norge som inte finns här, brukade jag undra om du förstår vad jag menar.

Men det de har, de har de ju förstås i Oslo när tillfälle bjuds och man befinner sig på Karl Johans gate, ja vel.

Därför vistades min forne make ganska så ofta i Norge och då särskilt i Oslo.

– Jag tror mig ana sammanhanget, sa jag medlidsamt.

– Resorna var många och skedde ofta, så jag blev kanske ganska van, måste jag nog tillägga och reagerade därför inte särskilt mycket. Så egentligen blev jag ingalunda förvånad. Men, besviken helt klart, ja ja. För att inte säga brädad av en norsk jente.

Hur dum får man bli på en norsk skala från ett till sex? Jag var nog dum i hela huvudet. Men ut på Hardangervidda finnes de fineste blåbærer, synes jeg.

Nåväl, och hur som helst. När han slagit igen dörren grubblade jag oordnat vidare på varför jag mådde så dåligt. Så här kan vi inte ha det, var min tanke och lyfte därför telefonluren. Jag slog numret till en kollega på sjukhuset där jag arbetade då för att ha någon att tala med och berättade om min belägenhet och hur väldigt illa jag mådde.

Berättade om symtomen och så vidare. Efter ett litet tag ringde min kollega åter och sa att jag skulle plocka ihop mina pinaler och hygienartiklar, för en firmabil var på väg att plocka upp mig för transport in till hospitalet.

Inte med blåljus vilket jag tacksamt noterade, men ändå.

Väl där, hände allt väldigt snabbt. Diagnosen kom ganska snart och löd sepsis. Otroligt! Sepsis, eller mer på svenska, blod-förgiftning!

Jag kände mig faktiskt ännu mer sjuk när jag fick vetskapen. Läkaren hade frågat mig om inte min man var läkare? Jo, sa jag… och han hade skakat på huvudet. Följdfrågan han ställde var om inte min man var konsult vid ett sjukhusbygge i Norge? Hur nu han kände till det? Världen är kompakt.

Och läkaren menade att mina symtom var av sådan art att min man inte satte ihop mitt tillstånd med annat än, en vanlig influensa.

Den vetskapen plågade inte mig. Det som plågade mig mer, var vad jag anade om min mans resor till Oslo, var och varannan dag. Kunde han nu röja mig ur vägen genom att tala om en influensa och därmed rentvå sitt samvete, så var det lilla problemet löst för hans del.

De personer som insjuknar i sepsis, eller blodförgiftning som det heter på ren svenska, löper dubbelt så stor risk att dö, jämfört med de som drabbas av akut hjärtinfarkt.

Nu är det ju i och för sig inte särskilt vanligt gubevars, att man drabbas. Men nu hade det alltså inträffat.

Sepsis är namnet på en infektion som framkallar en serie reaktioner i kroppen som alltså i värsta fall kan sluta med döden. Problemet för både patienter och läkare är att tillståndet i början är svårt att skilja från mindre farliga infektioner som till exempel en kraftig influensa eller vinterkräksjuka.

Jag fick ligga kvar nästan två veckor på sjukhuset, innan man släppte ut mig på egna ben.

– Hur får man blodförgiftning?

– Blodförgiftning kan du drabbas av när bakterier tar sig in i kroppen och vidare in i blodet, genom exempelvis huden, lungorna och urinvägarna. Och för mig, som egentligen inte tillhörde målgruppen, blev det ganska obekvämt.

Läkaren jag hade sa också att han inte förstod varför jag hade drabbats av sepsis.

– Men Vendela, vad har detta med din skilsmässa att göra?

– Här sitter jag och babblar om sådant jag inte ska. Det är ju dig det handlar om, inte mig. Men nu blev det ju så när du frågade och jag kände att vår personkemi var på samma kurs. Men, det är så att säga lite bakgrund, om än aningen krystad kanske. Min man, alltså läkare till professionen, föredrog att resa till Oslo och sin norske jente och lät mig ligga där jag låg. Kanske hade jag passerat bäst före datum, för hans del.

Men detta är den korta historien av den långa och då kan den te sig lite märklig och kryptisk.

Precis som din bakgrundsmusik på Moulin Rouge och med musiken från den där ensemblen som hördes, men inte sågs.

Att jag skilde mig, för det var mitt val, beror på en hel kedja av händelser som jag anser vi kan låta barmhärtighetens dok och slöja dölja samt landstingets regler och därför lämna åt ett vissnande trist öde som hopblåsta höstlöv i ett hörn vid ett avträde på någon övergiven bakgård.

– Och du som talar om att jag berättar poetiskt!

– Men händelsen som jag nyss berättade, sa Vendela och låtsades som om regnet stod som spön i backen utanför hennes fönster, var väl så att säga orsaken till att äktenskapets seglats sakta men osvikligt, stötte på grund.

– Om man till levebrödet är beteendevetare och kurator, trodde jag inte sådant kunde hända den yrkeskåren.

Vendela log så där inbjudande varmt gnistrande igen. Svängde stolen mot fönstret och kisade ut mot solen där det inte föll så mycket som en droppe. Hon svängde tillbaka stolen ryckte på axlarna lite lätt och suckade. Hon var oemotståndlig.

29

– Vi är inte annat än vanliga människor vi heller. Vi är uppbyggda av kött och blod och kan bli både sårade och förtretade liksom vi kan skratta och gråta. Vi vill också känna närhet, vara älskade och bli tröstade. Det är naivt att tro något annat. Vad som hände, är inget unikt eller konstigt i sig bara för att jag är beteendevetare. En sådan har som sagt också ett liv, jag kanske skulle prata med en kurator?
– Jag ställde naturligtvis en enfaldigt dum fråga. Tänker man efter, anar jag att även en tandläkare kan drabbas av en inflammerad visdomstand, som man i förlängningen blir tvungen att extrahera trots att han eller hon är tandläkare till yrket. Eller ta en begravningsentreprenör... ja som dåligt och lite absurt exempel.
Vendela mixtrade lite med lamellgardinerna och jag kände att audiensen var på väg att vara till ända.
– Ja, sa hon och reste sig från stolen och lade ifrån sig fjärrkontrollen och slog ut med händerna i något som påminde

om en uppgiven gest. Då var vi väl klara. Och har du något mer på lilla hjärtat innan vi stänger så tar vi det en annan dag.

Jag reste mig lite stelt, för jag hade ju tidigare fått berättat för mig att jag inte är tjugotre höstar längre.... och jag kände igen fenomenet med ett abrupt slut.

– Allt har till trots en ende. Nu är det hemgång.

Man läser exempelvis en god bok på nästan fem hundra sidor, men upplösningen sker på bokens sista skälvande sida. Känns lite snopet.

Samma egentligen med filmer. Man funderar under hela filmen vem mördaren kan vara och det uppdagas nästan i samma stund som eftertexterna börjar rulla. Då har man suttit i nästan två timmar på en lång knagglig transportsträcka, i ovetskap. Svaret dyker upp under filmens sista tre minuter.

– Jag vet faktiskt inte om jag har något mer som tynger, sa jag på Vendelas fråga. Men troligen dyker det upp någon tanke så fort jag satt mig i bilen. Ja, det är min vanliga grej. Jag måste kanske försöka komma ihåg vad jag berättat om, och inte berättat om. Vad jag inte har berättat om, blir ju svårt förstås för jag har ju ingen aning om vad jag inte har berättat om, för i så fall skulle jag ju ha berättat om det... du förstår säkert vad jag menar. Själv är jag inte riktigt säker på vad jag menar.

– Sådant vet man i regel inte förrän man har nyckeln i låset, sa Vendela och log.

– Här står jag och svamlar som en blyg tonåring...

– Ja, nu vet du var jag finns sa hon.

Ett outgrundligt leende och underton i hennes så speciella röst, sände sina signaler. Medan hon lät sina fingertoppar på högerhanden lätt stryka utefter min kind.

– Hon sa, hej då!

Det blänkte i hennes ögon och det var en känslomässigt laddad stund minst sagt. Vendela verkade tycka det samma. Jag hade ingen lust att bara gå, inte nu.

– Dröj inte för länge, viskade hon...

Det kändes som spagetti i benen, det var en märklig känsla som jag aldrig tidigare känt.

– Din mor, kom jag på sa Vendela plötsligt och ryckte mig ur mitt drömmande tillstånd. Hur var hennes uppväxt? Det är något vi inte har nämnt något om. Och har du tömt allt ifrån skolan, arbetslivet etc. etc.

– Just nu är jag bara tom. Måste kanske landa först och tänka efter. Ibland känner jag mig totalt utlämnad, men samtidigt känner jag att det lättar lite på trycket. Bördan känns inte sådär väldigt tung längre.

– Vet du vad Lars? Det är precis detta som är en del av orsaken till att vi träffas och talas vid. Ibland när man fått prata av sig, kommer lugnet och harmonin tillbaka. De stela uppdragna axlarna sjunker ner till en harmoni. Sedan tror jag inte du tycker det är särskilt besvärande eller genant att vi träffas, eller?

Nu kände jag mig däremot generad. Hur kan hon känna, veta och förstå? Kan hon läsa tankar? Någon kristallkula har hon inte skaffat ännu i alla fall.

– Nej sa jag. Inget besvärande alls. Jag är bara glad att få träffa dig.

– Vad trevligt! Vi hörs och ses, sa hon och blinkade.

– Ja, jag hoppas verkligen det, hann jag säga innan hon stängde dörren om sig.

Att jag vågade, men det kom fullkomligt spontant utan betänketid.

30

Tankarna var många och snurrade i huvudet när jag rullade hemåt i bilen. Tankarna om Vendela Grense fanns som "prio" nummer 1 naturligtvis. Ett slags PMI eller mått på den utvecklingsmetod jag genomgick. Konstigt vore det väl annars utan att för den skull förringa mina unga år i allt oväsentligt. Nu kom andra minnen vindlande som oroliga andar, troligen väckta till liv genom vårt samtal om den tiden då jag skulle bli förstagluttare i Kråkan. Vendela ansåg att det kanske inte hade varit så lämpligt att samla elever från samma åldersgrupp, om nu en del kanske var födda tidigt på året och andra som var födda senare.

Kanske skulle man dela in åldrarna på ett annat och ett mer adekvat vis.

När hon berättade det, kanske det var för att vara snäll.

Själv har jag läst någonstans, tror jag, att normalt samt rent generellt, hade dessa barn inte samma förutsättningar att ta till sig den kunskap skolan ändå bjöd. Varför man nu ska normalisera, är jag inte riktigt klar över. Naturligtvis finns även här undantaget som bekräftar regeln, som med allt annat. Och endast ett halvt års ålder, kunde ha stor betydelse för förmågan att hänga med i skolarbetet och veta att tillgodogöra sig läroplanen. Det berättade en distriktsläkare för mig på min direkta fråga. Ja, en skolkamrat ifrån min första klass, som med tiden blev distriktsläkare. Men jag anar att skolöverstyrelsen tänkte, icke förty, att enkelhet är en dygd och så körde man efter den mallen.

Nu inbillar jag mig därför, att barn som börjar skolan när de är något äldre, klarar sig bättre i alla skolämnen.

Jag tror mig också ha läst att det är barn till lågutbildade föräldrar, som vinner mest på att de börjar senare i skolan.

Tror mig också minnas att det är så att ett barn som är fött i januari, börjar vanligen i skolan vid 7,7 års ålder. Ju senare på året barnen är födda desto yngre förväntas de vara när de börjar i skolan. Barn som är födda i december kommer följaktligen att vara 6,8 år vid skolstarten.

Skulle man kunna tänka sig då att åldersdelningen skulle ske någon gång... nä, tänkte jag efter ett tag då jag funderat en stund. Hur man än vänder sig blir det snett med skolstarten.

Skolstartsregeln, hörde jag Vendela berätta, att enligt skolstartsregeln innebär det således att barn som är födda i december ett år och barn som är födda i januari påföljande år, vanligen börjar skolan vid olika åldrar trots att de är födda ungefär samtidigt.

Jag har ju läst om förhållandet eftersom jag har funderat över detta fenomen och hur olika åldrar vi egentligen hade i den skolklass jag gick i. Tror inte detta var specifikt för just den skolklassen jag var satt i, utan åldersfördelningen var säkert på samma vis i varenda skolklass. Och, det har väl alltid funnits vinnare och förlorare. Jag hade alltså varit sex år gammal när

skolan kallade och jag stod där framför Kråkan, medan andra redan fyllt sina sju år tidigt på året och var därför lite kavatare.
De som är födda i januari påföljande år sker ett "hopp" till den högre betygsnivån.
Genomsnittsbetygen följer således samma sågtandsmönster som den förväntade skolstartsåldern. Barn som är födda i början på året är äldre när de börjar skolan och presterar de facto, bättre än barn som är födda i slutet på året och som vanligen börjar skolan när de är yngre. Ska vi säga så? Tror till och med att även jag fattar nu.
Görs skrivningar i svenska, matematik, kemi eller så, är den som är född senare på året yngre än den som är född tidigt på året och har därmed en annan och mer diskutabel utgångspunkt. Ändå går man i samma klass och har börjat den långa resan de år man fyller sju år, vilket regelverket säger att man skall, även om det nu sker på lite olika premisser.
Men, det är bara att gilla läget. Sa inte Vendela något om att ta igen på gungorna vad man en gång förlorat på karusellen? Jo, jag tror det var så och hon vet nog egentligen inte hur rätt hon hade då hon sa det.
Man måste dock tänka på vad Vendela sa om undantagen så som det finns i allting. Bara för att man är född tidigt på året, var det inte en regel som sa att man var ett ljus i skolan. Det finns de som börjar skolan och är födda sent på året, i december exempelvis, men som då är begåvningar. Minns mina ämnen jag var bäst i. Det var tveklöst sådana man inte hade någon, så att säga nytta av rent generellt. Sång och musik, där skickades jag till skolans sångkör för att ingå. Jag hade blivit godkänd av vår sånglärare "Storken" då han testade vår musikalitet och musiköra, eller gehör som det heter. Bara efter ett par toner under tiden han hade trampat upp lufttrycket på den

gamla tramporgeln och jag följde hans tonart perfekt. Han slutade tvärt att spela och sa bara, anmäl sig i skolans sångkör. Nästa!

Vi var nog ena riktiga slynglar som gjorde narr av sångläraren eftersom han var lång och väldigt smal, så kallades han allmänt för storken. När vi skulle lära oss sjunga sången Sveriges Flagga som ju är ett svenskt nationalromantiskt stycke till Sveriges flagga, skrivet av Hugo Alvén. Hur som helst när vi skulle sjunga sången som börjar, *Flamma stolt mot dunkla skyar likt en glimt av sommarens sol...* Så sjöng vi naturligtvis, *Flaxa stork mot dunkla skyar...* märkligt nog verkade det inte som om Storken hörde detta, för han sa aldrig någonting. Hans måtto var kanske, "skiter i vad ungjävlarna sjunger, bara att de sjunger".

Samma stil med betyget i Hemkunskap. Jag fixade med skaplig lätthet att baka det som stod på schemat eftersom jag gillade att baka hemma och på så vis fått lite erfarenhet. Och det blev godkänt även i gymnastik, eller om det var träslöjden. Men, sedan var det kört. Det här var så att säga, helt onödiga ämnen att vara bra i. Man skulle istället briljera i engelska, matte, geografi och historia samt svenska såklart. Ämnen man klarade sig bättre på i framtiden beroende på yrkesinriktning förstås.

31

En dag då jag kom hem ifrån skridskobanan såg jag från vägen att farmor satt i vårt kök. Jag hade stannat som fastfrusen medan snön landade på min mössa och axlar. Det var otäckt det jag tyckte mig se. Inte för det att jag tyckte mig se farmor. Men, farmor fanns inte längre. Spöken finns inte, men ändå verkade det som om det gjorde så. Det var ju en omöjlighet att hon skulle suttit där i köket eftersom jag visste att farmor var död. Men jag såg ju vad jag såg, där i köksfönstret. Det var farmor. Jag vågade inte gå in, det var för otäckt eftersom jag som sagt visste, att hon nyligen avlidit på Södersjukhuset. Men ändå satt hon där i fönstret i vårt kök. Ett spöke, en gengångare, en ande? Det var så rysligt att jag vände om ut på vägen igen för att åter försöka förstå vad jag trodde mig se.

Det var mina nioåriga ögon som spelade mig ett spratt. Nu såg jag, det var inte farmor. Det var hennes syster Signe, ifrån Stentorp i Nyköping, som satt där. På håll kunde jag ju svurit på att det varit farmor jag sett. Absolut!

Gerda och Signe, två av farmors systrar, var påfallande lika henne till utseendet. Spöklikt identiska, vill jag nog tillägga och påstå denna snöiga februaridag.

Jag hade ju ett relativt färskt minne av farmor då jag fått följa med henne hem till Ringvägen 19 på Södermalm i stan, för att hämta några kakburkar. Tomma kakburkar i bleckplåt, skulle det vara. Nåja, så färskt minne var det kanske ändå inte. Men det var i alla fall ett minne, ett av mina finaste minnen av farmor. För en gångs skull, bara du och jag, farmor!

Farmor skulle baka sju sorters kakor hemma hos oss innan jul. Det vara egentligen något mamma fasade inför varje jul eftersom det skulle gå åt mängder av smör, socker, mjöl och liknande bakingredienser som mamma var tvungen att skaffa fram. Detta trots att vi inte hade råd med sådana extravaganser. Jag tror mamma tyckte det var genant. Till råga på allt och trivialt, hade vi inte så många kakburkar som fordrades heller. Även om det kanske var mindre besvärande.

Man ska ju baka sju sorters kakor, inklusive pepparkakor och det ämnade farmor också göra. Det hade hon bestämt. Det beslutade hon inför varje jul, punkt. Farmor var den som bestämde i vår familj. Smått som stort, högt som lågt.

Mamma var nöjd med de två bleckburkar vi hade, det räckte åt oss och mer än så behövde vi inte. Den ena var det alltid, eller i varje fall oftast, skorpor i medan den andra burken vanligen stod tom nere i matkällaren. Tror också mamma gruvade sig, även om det var en bagatell i sammanhanget, var hon sedan skulle ställa alla kakburkar någonstans. Sju kakburkar, kräver sitt utrymme. I matkällaren var det rader på hyllorna av hallonsylt, vinbärsgelé, saftflaskor och burkar med äppelmos. Det var fjolårets skörd som mamma tagit reda på.

Sju burkar tarvade och tog sitt rundnätta utrymme i anspråk även om man försökte trolla med knäna, som man populärt uttryckte sig på den tiden. Mamma var egentligen duktig på att trolla med knäna, det fick vi kunskap om vid flera olika tillfällen. Var det någon som kunde koka soppa på en spik, eller trolla med knäna, så var det hon.

När bristen på kakburkar blev känd, ansåg farmor att då fick hon väl åka hem till sig för att hämta. Jag kan nog låna ett par av Ester Olsén också, hade hon sagt. Olsén var en granne i våningen under farmor och som hon umgicks med ganska så flitigt. Dom var som syskon. Ester var en mycket snäll liten gumma minns jag.

– Kan jag ta den där lilla parveln med mig, hade farmor sagt och pekat på mig, så jag får hjälp att bära?

– Jo, om Ida ville ha besväret, så gick väl det väldigt bra och jag tror Lars skulle bli glad att få följa med.

Själv blev jag förvånad att farmor pekat på mig, men samtidigt överlycklig. Vi skulle först få åka buss 65 in till Varvsgatan på Södermalm. Där fick vi byta till spårvagn sista biten till Ringvägen. Det var fler spårvagnslinjer som vi kunde ta, men oftast åkte vi med spårvagn linje 10, eller 10:an, som man sa, rätt och slätt.

En för tidig julklapp kändes det som. Jag hade inte precis börjat skolan och skulle få vara till hjälp att bära kakburkar. Visserligen tomma, men i alla fall. Det var skrymmande och det behövdes en riktig karl för sådant bärande anade jag möjligen. Jag tror jag kände mig både stolt och hedrad att få följa med som kakburksbärare, eller så var jag bara lycklig över att få åka buss och spårvagn.

Resan in mot stan och Ringvägen var bara så spännande för en liten kille som jag. Det ropades ut hållplatser och det trycktes på små knappar så det sa pling någonstans och en röd skylt tändes i taket som berättade att bussen eller spårvagnen skulle stanna vid nästa hållplats. Jag hade sett detta vid tidigare resor med mina föräldrar, men det var lika spännande ändå för nu hade jag mer förståelse om vad allt hade för funktion. Varvsgatan, var dit bussen skulle gå och som var dess sluthållplats. Det var en vändhållplats där det även stod andra busslinjer för olika turer ut till förorterna söder om Stockholm. Nu skulle vi alltså byta till spårvagn, men bara ett par hållplatser. Om vi skyndade oss, kunde vi åka tillbaka på våra biljetter om det skedde inom en timma. Farmor hade fått betala 45 öre med övergång, medan jag fick åka gratis i farmors sällskap.

Bussen hade skumpat på och motorn därframme under huven fick jobba lite extra upp över Liljeholmsbron.

Så rullade vi ner mot Hornsplan där bussar och spårvagnar trängdes om utrymmet vid refuger och hållplatser. Jag minns hur jag förundrades av den enormt stora granen som stod där då vi passerade. Den var översållad med lampor.

Lika nyfiket hade jag tittat på den stora fina biografen Flamman, med sin upplysta baldakin. Då visste jag inte att det var en biograf, men fint såg det ut med alla lampor.

Tidigare tror jag man kallade denna trafikplats för Hornstullen, eller till och med bara Tullen. Men det kanske var långt tidigare. Det var tydligen där eller här, som julpyntandet på Södermalm tog sin början.

Någon form av handel pågick vid den rundade saluplatsen där det fanns stånd med varmt glimmande ljus och man sålde julkärvar av havre för småfåglarna, klenäter pepparkakor, struvor, polkagrisar, varm glögg och annat.

Rundhyllta jultomtar gick omkring på aningen ostadiga ben av kanske för mycket värmande glögg och sålde papperstrumpeter och stora färggranna smällkarameller. Det såldes naturligtvis också julgranar och annat som hör julen till, vid de olika stånden.

Sedan blev det nästan högtidligt då bussen svängde uppför Hornsgatsbacken mot vårt mål, Varvsgatan. Vi mötte ett par spårvagnar som kom gnisslande på väg ner mot Tullen. Men det fantastiska var alla juldekorationer som nu prydde och kantade gatan och jäktade på den stundande julhandeln som stod för dörren.

Även Hornsgatan var sedan någon vecka, enligt vad farmor berättade, behängd med girlanger av gran eller om det var tallris och stora lysande stjärnor hängde i dess mitt.

I butikerna glänste det glimrande julrött och det såg bara så väldigt trevligt ut. Allt gnistrade och glimmade och känslan av en annalkande högtid, växte inom mig. Det var bara ett tätt snöande som skulle kunna höja tempen på mig ytterligare. Det var kanske så jag kände och upplevde situationen just då.

32

Farmor tultade på och vi pulsade fram i den snö som fanns den korta biten då vi klivit av spårvagnen vid Ringvägen fram till den breda porten i nummer 19.

Till höger om porten hängde en skylt där det stod, den var för övrigt målad i en gulbeige färg, med svart lite kursiv stil, *Erlandsson & son Pantbank*.

Farmor styrde stegen åt höger i portvalvet konstigt nog.

Jag visste att farmor bodde i porten som var på vänster sida i valvet och tittade därför lite frågande på farmor.

– Vart ska vi, farmor?

– Vi ska bara hälsa på herr Erlandsson. Herr William V. Erlandsson, och önska honom god jul, som goda grannar gör här i huset, förstår du.

Som om farmor kunde läsa mina outtalade tankar, sa hon därför:

– Det har varit herr Erlandssons far, gamle herr Erlandsson som stått som affärsföreståndare för pantbanken en gång i tiden. Nu när gamle Viktor Erlandsson inte längre finns sedan många år, är det hans son som nu sköter pantbanken.

Om jag förstod vad farmor egentligen velat förklara, är jag inte så säker på, men så hade det nu varit med ägande och förhållandet med den välskötta pantbanken.

– Ta av dig mössan när vi stiger in. Det ser artigt och väluppfostrat ut.

Det knirrade en del i dörren in till pantbanken då vi klev in till firman Erlandsson & son, som låg lite i ett dunkelt sken. En doft av däven naftalin tror jag och möjligen även lavendel, slog emot oss då vi steg in samtidigt som en liten klocka hade pinglat. Strax kom en liten herre fram bakom disken och sken plötsligt upp, log och slog ut med armarna då han fick se farmor.

– Men vad trevligt att se fru Holmberg, hade farbrorn herr Erlandsson sagt. Hoppas besöket inte gäller affärer.

Han hade bockat nästan överdrivet servilt och tagit i hand. Jag kanske skulle säga, teatraliskt chargerat. Även mig tog han i hand och såg glad ut, harklade sig och rufsade om bland mina blonda testar.

– Barnbarn, gissar jag sa han och tittade på farmor som nickade jakande.

– Stora karln nu, sa farmor och log.

– Jag ser de ja, sa han och log lika vänligt han.

Erlandsson hade stora breda vippande mustascher och runda små glasögon. En mörkt grön kravatt, troligen siden, med elegans stilenligt knuten samt en skinande oklanderligt vit skjorta innanför en stramt hållen väst med klockkedja.

– Jag tänkte bara be att få önska herr Erlandsson en god jul och ett gott slut, sa farmor. I jul ska jag vara hos min son och hans familj, passade hon också på att berätta.

– På det viset. Se där ja. Så trevligt!

Herr Erlandsson hade bugat och önskade oss detsamma.

Han bad oss vänta en sekund så skulle han vara tillbaka på momangen, hade han sagt. Han försvann så naftalindofterna åter rördes upp och virvlade runt. Så dök han upp igen med en skål polkagrisar och ville absolut vi skulle ta var sin karamell.

– Var så goda och God Jul.

Jag hade fått åka både buss och spårvagn och nu blev jag även bjuden på en polkagriskaramell. Vilken tur jag hade som fick följa med farmor in till staden, jublade jag inombords.

Så tog vi adjö och gick ut genom den knirkande dörren medan klockan pinglade igen. Några få steg i portvalvet tvärs över och in i porten mitt emot pantbanken. Nu hade vi många trappsteg att gå upp till farmors lägenhet som låg på tre trappor. Farmor hade pustat för varje trappsteg vi tog och efter två trappor, stannade hon upp och tittade på en dörr det stod Olsén på.

– Tryck på knappen du, sa farmor åt mig.

Genast var min tumme uppe och tryckte in den svarta bakelitknappen. Vi hörde hur det ringde där inne hos herr och fru Olsén. Jag hade ringt på vid köksingången som brukligt var, nästan alldeles bredvid den större dörren med namnskylten och brevinkastet. Det var den så kallade, finingången, men den använde man aldrig. Det gjorde inte farmor heller uppe hos sig.

Tant Ester Olsén öppnade nästan genast och ett ivrigt och glatt pladdrande utbröt omedelbart och vi bjöds att stiga på.

Medan farmor och tant Ester pratade väder och kakburkar, spårvagnar samt tunga trappor, sattes kaffepannan över gasen som tändes. Vi hälsade medan jag nöjde mig med att stanna vid köksingångens dörr och satte mig på vedlåren som stod till höger innanför dörren, för att vänta på farmor.

Kaffepannan puttrade snart och farmor satt framme vid köksbordet och hade både kappa och hatt på. Väntan skulle inte bli lång, det förstod jag. Under tiden jag satt där och väntade på farmor, hade jag fått en pepparkaka av tant Ester att knapra på. De båda gummorna drack kaffe på fat men bara tagit en sockerbit att suga på. Så smackade man lite med läpparna och farmor reste sig, tackade för kaffetåren och kom vaggande med två kakburkar hon fått låna av tant Ester. Båda burkarna var röda. Precis den färg som brandbilar har och en färg som hör julen till. Inget kunde vara mer lämpligt, tyckte jag.

Då var det bara det sista trappstegen kvar upp till farmors lägenhet för att hämta tre kakburkar till, men riktigt tunga trappsteg för farmor. Ska vi hinna åka tillbaka på samma biljett, så får vi nu allt skynda oss, sa farmor medan hon rättade till hatten och torkade sig i pannan med en näsduk innan vi tog trapporna igen. Denna gång nedför. Väl ute på Ringvägen igen, såg vi att det även hade börjat snöa. Det blev raka vägen till spårvagnsrefugen där i mitten av Hornsgatan för att vänta på 10:an. I korsningen låg affären Hennings Tidning & Tobak och på andra sidan gatan, butiken Epok. Mer hann vi inte se innan lyktorna på spårvagnen kom nerifrån hållplatsen vid Rosenlundsgatan.

33

Sommaren sjöng på sista versen och ett lätt duggregn föll över gatan. Varvsgatan glittrade av våt asfalt och i blänket från bilars bromsljus kunde det som i en illusion, få mig att ana röda gamla bussar. Där uppe hade bussarna stått. Där hade vi tagit 65:an när vi skulle hem ifrån farmor. Det var där bussen vi kom med stod. Och det var där bussarna vände för att göra en ny tur mot förorterna ute på landet. Varvsgatan födde varma minnen hos mig där jag passerade i regnet. Här hade jag ju nyss varit i mina tankar.
Men så tog det stopp på färden. Så var det aldrig förr. Trafikstockningar. Dessa förbannade köer. Trafiken hade flutit på riktigt bra ända till nu. Det fanns ett hinder på Hornsgatan ner mot Hornsplan. Det var precis då jag hade passerat Varvsgatan visuellt men satt i åldrade, behagliga tankar. Att sitta i kö inne i stan, eller förövrigt var kön än är, höjer tveklöst mitt blodtryck. Det hjälper ju knappast trafiksituationen, men faktum kvarstår.

Orsaken till stoppet? En lastbil som stod och lossade byggnadsställningar och använde en av filerna för sitt utövande.
Återstod en fil som vi fick tränga ihop oss i medan vi passerade bilen med sin arbetande kran. Sedan var det fritt fram igen.
Jag svängde vänster upp mot Liljeholmsbron vid Hornsplan, som inte alls var sig lik. Här var det mer som en fyrvägskorsning, istället för den stora refugen med en diameter lagom för spårvagnar att runda utan att det skulle gnissla och gnälla allt för mycket mellan räls och vagnshjul. Naturligtvis låg inte längre den gamla biografen Flamman kvar, nu var det något Friskis & Svettis. Där hade den sista biorullen roterat anno 1963. Men, platsen väckte såklart minnen med den stolta gamla biografen Flamman. Vi, hela familjen, såg komedin Blondie, Biffen och Bananen på denna stora fina biograf. Det var högtidligt. Och Åke Söderblom hade naturligtvis rollen som Bananen i filmen. Liksom Åke Grönberg var rollfiguren, Biffen.
Blondie... det var namnet på galopphästen filmen antagligen handlade om. Pappa var ofta ute på Ulriksdals galoppbana på den tiden och därför var det säkert han som valt filmen eftersom den handlade om galoppsport om än i komedimiljö. Det var mitt första möte med en biograf men då hade jag i alla fall börjat plugget.
På Liljeholmsbron och brokrönet, sa det pling någonstans i mitt bakre kartotek. Ett badhus tog form och skulle legat där nere i Liljeholmsvikens vatten. Det var i detta vatten min morfar en gång i tiden försökte ta sig över isen en vinternatt men hade inte observerat att man brutit en ränna. Där var det nära att han hade tagit sig vatten över huvudet. Nu blev han räddad. Där hade det funnits ett badhus en gång, ett flytande

badhus nere till höger om bron i Liljeholmsviken. Det låg kvar än idag, såg jag nu.

Ett flytande badhus, funderade jag igen. Med bassäng i vatten? Det var ett varmbadhus älskat av de som bodde på Söder och Bergsundstrand. Måste varit tidigt femtiotal, och minnet finns kvar från den gången vi åkt över bron med 65:an på väg till farmor. Då hade jag med förskräckelse sett att badhuset hade sjunkit. Det hade bara varit halva huset ovanför vattenytan. Isen, ty det var vintertid då jag såg förödelsen, omslöt badhuset som såg otäckt spöklikt ut där de låg. Jag har läst i en tidning på senare år att badhuset sjönk under 1950, på sensommaren.

Troligen var vi på väg som sagt för att hälsa på farmor vid Ringvägen 19. Från farmors fönster kunde vi se Stockholms Lucia. När ekipagen så småningom kom, skulle de passera där nere på gatan mot Hornsgatan för att sedan svänga ner mot Södermalmstorg. Det hade varit Stockholms Tidningen som hade utlyst en tävling om vem som skulle bli Stockholms Lucia. Det kom sedan att bli en årlig attraktion och tradition, som vi såg ifrån farmors köksfönster ett par gånger. Det skulle betyda då jag forskat lite i ämnet att 1950 års lucia hette Elisabeth Heyerhöffer med tärnor och annat paraderade genom Stockholms gator. Kallt brukade det vara runt tiden för lucia, så det passade oss utmärkt att få sitta liksom på första raden balkong, för att tala ett modernare språk. Det var varmt och ombonat bakom farmors köksfönster.

Nere på gatan trängdes människor för att kunna se det fina luciatåget med årets Lucia. Sedan kom i långan rad alla vagnar med stjärngossar, lucias tärnor, pepparkaksgubbar, tomtenissar, snögubbar och på sluttampen, ridande poliser. Det var stort på den tiden minns jag. Vi behövde ju som sagt inte frysa under väntan. Vi satte ju uppe på tre trappor, men för dem som stod där nere och väntade, var det nog lite bistert i kylan. Nu efter alla dessa år känns det inte riktigt rätt. Jag tror man missade lite av atmosfären då vi satt ombonat i värmen.

I farmors goa värme från kakelugnen bakom ett fönster där vi såg den fina paraden på avstånd.

Man var inte med i den gemenskap som verkade finnas där ute på trottoaren under väntan. Jag såg ju hela Luciatåget live, visst var det så, men ändå inte. Vårt synfält var ju snett uppifrån och blev kanske lite skevt.

Mamma, pappa och farmor, var ännu mer utanför. De satt och drack kaffe i rummet med en sprakande kakelugn bredvid sig som gav skön värme och de värmde sig säkert även med varm glögg.

De kom bara till fönstret då vi ropade att "nu kommer luciatåget"! Och när de äntligen kom, var det med fladdrande facklor på vagnarna som drogs av kraftiga åkarkampar.

Paraden med alla vagnar ville som det verkade, aldrig ta slut. Men tänk vad fort det hela var över ändå. Vi satt säkert en timme och väntade, sedan passerade hela luciatåget på kanske fem minuter, högst.

Då fick vi varm choklad av farmor innan det var dags att traska ut i kylan och till spårvagnen för resan upp till Varvsgatan, om vi nu inte gick hela vägen upp till bussarna vid sin vändhållplats, förstås. Vi kanske sparade någon slant och det var nog inte helt oviktigt heller.

Där kunde det sedan bli en liten väntan på bussen även om pappa hade tittat på sin tidtabell för bussens avgång.

Ibland hände det att jag sedan somnade i bussen på vägen hem. Klockan var sen och bussens skumpande och brummande vaggande var säkert sövande.

Oj, vilka minnen. Det var sanslöst och känslomässigt nästan overkligt. För ju mer jag plöjer i mina gamla fåror, ju mer virvlar substanser av minnen upp för att sedan ta form och bli mer påtagligt hanterbara. Den ena tanken föder nästan genast en ny, och en ny...

Strax skulle jag passera efter min färdväg, dock en bra bit nedåt till vänster, skolan jag flyttade till efter Kråkan. Mer förhatlig skola än Kråkan dock. Kämpetorp, det hörs på namnet hur den skolan var.

Namnet på skolan kom ifrån ett litet torp som legat i området. Ett torp som såg dagens ljus i mitten på 1600-talet och hette då Kempetorpet och bestod av en mangård och ett par ekonomibyggnader. Men det var på den tiden de. Nu hette skolan, Kämpetorp

Kanske var orättvisorna jag uppfattade i denna skola mitt eget fel. Kanske var jag stöpt i fel form vid fel tidpunkt. Kanske tillverkad efter en felaktig mall. Kanske var felet ändå att jag hade börjat ett år för tidigt i skolan?

Kanske, kanske, kanske...

34

Jag lät Sveriges Radio P4 skingra mina tankar ett tag. Ur högtalarna strömmade programmet Melodikrysset med Anders Eldeman och tonerna från en gammal goding där nya minnen virvlade upp. Det var en låt som vi hade spelat flitigt under lumpartiden i kompisens Volvo Amazon då vi var ute på raggarstråt. Ganska unikt på den tiden med en skivspelare i bilen. Det var bara singelplattor som funkade i spelaren vill jag minnas, men är inte säker på långa vägar. Vi hade för vana att ta en sväng i Leffes fina röda Amazon på onsdagskvällarna. Det var ju piglörda. Siktet var inställt med andra ord på åkvilliga pigor. Vårt inrutade revir gick i det omedelbara närområdet. Och varför gå över ån efter vatten, var vår devis. Så med permissedeln i bröstfickan och Old Spice rakvatten som låg i handskfacket på hakan, tillsammans med Spice Island Cayennepeppar och en flaska Tabasco, om vi hamnade vid nån korvkiosk. Leffe var allergisk mot dålig fart kryddningen.
Så alltså, med den gulfärgade permissedeln bärgad och i hamn, rullade vi ut genom flottiljvaktens grindar.

Nancy Sinatra med sin speciella röst, fyllde kupén med välljud. Bara en sån sak var en bra start på kvällen. Visst, det var en ganska harmlös sysselsättning vi hade under dessa onsdagskvällar. Nåja, harmlös och harmlös... allt blir vad man gör det till. Ibland blev det napp, ibland var det öken.

Men det var lite häftigt att blanda upp dieten och slippa alla bullrande bassar på luckan en kväll och istället träffa några justa kex.

Kompisen hade som sagt en skivspelare i sin röda Volvo Amazon, och där snurrade våra singelplattor.

Nu ett antal år senare sitter jag i en Volvo igen, men ingen Amazon, och får alltså höra denna låt igen. Låten som för tillfället strömmade ut ur mina högtalare var, *These boots are made for walkin'* med fröken Sinatra från 1966.

Det var en höjdarlåt på den tiden och toppade listorna. Vi lät även Beatles låt med sin fina Michelle, snurra på skivtallriken, även om den var något år äldre.

Kanske var denna sorts musik inte den optimala musiken för de boende i Djursholm att oönskat få lyssna till när vi gled fram i den kalla februarikvällningen. Vad visste vi och vad brydde vi oss om det? Minns en tjej som hette Liselott, som var en riktigt kry liten gumma och schuckert kex. Vi hade plockat upp henne vid tågstationen Djursholms Ekeby, om jag inte är helt ute och cyklar. Blond, blåögd och obeskrivligt söt, och ja... sjutton vårar ung. Såklart att jag föll som ett ton oslipad marmor ifrån Kolmården och gick igång på alla fyra. Vi såg till att skjutsa henne hem så att hon slapp frysa och så hade man någon att surra med av kvinnlig fägring under färden. Minns det blev en kort sväng, så var hon hemma. Vi utbytte lite tankar innan hon klev ur, vi skulle ses nästa onsdag bestämde vi, hon och jag. Och så blev det också. Påföljande onsdag sågs vi, och samma sak hände under några veckor på vårkanten. Hon var skillnaden från min egen ökenvandring. Hon var den finstämda glädjen, med en härlig närvaro, vaksamhet och ungdomlig grönska.

Det är nu lätt att minnas henne för den hon var då jag kommit på så att säga, god fot med henne. Hon hade varit luciakandidat i Danderyd året innan fick jag veta, och betvivlade inte en sekund att det varit så. Antagligen blev hon också vald till lucia, allt annat skulle varit så att säga tjänstefel och ett flagrant klavertramp. Sista gången vi hade setts, bestämde vi att vi skulle ses efter Valborg. Jag hade nog blivit lika kär som den där berömda klockarkatten. Kär och galen! Nu blev det inte riktigt så som man tänkt sig. Det är väl sällan allt blir så som man tänkt sig eller hoppats på.

35

Denna afton, efter Valborgshelgen, var på intet vis något unikum. Det skulle jag strax få lyssna till genom hennes farsa. Jag hade på raska fötter och blankputsade skor, tagit mig fram till den engelskröda villadörren och knackat på. Det var med spänd förväntan man stod där och längtade efter att få se Liselott igen. Orsaken till varför det aldrig blir som man tänkt sig, är väl en massa av ödets nycker och ironier som inte går att förutspå. Jag väntade som i en oändlighet utanför dörren kändes det som, eller var det min längtande känsla och åtrå, som tog sig dessa proportioner i tid? En oändlighet att få krama om henne. Vände mig om och tittade ut mot Leffes Amazon där han satt och väntade. En svag gråvit strimma steg upp ifrån avgasröret, vilket skvallrade om att han stod på tomgång för att hålla värmen uppe i bilen. Omtänksam kamrat. Då fanns inga förbud om tomgångkörning max 2 minuter.
Oj minns jag, det var de första gubben hade sagt när han hade öppnat dörren och liksom ryggade till.

– Oj! Jag trodde det var polisen... uniform, blanka knappar och så sa han, och mönstrade mig uppifrån och ned. Men en väldigt ung konstapel i så fall, menade han sedan.

– Polis, nejdå. En vanlig flygsoldat bara som undrar om Liselott är hemma, sa jag.

Han hade tittat på mig med outgrundliga ögon och verkade ledsen på något vis och jag funderade på om han egentligen var riktigt nykter. Han verkade lite påstruken.

– Har du varit en nära vän till Liselott?

Har varit, tänkte jag. Vad då har, vad menar gubben? Han är nog lite på slipsen i alla fall.

– Jo, så var det nog skulle man kunna säga, enkelt uttryckt. Vi skulle träffas nu efter Valborg, sa jag. Är hon inne?

– Har polisen varit i kontakt med dig?

– Nej, varför skulle polisen tagit kontakt med mig? Jag har inget otalt med ordningsmakten förklarade jag.

Vad menade gubben egentligen, men det sa jag naturligtvis inte. Måste ha en del för mycket innanför västen...

Jag kände mig en aning mönstrad uppifrån och ned. Jag var lite som ifrågasatt. Stod som vid en skampåle och fick genast en liten olustig magkänsla. Något sa mig att något inte var vad det borde vara. En isklump roterade i magtrakten som det kändes som och gjorde mig aningen illamående. Liselotts, som jag antog, farsa hade tittat ner på trappstenen eller sina skor där vi stod. Det tog en lång tid innan han med en tårfylld blick svarade, vilket övertygade mig att han var bladig.

– På grund av olyckliga omständigheter under Valborgsmässoafton, så finns Liselott inte längre, sa han och fumlade aningen med handen på dörrhandtaget.

Nu blev det lite i mesta laget.

Jag kan föreställa mig hur jag mållös stått kvar en stund på trappen och fick inte fram ett ord, kunde inte ta till mig vad han sa. Jag minns inte så särskilt mycket ifrån denna stund, kanske har jag förträngt det chockartade budskapet.

– Finns inte? Sa jag och huttrade.

Min fråga var så korkat konstig, men han hade tittat sorgset på mig med sin sorgsna tårögda blick och sakta skakat på huvudet. Jag tror jag hade bugat mig och ursäktat mig. Beklagat sorgen och vände om för att gå. Jag gick sakta tillbaka mot bilen med huvudet fullt av frågor som om jag befann mig i en egen bubbla på någon annan planet. Jag kände hans sorgsna blick i ryggen. En blick som antagligen undrade? Och vem var du då, unge man?

Det tog lång tid där jag gick innan jag hörde dörren stängas bakom mig. Och det var väldigt långt att gå ut till Leffes bil det var en ändlös grusgång.

Jag mådde illa. Jag var spyfärdig. Jag frös, jag huttrade så jag skakade. Hela tiden grubblade jag över vad det var han ville ha sagt, eller försökt berätta för mig, medan gruset knastrade under mina skosulor på väg mot Leffe i bilen. Så finns hon inte längre, hade han sagt där uppe vid dörren. Försökte förstå, men kunde inte. Ville inte? Menade han att hon var död, eller hade han raderat henne ur sitt minne bara, eller vad menade han?

Jag hade liksom inte fattat. Ibland är man mer korkad än vanligt. Nu var det synbarligen ett sådant läge.

Dubbelkorkad!

Minns hur jag antagligen chockad, sjönk ner i framsätet bredvid Leffe.

– Vad fan handlar det om? Bad gubben dig fara åt helvete, eller vad är det, undrade han?

– Hon finns inte mer, sa hennes farsa!
– Va?
Jag berättade för Leffe vad som hänt. Han hade nyss suttit och flinat då jag släntrade tillbaka mot bilen så att säga tomhänt. Nu såg han bara oförstående ut, lite tagen, även han.
Kvällens åktur blev inställd på en helt annan sorts åktur än den nu upplevda. Och med något annorlunda och ovan upplösning av denna piglördag, satt jag nedstämd och chockad. Är det så här livet skall vara?
Under dystert grubblande rullade vi tysta och sorgesamma tillbaka mot flottiljen. Ingen platta snurrade i skivspelaren och vi sa ingenting till varandra under hela återfärden. Jag satt bara i den varma bilen och huttrade, skakade. Det var inte kul längre och det kom även att bli min sista sväng ut på våra onsdagar. Mycket beroende på att jag blev placerad på Flygstaben uppe vid Gärdet på Östermalm, under resterande tid av värnpliktstiden. Långt ifrån flottiljen, medan Leffe placerades som skrivbiträde och ordonnans kvar bland flygplanen.
Den avgörande betydelsen ifrån raggandet, var det chockartade beskedet som Liselotts farsa gav. Jag antar det var hennes farsa, den jag hade talat med vid dörren.
Allt kändes nu solkigt och smutsigt även om jag inte hade någonting att göra med vad som hänt, vad det nu än var.
Inte det ringaste. Vad som exakt hade inträffat och hänt Liselott, eller vad hon råkat ut för, berättade inte hennes far och jag hade heller inte frågat. Hade jag verkligen kunnat göra det? Hur säger man, vad gör man i ett sådant läge? Jag fann inte ord och forskade inte heller efter någon orsak eller händelse.
Men tankarna om Liselott, lämnade mig inte ifred. Jag grubblade varje dag över vad som hade hänt denna lilla väna varelse. Det satt som en klump i halsen. Nu blev det nästan som en

befrielse då man fick lämna flygflottiljen för placeringen vid Flygstaben såsom skrivbiträde långt ifrån raggandet.

Jag hade kommit befriande långt bort ifrån trakten kring Djursholm och hade inte hört låten, *These boots are make for walkin'* innan den nu spelades på Melodikrysset hos Eldeman på radio, ett par klasar år senare.

Minns en kväll då vi gick beredskap på staben. Jag hade suttit i vakten för koll av in och utpasserande under kvällen och natten till tidiga morgonen då ett vaktbolag kom och åter tog över. Då erbjöds jag en cigarett, av en lumparkompis som också hade beredskapen. Vi hade snackat om händelsen ute i Djursholm och jag hade fortfarande skakad och berörd, berättat om Liselott för honom under veckan vi gick beredskap vid Banérgatan. Då hade vi snackat om allt, man hade hur mycket tid som helst.

– Ta ett röka för att coola ner dig, som han sa.

– Jag röker inte sa jag.

– Då blir resultatet ännu bättre, menade han och påstod att det finns fler kvitter att skrämma upp, fortsatte han och blinkade. Men, var inte du gängad, hade han frågat?

– Minns bara jag tittat på honom och sagt, jo dom säger det. Men det där med giftermålet, var egentligen bara en dålig teknisk fint för att man skulle få mer betalt om dagen om man var gängad och hade nån klimp. Kravet var bara att man skulle vara gängad. Jo då, som sagt. Jag har gått igenom den där ritualen i vår herres boning. Tager du denne och du denna… fan, vi var osams och hade kommit på kant redan då vi kom hem efter bröllopsmiddagen. Kanske högst och max fem timmar efter välsignelsen med lovad trohet, och allt de där i kyrkan. Mitt livs största misstag som jag grämer mig över. Men allt sånt har väl även det, ett bäst före datum. Det var nog lite ankommet redan ifrån början. Frid!

Jag hade påbörjat min ökenvandring redan då. Mitt livs största misstag så här långt i livet, tjatade jag om. Prasslet med Liselott lite vid sidan om, var uppfriskande och kom att bli lite som Salvequick på såret.

Kamratandan var stor som sagt under lumpartiden. Det påbörjade rökandet fortsatte sedan i exakt trettio år innan jag kom till insikten att det var dags att sluta och det omgående, men det var så dags då.

Orsaken till att vi hade *fiskat* ute på Djursholm efter lite justa kvitter, berodde på Leffes tidigare besök i området året innan. Han hade haft hyfsad god koll på samhället och vårt stråk följde därför hans tidigare inpinkade revir och upplägg som gick utefter den smalspåriga järnvägen och som bland annat passerade Djursholms Ösby och Djursholms Ekeby och vidare förbi Korv Ingvar där det gick åt både Tabasco och Cayennepeppar om man skulle ha en slang me' sidovagn, medan vi och Nancy skrålat, *These boots are made for walkin'*.

36

Så återvände tankarna till Vendela och vad hon berättade om innebörden och betydelsen av i vilken månad man var född under året. Skolplikten börjar alltid vid höstterminen det år barnet skall fylla sju år. Men ett barn kan få uppskjuten skolplikt ett år eller börja i skolan ett år tidigare. Så är gudskelov, förhållandet idag. Men då, då det begav sig, skulle barnet börja skolan det året det fyllde sju år, punkt! Det var nu Skolöverstyrelsen, som det hette i forntiden, och deras bestämda uppfattning, dess strikta, strama, statuter och regelelverk som man följde.
Många har berättat hur de mobbades i skolan, men det är inget jag kan påstå jag blivit utsatt för. Men, mobbingen är väl egentligen ett relativt sent påkommet ord och företeelse. Eller låt mig säga, inget jag uppfattat det som i varje fall. Man kanske skulle kunna översätta dagens mobbing med att man på den tiden retades. Man kunde säkert retas för att man ex empelvis hade fräknar, bar glasögon, hade utstående öron, var

för lång eller för kort, tjock eller smal, fel kläder, eller bara var rödhårig.

Rödhårig, gud förbjude. Men jag hade ingen direkt plågoande över mig i plugget. Jo, det skulle i så fall vara en av de lärare jag hade.

Skrev jag lärare, menar kommendant, som ett mer adekvat ord. Sällan, eller kanske mera riktigt aldrig, fick jag höra något positivt om min person eller mina strävanden i min nit att göra mitt bästa. Eller att få hjälp med matten. Det var som om jag inte fanns. Däremot, om han förhörde oss med pekpinnen i högsta hugg, på dagens läxa, så fick jag alltid frågan om jag inte räckte upp handen, då hittade han mig, då fanns jag plötsligt. Han liksom siktade in sin verbala kanon på mig. Då var det som om han allegoriskt gnuggade händerna. Hur han förutsåg att här fanns någon att förödmjuka inför klassen. Någon att oegentligt slå klorna i. Det var glasklart bland oss som inte räckte upp handen vid läxförhör att få en fråga. Men det var alltid mig, som han riktade in sina ögon på som första alternativ. Inte någon av de andra, som inte heller räckt upp handen. Han hade skjutit in sig på mig. Jag var prio nummer 1 att kränka. En i sig märklig företeelse som jag funderat på flera gånger än en. Varför var det så? Varför?

Vitsen är väl att be någon av de elever som räcker upp sin hand, att svara på hans fråga. Dessa klasskamrater kunde förmodligen svaret på hans fråga. För eleven som däremot inte räckte upp handen, var ju hans fråga inte lika glasklar för denne. Varför låta den som inte räckte upp handen och antagligen inte kunde svara, schavottera ytterligare genom att be just denne om svaret… den som antagligen inte kunde? Och, han liksom spottade ut orden, har du inte gjort läxan?

Eleven utan kunskapen vid detta tillfälle, led nog tillräckligt ändå av att inte kunna räcka upp handen och knäppa med fingrarna. Så som han eller hon så innerligt hade hoppats på.
Vid nästa läxa i geografi rörande Halland, minns jag hur jag pluggade som en besatt allt om åarna Viskan, Ätran, Nissan och Lagan.
Så när lektionen med geografi stod på schemat, var jag påläst och taggad upp över öronen. Här skall intet fattas. Nu kunde min plågoande få stå där framme vid sin kateder i sin välkammade frisyr med den spikraka benan som dragen med en linjal. Med den välknutna flugan under hakan och i övrigt klanderfria strikta uppsyn, satt han och spanade in sitt fiktiva slagfält ifrån katedern. Och medan solen strålade in mellan gardiner och pelargoner i fönstret, såg jag med tillförsikt hur han strax och skoningslöst, skulle skjuta in sig på mig men lika skoningslöst, bli dragen vid sin långa näsa. Han skulle inte få en tavelträff, ens. Den naturliga frågan vid läxförhöret kom också helt väntat ifrån vår magister om Hallands vattendrag. Såklart att jag räckte lätt upp handen som de flesta men långt ifrån alla. Jag kunde ju de där. Kunde vattendragen i sömnen. Viftade lite energiskt till och med, om jag nu inte missminner mig. Det skulle vara en extra fin poäng och fjäder i hatten att få räkna upp de där åarna inför klassen och för vår då säkert snopne lärare om han inte svimmat under tiden. Jag skulle dra honom vid hans långa näsa. Jag skulle dra, jag skulle bara dra, jag skulle...
Jag hade även övat mig på den ramsa som följde dessa åar och gjorde det faktiskt lättare att komma ihåg åarna, du minns säkert, *Vi ska Äta, Ni ska Laga.*
Fick jag frågan då? Inte då. Det blev någon av dem som inte, räckte upp handen. Det var en strategi, taktik och krigskonst

vår maje hade. Han tappade ofta sin etiska kompass och kränkte dem som hade det lite jobbigare än andra i klassen. Liksom sparkade på den som redan låg, istället för att pedagogiskt stötta. De som inte räckte upp handen, skulle få schavottera med skammen inför hela klassen och få höra av honom att man inte hade läst sin läxa. Jag chansade och började med att räcka upp handen även om jag inte kunde frågan. Men fick därmed aldrig svara på hans fråga. Det var kanske en något egenartad pedagogisk fint från hans sida, satt på sin yttersta spets. Möjligen hans egen tolkning av didaktik. Det året höjde jag mitt betyg i geografi från B till BA. Men min fint att räcka upp handen trots att jag inte kunde frågan, var dock aningen mer avancerad och som jag tror övergick hans förstånd och liksom hans något begränsade krigslist. Nu förstår jag varför "fritzen" förlorade slaget vid D-Day i Normandie. Även dom hade brist på tankeförmåga och förnuft.

Vår lärare förfogade över en närmast sadistisk läggning, skulle nog Vendela klistra som etikett på denne man. Men, i för henne mer adekvata nomenklaturer, naturligtvis.

Konvenansen skulle hon antagligen fästa i hans panna med en häftpistol. Visserligen endast bildlikt, men ändå. Jag skulle inte protestera. Men man ska ju inte tala illa om hänsovna, så det tänker jag inte göra heller. Men så lätt ska han inte komma undan. Bara försöka skildra och berätta hur han var i sin egentliga litenhet och hur han fungerade i sin misslyckade yrkesutövning som i mångt och mycket blev ett ordentligt klavertramp för hans del, så som jag minns hans framfart och ur mina ögon sett. Men, han hade ju sina gullegrisar i klassen också, den saken är klar. Dessa märkte aldrig vår majes något egenartade framfart i klassen, har man berättat.

Min mor sa vid flera tillfällen under tiden för min uppväxt, sanningen Lars, sanningen är aldrig farlig. Så det är den sanning jag nu åberopar, så som jag minns den.

Ibland kan man kanske fundera på hur det är med denna sentens i realiteten som är långtifrån enkel. Den om sanningen.

En av mina klasskamrater lyftes vid ett tillfälle mer eller mindre i öronen ut ur klassrummet eller om det var i håret.

På gamla dar har klasskamraten berättat för mig att han den gången hade släpats in i kartrummet, för han minns episoden mer än väl. Där hade han pryglats med majens pekpinne.

Pekpinnen hade han redan slagit av på mitten tidigare över en annan klasskamrats fingrar. Så vid detta spöstraff var det extra drag i den korta pekpinnen. Något jag mer skulle rubricera som misshandel idag. Vad hade denne man för drivkraft att skymfa, kränka och misshandla sina elever så som han gjorde?

Det var alltid denne sprallige kille som pryglades, även om det inte hade varit han som varit buspojken alla gånger, så utsågs han alltid som syndabocken.

Dubbelmoralen var att denne gosse alltid utsågs av vår maje till uppvisningar vid skolavslutningar och liknande, då det gällde gymnastik. Då dög han och applåderades.

Då var han tillräckligt bra. Han var närmast att likna vid en cirkusartist och utförde ett sanslöst akrobatiskt fristående program till våra ovationer.

Vår maje hade ju som sagt var en tendens att hela tiden leta upp någon lämplig syndabock som skulle få klä skott för hans sarkasmer och smädelser.

Vi hade vid en gymnastiktimme, som så ofta, hindertävling. Majen älskade hindertävlingar och de var legio vid varje gymnastiktimma. Det skulle hoppas över plintar och bockar, klätt-

ras i ribbstolar och balanseras på bommar och liknande samt innan målgång, åla under en smal låg pall som kallades, sadel.
Det var bara så att en kille i klassen var lite för rund om sin kropp så han kom inte igenom och under denna pall.
Men vår magister stod bara och uppmanade honom där han låg fastkilad under sadeln, att skynda på så hans lag inte skulle förlora på grund av honom. Alla klasskamrater såg att han inte kunde komma igenom detta hinder, men majen bara trumpetade vidare att han skulle skynda sig för att hjälpa laget!
Det slutade med att denne klasskamrat låg förnedrad på golvet och tjöt. Var inte detta en form av pennalistiska tecken och böjelser innan mobbingens inträde, så inte vet jag. Kränkande, är väl kanske ett för slätstruket ord. Vi övriga hade bara stått förstummade, förskrämda och häpna. Ingen vågade protestera eller säga något. Vad vi förstod och hade fått lära oss, skulle detta i så fall vändas emot oss vid minsta tänkbara tillfälle. Nästa gång kunde det likaväl vara jag, var säkert våra tankar. Alla killarna i klassen såg vad som inträffat, men tydligen inte vårt plågoris till magister. Eller han kanske inte ville se. Jag tänker än idag att han gärna för mig, skulle rullats i tjära och fjäder. Ibland undrar jag var han genomgick sin militärutbildning. Antagligen som militärpolis och hundförare i blanka stövlar och ridpiska, eller var det kanske så att han fick frisedel.

37

Hela vår skolklass hasade på skidor ut mot Prästgårdsgärde i slutet av januari. Vi skulle preparera ett skidspår för ett informellt skolmästerskap eller någonting liknande på skidor. Vår lärare var en till synes idrottsintresserad magister. Var det inte bandy, som var hans stora passion, så var det skidor vid tjänlig väderlek under vinterhalvåret, företrädesvis dock bandy på skolans skridskobana.

Älvsjö Idrottsplats var annars en ständigt återkommande arena för vår lekamliga mognad under den tid på året som var lämplig för friidrott utomhus. Där skulle vi använda hans hemmagjorda startblock för löpning, då det var dags att avverka de där sextio metrarna på stybben så fort som möjligt. Helst fortare.

Startblocken hade han tillverkat i träslöjdssalen då vi samtidigt stod och hyvlade på en blivande skärbreda till mor. Han godkände inte de hål som grävts i kolstybben för att sätta fötterna i. Möjligen var hans slöjdade startblock bättre, jag vet faktiskt inte. Vi var väl knappast i nivå för att avgöra hur man skulle placera dessa block samt avståndet mellan dem bakom startlinjen. Hur vet man det utan specialkunskap? Och inte nog med det, vilket av blocken som skulle stå före det andra. Det vänstra eller det högra? Hål var ju grävda i kolstybben och dessa fick man nöja sig med och anpassa sig efter vilket man gjorde. Några minns jag, ville gräva nya hål men det var mest snobberi. De visste inte mer om startställning än vi andra. Men nu var det alltså slut med gropar och grävande.

Det blev för mycket teknik för de flesta, för att inte säga samtliga. Utan att för den skulle trampa någon på tån. Allt focus och energi lades på hur dessa block skulle placeras och inte på hur var och en skulle ta sig snabbast fram till målsnöret sextio meter bort.

Annars gällde det som sagt vid gymnastiklektionerna, lagtävlingar i gymnastiksalen över hans hinderbanor. Där sattes vi på det ena efter det andra provet genom hopp över plintar, sadlar och bockar. Balansövningar på bommen där man tveklöst nära nog skulle kastreras om olyckan var framme. Eller de andra gymnastiska övningarna i ribbstolarna på väggen som ofta ingick. Allt föregicks av så kallad, "rågympa" på golvet. Det skulle marscheras runt, runt, i takt och med militärisk disciplin, innan vi skulle öka och springa varv efter varv i gymnastiksalen.

Men denna gnistrande vinterdag skulle vi alltså anlägga ett spår för skidåkning. Det skulle prepareras spår för masstart. Det vill säga, vi skulle hasa fram och tillbaka över gärdet i samma skidspår. Fram och åter, fram och åter, så vi behövde verkligen inte frysa.

Tio startspår skulle upprättas med kadaverdisciplin. Ja, nära nog i alla fall.

Det tio startspåren gjorde att vi kunde stå tre stycken i varje spår efter varandra och hasa iväg sakta och värdigt som om vi följde någon till den sista vilan. Vi skulle hasa fram i linje, som om någon drog oss i ett snöre.

Efter cirka hundra meter, skulle spåren gå ihop till endast två spår och det krävde verkligen sin gosse eller flicka. Trots att vår lärare själv hade åkt i förväg i samtliga spår för att markera. Spår som han upprättat och som vi blint skulle följa annars blev det antagligen schavotten.

Jag var van att åka skidor, något som jag gjorde varenda dag det fanns snö att åka på och hade gjort så sedan tidiga år. Min far hade i sin ungdom varit duktig på skidor och inkasserat en del fina resultat och framgångar i sin klubb Högalids IF. Nu uppmuntrade han mig i skidåkandet och jag fick ett par skidor i mina tidiga år som grundvallades med tjära som han brände in med en blåslampa, gårdagens gasolbrännare. Det var träskidor på den tiden, fjärran från plast och vad det nu är. Minns hur jag lyckades bryta av bakkanten på min ena skida redan andra dagen, till min förtvivlan. Jag hade åkt ner för en brant snövall och då knäcktes skidan.

Redan dagen därpå, kom pappa hem med ett par nya skidor. Det var bara att börja om med grundvallningen igen med tjära och att flytta över de gamla begagnade Rimfors bindingarna med läderremmar pappa fått tag på billigt, till de nya planken. Jag fick på det viset en förståelse för och bakgrund till allt det här med skidåkandet och dess vedermödor. Jag skulle vilja påstå att jag således hade i allt väsentligt, en fin uppbackning hemifrån.

Hela skidspåret, eller slingan, vi skulle åka var på lite drygt en kilometer. Banan gick över Prästgårdsgärde, förbi själva prästgården som därmed kom att ligga till höger om skidspåret och så in i skogen vid Solberga. Uppför ett berg, lite knixigt nedför i lätta mjuka, slalomsvängar innan det bar nerför genom ett riktigt brett krondike och så kom vi ut på gärdet igen.

Ut på gärdet med omkring ett par hundra meter kvar innan en kortare spurtsträcka mot mål.

Detta gärde vid prästgården, var ofta vindpinat och snön kunde ibland blåsa nästan horisontellt där pudersnön kändes som vassa nålar i ansiktet och det brukade bildas snödrev på gärdet. De tio startspåren, hade vi alltså kört fram och tillbaka i flera gånger för att det skulle bli så bra och fasta spår, som möjligt.

Det här var ju min grej, att åka skidor. Jag trivdes bra med förutsättningarna. Man vädrade morgonluft!

Att jag kunde åka skidor, skulle jag minsann visa min antagonist till lärare. Nu skulle jag väl ändå kunna bli erkänd, finnas till. Inkassera en dunk i ryggen, en klapp på axeln, "bra gjort Lars" om jag lyckades i vår klasstävling vilket jag såklart hade som en självklarhet i mina tankar. Det fanns inget annat alternativ för mig på kartan. Mina klasskamrater må vara hur bra som helst i matte, geografi och historia, svenska, engelska, you name it.

Men nu skulle jag visa dem vem som var bäst, var antagligen min tanke.

När vi ställde upp oss i startspåren fick jag en av flickorna i klassen framför mig och sju spår till vänster om mig, två till höger. Närmast till höger om mig stod långe gängliga Olle Claesson. Olle kallades allmänt för Kråkan. Varför vet jag inte, men alla i klassen visste vem "Kråkan" var, inte många att han hette Claesson.

Vår lärare förklarade att om man kom ikapp någon och ville passera, skulle man ropa "ur spår" och då var den framförvarande tvungen att kliva åt sidan, ur skidspåret.

Vår magister stod nu vid den vänstra sidan av alla startspåren och vi var uppradade startklara. Han höjde armen och ropade, klara, färdiga, gå!

Det blev ett ivrigt stakande och petande med stavarna. Så ivrigt nu ovana skidåkare förmår och bara efter ett par stavtag var jag ikapp tjejen som stått framför mig vid starten. Hon hade stått tio meter framför mig i första ledet och jag fick ropa, ur spår! Det kändes genant på något vis. Jag var en mer tystlåten elev som aldrig höjde rösten. Jag ville aldrig göra något väsen av min person. Undrar egentligen om jag ropade så särskilt högt heller, men jag försökte väl med ett något dämpat, *ur spår, Maggan*! Hon hade genast klivit ur spåret som vi hade blivit tillsagda att göra. Inom mig gissade jag att jag borde säga något då jag passerade henne som, *bussigt Maggan*, då hon hade lämnat plats, men det fick vara.

Jag tog säkert några extra snabba stavtag för att passera henne och imponera lite, antagligen. Jag såg stavar viftande både åt vänster och åt höger i spåren bredvid mig till en början. Dessa blev dock omedelbart färre. Min teknik fällde utslag redan vid de första stavtagen eftersom de flesta av mina klasskamrater använde staven mest som stöd, samt hade på tok för korta stavar, kunde jag lätt se. Det hade inte riktigt kläm på att man skulle ha stavarna för att liksom staka sig fram och skjuta ifrån med, men de hade antagligen inte heller någon som kunde väglett, visat och förklarat. Att använda skidstavar var en teknik för sig. Min far hade jag att tacka för den teknik som nu förde mig snabbt framåt.

Mina stavar var på den tiden enligt de måttangivelser som fanns att tillgå, för långa. Det fanns ju däremot en oskriven regel på den tiden att stavarna skulle räcka upp till armhålan, inte längre. De flesta höll långtifrån det måttet, utan de var kortare än så, i de flesta fall. Mina stavar var som sagt istället någon dryg decimeter för långa och följde inte heller denna oskrivna regel att räcka upp till armhålan.

Jag log inombords när jag såg klasskompisarnas försiktiga hasande i spåren fjärran ifrån min idol Mora Nisses framfart.

När jag svängde åt vänster efter alla startspår och kom in på ett av de två ensamma spåren på väg ut på den långa kilometerslingan, kunde jag överblicka mina förföljare för det var de jag hade gjort dem till, och var de befann sig i spåret. Jag var helt ensam. Flera hade inte slutfört sträckan i startspåren ännu.

Jag hade både ork och förmåga att öka takten, vilket jag gjorde. Först den svaga uppförslutningen och så tillbaka över gärdet upp samt förbi prästgården i en skön medvind genom att diagonala i skidåkningen.

Jag hade sett bilder på Mora Nisse hur han gjorde, så det var bara att kopiera hans stil som jag gjort så många gånger hemma efter min fars överinseende. Då händer det som inte fick hända.

Vänster bindning runt pjäxan brast och jag tappade skidan.

Jag hade troligen spänt läderremmen för hårt för jag ville skidan skulle sitta ordentligt fast. Vid påfrestning då jag diagonalade i min skidåkning, kunde inte den halvruttna läderremmen stå emot den påfrestning som den plötsligt utsattes för.

Nu blev det annat. Jag fick backa i spåret och plocka upp skidan samt sparka in pjäxan i metallbyglarna och därefter försöka hasa med mig vänsterskidan. Nu var det bara stakning till stor del som det kom att handla om för min del. Tänk om den högra bindningen också brister, var min paniska tanke.

Jag hade gott försprång men förstod att detta strax skulle vara uppätet av de jagande klasskamraterna. Företrädesvis då killarna av den idrottsliga modellen. Även om detta inte var fotboll eller bandy, som det var duktiga i, så ägde dom en tävlingsinstinkt även om det skulle för deras del vara så periferit som skidåkning.

Jag visste inte om jag skulle skratta eller gråta, men jag slet vidare genom att bara använda stavarna och staka, för jag kunde inte diagonala längre. Det blev jobbigt när man skulle upp över berget förstod jag och jag tappade också skidan ytterligare några gånger. Men sedan bar det utför och då blev det genast lättare. Jag undrade vart de andra tagit vägen. Jag varken såg någon jagande, eller hörde någon ropa, ur spår. Vart har de tagit vägen? Hade klasskamraterna kört fel, eller hade jag hemska tanke, kört fel? Nej, jag följde den röda markerade vägen där spåret gick. Markerad och snitslad med rött kräppapper som vi hjälpt till med att sätta upp vid banläggningen.

Utförsåkningen blev härlig och det gjorde inget att jag inte hade vänsterskidan fastspänd vid pjäxan. Jag öste på allt vad det gick och kunde parera alla gupp och ojämnheter med vana och erfarenhet mer eller mindre på enbart en skida.

Så äntligen gled jag med god fart nerför den sista backen och ut på gärdet igen. Ner i det breda krondiket och upp igen mot den plats där målet skulle vara beläget. Jag såg långt borta i den nu isiga motvinden över gärdet, vår magister stå för att invänta oss.

Någonting bakom mig fanns fortfarande inte såg jag vid en snabb blick, då jag vände mig om.

Nu bara hundra meter kvar högst och loppet var vunnet, var min blixtrande tanke. Med den brustna bindningen på vänsterskidan och läderremmen slängande om pjäxan, stakade jag så i mål som överlägsen segare. Jag trodde inte mina egna ögon.

Minns hur vår lärare tittade misslynt på mig och såg fundersam och minst sagt förvånad ut. Hade han sett rätt? Detta måste vara något fel, syntes han tänka.

Han tittade på mig fortfarande förvånad och kisade bort mot skogsbrynet för att se om det kom någon fler, men där var det fortfarande och generande helt öde. Ett antagligen helt oväntat scenario för honom, som han verkade ha svårt att förlika sig med.

– Nu ska vi se vem som kommer, sa han bara och spanade bort mot skogsbrynet. Har du verkligen åkt det spåret som vi snitslade igår, undrade han och vände sig mot mig lite frågande och fortsatt tvivlande?

– Jo, hade jag nickat.

Men jag fick inte något erkännande för min minst sagt heroiska insats. Jag hade först och främst, skidat skiten ur klasskamraterna och det med en trasig skidbindning till på köpet. Majen hade istället ifrågasatt om jag kört det rätta skidspåret? Om jag inte genat någonstans eftersom jag var först i mål och så långt före de andra. Så småningom dök nästa klasskamrat upp där borta. Det var ju inte fem mil vi kört, så tvåan borde inte dröjt så länge som han nu hade gjort innan han kom stakandes.

Men, där är väl även berättelsen så att säga i mål. Gäller även för denne något primitive plågoande. Vill minnas jag fått mig berättat att han fick sparken från denna skola vi hade gått i.

Men han lär ha fortsatt sin yrkesutövning i en annan mellanstadieskola innan han troligen övergick att sälja hundfoder som sitt dagliga värv och var mer lönande.

Orsaken till hans förflyttning, har även det berättats för mig och skulle vara just hans förtryckande läggning och oförmåga som human pedagog. Det skulle vara upphovet till svårigheten för honom i hans fortsatta verksamhet och gärning i vår skola. Thank's heaven for that!

38

Det öronbedövande smattrandet, lät som från ett automatvapen. Ekade mellan väggarna i lektionssalen och kom chockande och överrumplande. Ingen av oss nyinryckta var egentligen beredd, utom vår trupputbildare som höll i vapnet, naturligtvis. Det luktade länge krut och ett rosafärgat moln från löspluggen, dolde delvis den som nyss avfyrat vapnet.
Säkert ett tiotal skott minst hade avlossats ifrån en kpist, hade det visat sig. Vi blev totalt överrumplade och helt klart, aningen skärrade av den chockartade inledningen. Och det ringde länge i våra öron efter det stackato som var öronbedövande. Vi var ju trots allt unga ofördärvade gossar som man skulle göra män av, hade man tänkt. Det var ju bara mindre än ett dygn sedan vi klev av det lugnt lufsiga, gamla brunsvarta murriga tåget.
Järnvägen var en gammal idyllisk smalspårig järnväg med den lilla lantliga hållplatsen som hette Hägernäs, där vi hade stigit av. Det var inte ens en vanlig reguljär järnvägsstation, utan hade endast varit en hållplats. Som en mjölkpall. Vi var nog en tio, tolv mycket unga män som vilset tittade på varandra innan

någon tog mod till sig och undrade om vi allihop skulle in i lumpen?

Jo, blev svaret han fick av samtliga nyss avstigna unga civilister.

Något år innan hade vi mönstrat och fått genomgå olika teoretiska prov och tester samt läkarundersökning. Jag ansågs ha dålig rygg. Så under tiden befälen i viskande samråd med läkaren och funderade på vilket truppslag jag skulle tillhöra, hoppades jag man skulle bestämma att det skulle bli F18 i Tullinge, som jag skulle göra lumpen vid. Det var en flygflottilj jag kände till. Läkaren hade lyft en stämpel i sin högra hand, tittade på befälen vid hans sida som hade nickat, och så slog han ner stämpeln över ett dokument, som jag förmodade. Pang!

Det hade ekat i den gamla gymnastiksalen där själva valet utfördes. Det var som i plugget när man skulle dela upp klassens killar i två fotbollslag.

– Flygvapnet, F2 Hägernäs, hade läkaren rutit!

Rösten hade varit hög, innehållande en hel del pondus. Han har varit med förr, tänkte jag.

– Nästa!

Minns hur jag som alternativ för önskad placering för min värnplikt på mönstringen, hade antecknat tre olika val, samtliga inom flygvapnet. Och som första alternativ för önskad placering hade jag plitat dit, F18 Tullinge. Alternativ två hade varit, F8 i Barkarby. Och som tredje alternativ F2 Hägernäs. En flottilj som jag inte hade någon aning om vad de hade för flygplan, eller var den låg mer exakt, förutom i Stockholmsområdet. Bara det var flygvapnet, var det som gällde för min del. Då blir det väl Gotland eller Boden, hade jag som tanke och var min bävan och tilltro som skulle spegla min vanliga otur. Minns en hotfull kille som satt och härjade i väntrummet innan vi skulle få vår dom och placering. Gissar han var fylld av stundens allvar inför den viktiga placeringen, eller så var han fylld av något annat. Det fanns bara en plats kvar till flygvapnet hade vi fått besked om.

Jaha, tänkte jag. Då blir det som jag anade Gotland, där pappa låg i beredskapen vi andra världskrigets slut.

– Den platsen, den är min. Den ska jag ha hade han sagt och glodde runt på oss.

Hoppsan!

– Den jävel som snor den platsen före mig, slår jag ihjäl. Det är ett löfte, bara så ni vet.

Det var hans käcka och broderliga budskap.

Trevliga kamrater. Man kanske inte hinner få göra lumpen innan man blir ihjälslagen.

Men nu stod vi alltså här utlämnade, lite vilsna, vid den idylliska järnvägshållplatsen i Hägernäs. Vi var på väg till en flygflottilj och jag hade antagligen fått den där sista platsen, men ändå klarat mig med livet i behåll. Jag var i varje fall inte ihjälslagen, ännu.

39

Vi lämnade den lilla hållplatsen med sin väntkur och ett tomt järnvägsspår bakom oss. Tåget hade dundrat vidare och vi började snacka med varandra under tiden vi traskade vägen fram och modet och kamratskapen, växte sig hög. Vi följde ett resligt staket med taggtråd högst upp som skvallrade om att vi närmade oss vårt resmål. Småningom kom grusvägen mynna vid det inhägnade området med höga grindar där värnpliktiga flygsoldater skötte vakten vid in och utpassering på området. Ovan vaktens cementklots till vaktkur, fanns ett stort emblem i blått med en guldkant runt samt med ett par gyllene vingar i. Det såg mäktigt och pampigt ut med dessa gyllene vingar där uppe. Och man kände sig en aning stolt, just då faktiskt.

Bakom grindarna som hotande, motade obehöriga, låg flottiljens väg in i den cyniska verkligheten. Något som skulle drabba oss det närmaste året. Det var vintrigt i luften men än hade ingen snö fallit. Ett dussin unga män, okända för varandra, var så plötsligt på väg mot ett år tillsammans. Vi skulle dela på ett kalt logemente där det skulle visa sig att kamratandan kom att stå högst på dagordningen.

Från andra håll än vi som anlänt med tåg, kom några gående som antagligen fått skjuts av någon med bil. Andra kom i egen bil. En kom faktiskt i taxi. Vi var väl ett trettiotal grabbar på tjugo år som mest. Men ett par var tjugoett år vilket var tur och kom att fungera som våra ombud till apoteket Göken. Gemensamt för oss alla var att vi skulle in under fanan.

Och vår värnpliktstjänstgöring gick ut på att vi under året skulle läras att ta oss fram medelst hasning och ålning samt utbildas i att avlossa ett skott i taget med automatvapen, på skjutbanan. Inte helt lätt utan viss teknik och så att säga, fingertoppskänsla. Man skulle försöka göra som det populärt sades, karlar av grabbarna.

Grundutbildningen varade i tre månader och handlade bara till en början om att gå i takt. Nästa steg var att ligga på skjutbanan i snön på en stelfrusen bit presenning och försöka träffa pappfiguren med vapnet vi tilldelades. I övrigt var det mest bara att vänta, vänta och vänta. De där tre månaderna var egentligen en enda stor väntan med avbrott för pangandet då. Och så träffade man många kul typer. Minns en kille på en annan lucka som legat inne längre än vi och som sa att han skulle fixa frisedel. Han ansåg att han inte hade tid att ligga inne i lumpen. Killen var lite av den tidens popkonstnär, om man säger och Beatles hade gjort sitt inträde i medvetenheten och satt sina spår. Han sydde kostymer av blommigt tyg! Va, blommiga kostymer! Tidningen Bildjournalen hade gjort ett reportage om hans skräddartalanger som han visade oss.

Näe, hade han sagt. Jag har andra planer och måste ut härifrån. En frisedel skulle man ha. Ska se om jag kan fixa en sådan.

Den killen, produktiv och med massor av idéer, fixar säkert även en frisedel, hur man nu bär sig åt för det, tänkte jag.

Nästa dag gick snacket vid frukosten i matsalen. En ambulans hade varit inne på flottiljen under natten fick vi höra av de värnpliktiga som skötte vakten under natten. Den var beställd för att hämta denna kreativa kille, han med det blommiga kostymerna. Han hade på kvällen plötsligt börjat skratta och hans lumparkompisar hade till en början smittats och skrattade de också. Men även något roligt har ett slut, så på luckan sa man åt honom att sluta för nu skulle de sova. Men, han fortsatte bara att skratta och till slut röt man i att han skulle hålla käften annars slängde man ut honom i en snödriva. Det hjälpte dock inte ett dugg. Han fortsatte bara att skratta så först hade flottiljpolisen tillkallats och sedan ringde man efter en ambulans för att hämta honom.

Under tiden jag låg inne i det militära, så kom han i alla fall inte tillbaka till flottiljen. Hoppas han satt och sydde sina kostymer någonstans, för det var en trevlig kul kille.

Det fanns ju så många olika typer så att någon skulle flippa ur sådär, var möjligen ett beräknat svinn från värnpliktsverkets sida. Lite svinn av flygsoldater får man räkna med.

Men allt kanske inte var lika lustigt. Det som kom att äga rum då vi med en k-pist skulle avfyra ett skott i taget, var mer olustigt. En k-pist är ju ett automatvapen som när man håller in avtryckaren så avfyras en hel skur med kulor till ett öronbedövande smattrande. Ett fullmatat magasin innehåller 36 patroner så det kan bli ett ganska öronbedövande smatter om man håller in avtryckaren hela tiden. Vi hade hörselskydd i form av gula proppar vilket kändes skönt även om de är lite uråldriga idag. Nu skulle vi således endast skjuta ett skott i taget vilket föranledde en viss fingertoppskänsla vid avtryckaren och fordrar en del övning. Mer olustigt och mer sanning än så var det inte. En kille ur vår egen pluton på 32 glada skitar flippade ur på skjutbanan. På vägen ut till skjutbanan marscherade vi i takt, ett två, ett två... trum, trum, trum, trum, så gott vi kunde och hade lärt oss, så snön skvätte om klackarna, talade även en kille ur vår pluton, precis som killen med de blommiga kostymerna, om att skaffa sig frisedel. Ja den killen hade lite problem och sniffade thinner samt var fjärran ifrån att sy blommiga kostymer, men han skulle säkert gärna ägt en. Han såg alltid lite märkligt klurig ut, lite frånvarande rent allmänt och med en del ryckiga kroppsrörelser. Han såg fantasier ibland berättade han, som hallucinationer. Han berättade om sina fantasier på ett komiskt vis så att vi vred oss av skratt. Men, för honom kanske det inte var något att skratta åt. Fågelskrämmor och kråkor, berättade han om. Fågelskrämmor i blommiga kostymer och kråkor som snusade. Sådant var ständigt återkommande. I övrigt en snäll, rolig flygsoldat. Han var kort i rocken men hade stora fötter. När vi första dagen hämtade ut persedlar, uniform och sådant, fanns det inget som passade honom. Mössor sjönk ner över hans huvud till dess öronen tog emot. Byxorna var en halvmeter för långa och ärmarna, ärmarna lämnade skräddaren en del bekymmer. Man såg aldrig hans händer. En komisk kille som säkert varit klassens clown en gång i tiden. Konstigt att man inte hittade detta beteende vid mönstringen, med hans lite frånvända blick och ryckiga rörelser. Men han kanske hade börjat med missbruket efter mönstringen och därför upptäcktes inte nålen i höstacken av läkaren. En möjlighet. Undrar om inte han med de blommiga kostymerna, sniffade också. Tror det var lite inne att sniffa i mitten av -60 talet. Hur som helst, denne lille glade kille vi kallade för Mulle, snusade också och hade stora snus-

prillor så han såg ut som en älg mule i hela ansiktet. Antagligen därför hans smeknamn Mulle, såg dagens ljus på logementet. Det såg nästan ut som om han skulle trilla framåt av snedbelastning. Det var rediga mullbänkar han lastade in.
På skjutfältet låg vi per omgång 15 blivande flygsoldater på rad på ett stycke presenning som vi hämtat i ett förråd intill. Det var stela presenningar som masonitskivor, men troligen hade det en viss isolerande effekt. De övriga kamraterna stod tio meter bakom oss och väntade på sin tur. Vår kompis Mulle låg liksom jag själv i första omgången beredda att på ett kommando från vår trupputbildare överfurir Flood, avfyra första skottet. Då reste sig plötsligt Mulle upp och sprang några stapplande steg framåt samtidigt som han skrek något som lät som – undan kråkjävel. Sedan smattrade det av ett par skott och han föll framåt i snön som snabbt började färjas röd.
Det var chockartat och man kände sig handlingsförlamad. Jag hörde någon bakom mig, där jag fortfarande låg, som spydde. Det visade sig att Mulle hade hållit ett finger framför pipmynningen när han avfyrade sin k-pist. Så här efteråt är man glad att han sköt i den riktning som vi skulle skjuta med en skjutvall som kulfång. Han togs snabbt omhand med förband och man ringde efter en ambulans.
Det vi funderade på efteråt på luckan då övningen omedelbart hade avbrutits och vi fick marschera tillbaka till logementet, om han hade sett sina syner om fågelskrämmor eller kråkor. Han hade helt enkelt drabbats av någon av sina hallucinationer på grund av sitt sniffande. Så tänkte vi, så gick snacket.
Det här är inte menat som typiskt lumparsnack, utan är mer att betrakta som en berättelse om hur det var. Idag är det väl inte så utbrett de här med att ligga i lumpen, ännu mindre snacket med lumparminnen. Det är andra tider nu, andra vin-

dar som blåser. Ingen ville väl in i lumpen, jo kanske en del, utan det var ett måste då. Det var nog därför som en del försökte hitta möjligheter att få frisedel. Själv tänkte jag att det var bättre att göra som man blev tillsagd och gilla läget hur korkat det än kändes. Men det var ju egentligen bara de där tre första månaderna man fick trava fram och tillbaka i takt, vända vänster om, och höger om samt, givakt och manöver. Och så om igen och igen och igen.

Sedan, efter den obligatoriska grundutbildningen då vi lärt oss det där att marschera i takt, hälsa med stilig honnör, slipsen på rätt ställe samt hade välputsade skor, skulle vi tilldelas en placering inom flygvapnet. Då hade man ingen aning om vad som väntade. Hangarsopare?

Det kunde vara, förutom då hangarsopare, att bli ordonans, fordonsförare, hundförare, mässuppassare, båtförare eller skrivbiträde vad gällde vår flygflottilj. Men, det var i ett kommande skede.

Några blivande logementskamrater hade anlänt som sagts, i egen bil. Parkeringen vid området kunde avslöja att man huvudsakligen färdats i antingen Volvo Amazon, eller Opel. Men där stod också en Ford Impala, en riktig raggarbuske.

Redan dagen därpå, hade vi alltså väckts från våra pojkdrömmar av det plötsliga smattrandet som inte öronen riktigt hämtat sig ifrån ännu. Verkligheten var så långtifrån våra pojkböckers vän Biggles värld den kunde komma, och var därmed i allt väsentligt, ytterst påtaglig.

Men flygsoldater, skulle vi utbildas till var det meningen. Dock utan fallskärmar. Vi kom även att vara fjärran från flygoveraller med kartor i knäfickorna. Inte heller med en färgad bomullsscarf runt halsen som berättade vilken division man tillhörde. Och vi var ännu längre ifrån en osande och bluddrande niocylindrig Clerget motor, på en vingklippt Sopwith Camel som var Biggles och hans vänners vardag beskrivna i våra böcker.

Vi rättades således blixtsnabbt in i ledet med smattret från kpisten ringande i öronen och krutröken stickande i näsborrarna.

Det var vår trupputbildare överfurir Flood, som var den som hållit inne avtryckaren och skrämt skiten ur oss. Vi hade räknats in som trettiotvå nyinryckta värnpliktiga.

Detta på en flygflottilj som redan var nedlagd i den meningen att någon operativ flygverksamhet inte längre pågick vid flottiljen. Lite nedlåtande kallades vi en samling osorterade hangarsopare. Det sista sjöflygplanet på flottiljen, var en Catalina Transportflygplan, eller TP 47, som den benämndes.

Den hade lyft i slutet av sommaren ifrån Hägernäsviken. Ut och upp över Stora Värtan när den lämnat flottiljen för att inte återvända. Hennes destination hade varit Malmslätt i Östergötland där hon numera står uppställd vid vårt svenska Flygvapenmuseum på Carl Cederströms gata i Linköping.

Vanligt var annars, hade vi fått oss berättat, att då det var dags för muck och utryckning i civila kläder, så var det alltid brukligt med en liten stjärtsväng i Catalinan in över Stockholm, men nu kom vi alltså att snuvas på den karamellen.

Det var en av de Catalina maskiner som hade varit stationerad vid den flygflottilj vi skulle göra vår värnplikt vid och som varit utsänt för att söka efter den saknade DC3:an där det sedan konstaterades att den hade blivit nedskjuten av ett sovjetiskt MIG-15 plan öster om Gotska Sandön.

Den utsända Catalinan hade också blivit beskjuten så allvarligt att de blivit tvungna att nödlanda på Östersjöns vresiga vågor. Besättningen, alla fem ombord, hade klarat sig utan skador men deras flygbåt, Catalinan hade sjunkit. Besättningen plockades upp lägligt nog av ett västtyskt lastfartyg som befann sig i närheten. Händelsen i början av -50 talet, kom att bli en följetong i massmedia och som i svarta rubriker på tidningarnas löpsedlar kallades Catalina affären

Vår introduktion i den militära organisationen, blev alltså ganska brutalt öronbedövande. Det hade varit ett overkligt scenario minns jag, som kom väldigt plötsligt och utan förvarning. Men det var väl det som var meningen. Nu visste vi vad som gällde, vad vi hade att vänta oss i fortsättningen.

Ingenting kom sedan att bli särskilt överraskande under de där tre första månaderna. Det var då vi trimmades att marschera, putsa skor och putsandet av den där kulsprutepistolen, eller k-pisten på det militära språket, vi nästan dagligen skulle knattra med. Det var en minutiös visitation av vapnet efter den vapenvård som skulle ske efter varje skjutövning under dagen. Då stod det på schemat, vapenvård. Vi hade en pipa för "lösa skott" som i stort användes bara en gång. Då var det lösplugg i skotten, som pulvriserades i ett slags filter längst fram i pipan. Så när vi sköt flera skott med automateld, blev det ett rosa moln omkring oss som pudrade och färgade snön röd, och det luktade bränd plast. Vid skjutbanan, hade vi en riktig pipa naturligtvis samt stålmantlad och dödande ammunition.

På detta vis förflöt dagarna i tre månader med korta avbrott för olika övningar med tårgas, kastande med handgranater samt teori i skolsalen plus mörker övningar. Den första kvällen vi skulle ha mörkerövning, var det månsken. Vi hade sminkat oss med svart och olivgrönt i onödan, övningen blev inställd.

Sedan fick alla sin placering inom flygvapnets hägn. Vi blev skrivbiträden, hundförare, flottiljvakter, ordonnanser, bilförare och så vidare. Själv blev jag skrivbiträde med stabstjänst och skulle avverka resten av värnplikten bakom en skrivmaskin. Det kom att bli inne i Stockholm på Östermalm där på den tiden själva Flygstaben, eller Tre Vapen, låg. Lite nedsättande sa man även "tegeltraven". Det kom att bli för min del som ett vanligt kontorsarbete från åtta till fyra, där jag hade min säng hemma samt skulle förvara hela säcken med all utrustning där. Det var i princip slut med lumparlivet i ett logement med kaserngård. K-pisten var inlåst i ett vapenskåp på Flygstaben och därmed var vapenvården också avslutad.

Vi hade nog varit max ett tiotal värnpliktiga ur min pluton som fick placering och tjänstgöring vid Flygstaben bland mina kompisar ur första pluton från F2. Där fanns både kategorierna, skrivbiträde, ordonnans och bilförare. Att få vara bilförare vid Flygstabens körcentral, var en eftertraktad placering för grabbar med bilintresse och körkort. Det var en absolut högstatusbetingad kommendering. I bilparken fanns det fina Mercedes bilar i limousinutförande, fjärran från fordonen i garaget på F2.

Där, ute på den gamla flottiljen, var det bara tre gamla Scania bussar och ett större antal lastbilar av samma fabrikat som bussarna. Det fanns också två traktorer och en bandvagn. En viss skillnad mot fina blanka bilar där kromet glänste i dess nos på staben, samt ljusa moderna garage och tvätthallar. Det blev som en ynnest för killarna som utsågs till fordonsförare på flygstaben.

Limousinparken på staben skulle ständigt vara skinande blank och vapenvårdens putsdukar och vapenfett för mina lumparkompisars del på körcentralen, byttes snabbt till sämskskinn och putsdukar samt polervax för bilvård. När körcentralen fick ett uppdrag att transportera någon officer, skulle man så att säga vara beredd. Fordonsförarna gick därför också relativt ofta, jour. Man kunde aldrig i förväg veta när någon höjdare ville ut och åka bil, eller hem från någon fest. Fordonsförarnas uniform var dagligdräkt 1, ett slags livré, vilket var det samma som vår permissionsuniform. Ja utom då vid bilvården, då de hade en blå overall. Se, fint skulle det vara.

Själv blev jag placerad såsom ordonans och skrivbiträde på sektion 2 och dess expedition. Högste chef på den avdelningen var överste Neij som var en sympatisk men bestämd man. Vår expeditionschef, var bara major i reserven. Men, en mycket trevlig major. På expeditionen, förutom jag själv, satt två civilanställda kontorister av kvinnligt kön och kanske 20 år äldre än vad jag var samt helt klart attraktiva, Kerstin och Birgitta.

Här fick man lära sig att allt var uppbyggt i alfabetisk ordning samt öppna och hemliga ärenden. Jag fick bara handskas med öppna ärenden diarieföra samt dokumentera på flera olika vis. I början var man såklart lite seg i starten, men man lärde sig och så kunde man snabba undan, för det var många ärenden varje dag som kom in till vår expedition och skulle ha sitt diarienummer innan de skulle ut på en ronda i huset som cirkulär och signeras av gällande adressat. Det trevliga med denna expedition var att då jag muckade på våren, blev jag tillfrågad om jag kunde tänka mig att jobba över sommaren? Klart jag kunde. Min ordinarie arbetsplats hade semesterstängt, så det var ju en skänk ifrån ovan att sitta på samma expedition men som civilanställd. Jag kunde rutinerna i postgången. Det blev fjärran från att hälsa med huvudvridning inomhus och utomhus med huvudbonad, genom honnör. Alla som hade högre grad än jag själv, det vill säga den vanlige menige flygsoldaten, skulle man hälsa på. När man muckade, hade man befordrats sista månaden som vicekorpral i stabstjänst och fick sy på ett streck på uniformskavajen, som visade graden. På axelklaffarna, fick man nya axelklaffshylsor med ett streck på. Nu, som civilist i samma tegeltrave med emblemet Tre Vapen, kunde man bara säga hej, åt någon major eller kapten vilket kändes mycket märkligt och säkert även för dem som troligen kände igen mig från veckorna innan som en vanlig menig flygsoldat.

Jag fick gå en kurs ute på Rank Xerox ute i Bromma för att lära mig serva den kopieringsmaskin vi skulle få på expeditionen. Det var ganska kul. Men blev lite betungande redan efter ett par dagar. Det kom officerare som ville ha en massa kopior hit och dit, så man stod där och skötte detta. När nyheten spreds i korridoren om vår Xerox maskin, ökade trycket på vår expedition. Man undrade, hur hade man klarat sig tidigare?

40

Jag tyckte mig uppfatta den fräna brända plastlukten från de lösa skotten med röda plastkulor som pulvriserades, då vår överfurir den där dagen hade hållit avtryckare inne och lät säkert och minst, ett tiotal skott bränna av. Jag satte mig åter upp, denna gång något förvirrat.
Värmeljusen som stått på brickan hade brunnit ut och lämnade nu en från bränd lukt som av plast, efter sig. Undrar vad det är mer än stearin i ljusen nu för tiden? Något knackade ihärdigt på någonting, som närmast kunde liknas vid ett smatter som från något automatvapen, eller som ljudet av liten hackspett.
Som av en trumvirvel väcktes jag till full sans.
Anblicken av britsen där jag legat, väckte mig ur mina drömmar. För det var väl en dröm, även om jag kunde identifiera det mesta ur den.
Hur kan man särskilja dröm från verklighet, funderade jag. Ofta drömmer jag och när jag vaknar är jag i full övertygelse

om att det jag drömt, på allvar har inträffat. Det vill säga, det hade inte varit en dröm... eller?
Det är så oerhört realistiskt att jag ibland kan känna en stor olust för mitt drömmande.
Sällan eller aldrig, drömmer jag behagfullt och ljuvt.
Alltid är jag instängd i en tunnel någonstans eller källarvalv där det är svårt att ta sig ut. Oftast går det inte att ta sig ut. Alltid har familjen splittrats i drömmen där man hindras, stoppas och till slut, även förts bort.
Aldrig vid några identifierbara platser. Aldrig vid bekanta ansikten, eller i vilket fall aldrig vid ansikten jag sett tidigare eller känner igen.
Varför drömmer man undrade jag och samtidigt, gör man det? Oftast då jag vaknat, minns jag inte vad jag drömt. Eller om jag drömt, bara något jag känner har inträffat. Jag famlar mellan, minne och verklighet. Drömmar har väl alltid fascinerat människan och det finns säkert fler teorier om varför man drömmer. Ibland har det hänt att jag berättat något minst sagt otroligt och har då fått höra, visst... god morgon!
Människan är ju unik och alla har vi våra drömmar, tror jag, liksom vi har olika tycken och smaker.
Lundell gillar ju öppna landskap och vill gärna bo nära havet. På tal om drömmar. Tja, varför inte? Jag har aldrig provat. Tänker man efter kanske det inte är så pjåkigt. Vad jag känner och tror är att om man bor nära havet, så är det säkert stimulerande för den konstnärliga själen, om man nu har en sådan. Man kan nog få inspiration att komponera, författa, skulptera, måla, eller att laga mat. Själv påverkas jag positivt och inspirerande när det regnar och då det smattrar lite på fönsterblecket. Smattrandet jag nyss hörde, var ett störtregn med inslag av hagel, som slagit mot fönsterblecket så intensivt. Det är lite

ruskväder och blåser en del så regnet ligger på mot denna sida av huset.

Kan man sedan sitta då jag skriver, vänd mot fönstret och visuellt kan se regndropparna inte bara höra dem, då blir det nästan för mycket av det goda. Det är rogivande för min själ och ger mig skrivlustan. Jag tänker på så vis för de var både genom minne och också en verklighet, som jag skrev en kriminalroman en gång i tiden. Då som nu, var det regnet som skötte ackompanjerandet vid mitt så kallade, författande. Ett provtryck från förlaget står i bokhyllan sedan någon vecka.

Idag är det en bra dag för skrivande sålunda, till skillnad från igår då solen stod högt, talgoxarna sjöng sitt ljudit, ljudit, ljudit och man snart nog kan uppleva den första hästhoven mellan vissnade fjolårslöv för i år. Det våras och saven stiger och det känns hur fel som helst att sitta inne vid skrivpulpeten när årstiden är på väg att byta färg. Där alla gråtoner bryts i akvamarin som ju samtidigt är månadsstenen för mars.

Man måste passa på att närvara när något föds. På samma vis som då min son kom till världen. Där ute är det något nytt som ges liv just nu och då är det ju så enkelt som så, att då vill jag vara med. Men idag är det som sagt ett formidabelt ösregn som trummat på mitt fönsterbleck och väckt mig ur mina drömmars drömmar och overklighet. En hagelskur som av Guds nåde.

Ett par steg till bokhyllan där min kriminalroman står och bidar sin tid, väntar på uppmärksamhet. Jag måste ta mig i kragen och läsa igenom provtrycket förlaget skickat och samtidigt naturligtvis ändra det som jag ser kan vara fel, innan de startar tryckandet. Man hade gjort ett snyggt jobb på tryckeriet som vanligt och alstret såg behagligt ut vilket jag tackar grafikern för.

Nu har jag tagit mig i den så kallade kragen och håller boken i min hand. Den vägen 445 gram och har både ett trevligt bokformat, ett lätthanterat sådant liksom hanterbart sidantal. Få se hur många det är. Jag kollar sista sidan vilket är en utomordentlig idé för detta ändamål och finner boksidan 347 och det får man väl stå ut med, tänker jag. Nu måste jag bara kolla vad jag egentligen totat ihop. Jag har ju såklart en svag aning, skräp vore det väl annars. Vad jag nu hittat på. Jag bläddrar fram en bit och läser...

41

Myndigheten var egentligen en gigantisk tegelhög och illa omtyckt av en del. Man huserade i gamla nergångna lokaler i lika gamla och nergångna byggnader. Men det var nya saker på gång och nya fogdar såg dagens ljus snabbare än man tände en taklampa. Den ene yngre än den andre. Nybakade men utan erfarenhet.

Före 1917 var den enskilde kronofogden en ämbetsman som fungerade både som allmän åklagare och polischef.

Men det var då. Det är något modernare nu.

Hängande mot dörrkarmen till kafferummet stod Karin Gunnel Beck - Horntygel. Hennes framtoning präglades mer av liknöjdhet och med en pneumatisk letargi, än den ringaste yrkeskunskap. Förhållandet var dock det rakt motsatta. Hon var en slags dubbelnatur. Hennes ålder var helt enkelt obestämbar vid första anblicken. Den kunde vara allt mellan trettio och sextio år.

På söndagarna satt Karin troget i Engelbrektskyrkan på det gamla Kvarnberget uppe på Östermalm. Alltid på bänk två närmast mittgången på varje högmässa med påföljande kyrkkaffe. Hon var tilltrodd den som räknade kollekten, på grund av sitt yrke.

Kyrkan låg inte långt ifrån hennes bostad i Lärkstaden så det var en kort promenad som gällde. Hon borgade för att kollekten låg på minst en extra tusenlapp varje söndag. Vid flera tillfällen den dubbla summan om hon vid kyrkkaffet veckan innan, haft den ynnest att fått sitta bredvid den pastor som förrättat högmässan. Då hade hennes dag varit räddad, ansåg hon. Då kunde hon skjuta till den där extra lilla tusenlappen i håven.

Med sin slant i kollekthåven, ville hon blidka herren så att han skulle se mellan fingrarna på den yttersta dagen vad gällde hennes lilla oförargliga, enligt henne själv, förehavande.

Karin var av medellängd och med dålig kroppshållning. Hon hade rak näsa, blå vaksamma ögon och flyende haka. En grå långkofta som sett bättre dagar, hängde över hennes axlar. En kjol där en del av fållen på den ankellånga grå yllekjolen, behövde läggas upp och sys. Ett par fotriktiga skor avslutade hennes uppenbarelse. Hon hade en borgerlig stram uppfostran nedärvt från ätten Horntygel. Karin Gunnel Beck - Horntygel, ansågs ganska grå och med sina stora hornbågade glasögon med tjocka glas, även ganska förläst. Samt naturligtvis, rök och spritfri.

Man skulle kunna sammanfatta det så att hon inte var intresserad av sitt utseende, kläder eller mode, mer än att ha för att skyla sin kropp och hålla den varm.

Hon hade en gedigen språkutbildning i franska, tyska, spanska och naturligtvis engelska. I övrigt utbildning i företagsekonomi där bokföring var hennes specialitet. Enligt hennes arbetsbeskrivning, stod där att hon även hade en specialistfunktion just inom, ekonomi, redovisning, revision samt inom skatteplacering och investment. Inte att förglömma, egendom och kapitalförvaltnings ärenden.

Karin utstrålade som sagts trots detta hennes fina CV, däremot ingen särskild kompetens åt något håll. Hur man nu kan avgöra det och om man nu kan utstråla någon sådan endast genom sin uppenbarelse och sitt varande.

De som kände henne visste att hon var långt ifrån någon dumskalle, tvärt om. Istället för sin grå framtoning hade hon alltså mer än en god utbildning, vilket man kanske inte kunde säga om de flesta andra av hennes medsystrar på avdelningen.

Det var till Karin Gunnel Beck - Horntygel, kronoinspektörerna kom med kvitterade handlingar och kontanta medel i fullt förtroende från någon gäldenär och som hon i sin tur bokförde med sin kvittens och låste in tillsvidare i ett stort kassaskåp på hennes kontorsrum.

På avdelningen Första Fält där Karin tjänstgjorde, var en del av den statliga indrivningsenheten förlagd på myndigheten och ingick som en del av hennes ansvarsfulla tjänst.

Då ärenden så påkallade, var det på Karin Becks bord handlingen hamnade för att diarieföras, dokumenteras samt tagas i förvar tills vidare.

Men nu stod hon alltså och hängde som vanligt på dörrkarmen till kafferummet och med armarna i kors vilket var lite av hennes adelsmärke och ett lätt tydbart kroppsspråk som speglade ointresse.

Hennes stil med armarna i kors över bröstet, bildade en barriär som hon kunde gömma sig bakom. Hon hade intagit sin vanliga defensiva ställning. Det var så man var van att se Karin. Men skrapade man en aning på ytan, kunde det framtona en annan varelse.

Det var oftast intill kafferummet hon hängde, eller så vid någon av hennes kollegers kontorsrum. Inte sällan stod hon i dörröppningen till assistenten Ulla Stengrens kallad, Stenis kontorsrum. Man sa om henne oftast, Ulla Stenis, eller bara Stenis. Men Gud förbjude, inte så hon hörde.

Ulla Stengren, 52 hade ett namn menade hon, och det namnet ville hon också bli tilltalad som.

Ulla Stenis var inte odelat road av att ha Karin stå och hänga i dörren, det störde henne.

Hon kände sig påpassad och kunde inte då genomföra sina egna små *förehavanden.* Hon skulle exempelvis alltid duscha på arbetstid och därmed inte tära på sitt privata kapital genom att slösa på duschschampo och varmvatten hemma hos sig själv, i den egna bostaden. Detta var en inarbetad rutin sedan många år, att duscha på hennes arbetsplats. Det var ju där, på sin arbetsplats, hon kunde känna sig opasslig och varm. Då skulle hon också duscha på arbetstid för att hålla sig fräsch. Punkt! Att använda myndighetens pappershanddukar, var då en självklarhet. Detta visste alla på hennes avdelning, men själv trodde hon ingen hade uppmärksammat detta lilla gagn hon tog sig lite vid sidan av. Hon var i allt väsentligt raka motsatsen till Karin. Stenis var noga med sitt utseende, gjorde sitt jobb utan klander samt luktade alltid nyduschad och fräsch.

Karin hade kastat en blick på sitt armbandsur säkert rent reflexmässigt och sagt till den som orkade lyssna att nu skulle hon åka ner på ettan. Bra, för då visste man var hon befann sig, om någon sökte henne.

– Jag åker ner på Ettan!

Stenis hade bara höjt blicken från sitt skrivbord ut mot Karin där hon hängde. Troligen tänkte hon, äntligen!

Ettan var våningen längst ner i huset, en våning under garaget och även under våningen för utmätt gods. Det var i skyddsrumsnivå.

Ettan inrymde akter om gäldenärer, hot till myndigheten och där betalningsförelägganden under alla åren var arkiverade. Ingen var särskilt intresserad av detta arkiv, frånsett besiktning av myndighetens säkerhetschef och huvudskyddsombudet en gång om året. Dessa var ibland tvungna att åka ner till Ettan å tjänstens vägnar.

Arkivskåpen, grågröna till färgen och i en oändligt lång rad, gick liksom på räls. Man kunde manövrera skåpen åt höger eller vänster med en vev som satt på kortänden av kompaktarkivskåpen. Man kunde även låsa alla skåpen genom att föra samman dem till skåpraden Ö, och låsa med nyckel alla rader genom veven vid skåprad A. Utväxlingen var via veven enorm, som ett skruvstäd. Men oftast stod skåpen olåsta för ingen var ju *egentligen där nere, ingen ville heller dit. Det fanns ju inget av värde i skåpen. Karin var nog den ende som regelbundet hade ärenden i arkivet. Hon kunde arkivet på sina fem fingrar. Visste hur det var upplagt och hade därför lätt att leta i arkivet.*

Där fanns trettiofem arkivskåp med åtta hyllor i varje skåp, alla skåp hjulförsedda vilka löpte i ett i golvet nedsänkt rälsspår och kunde manövreras med en vev på varje skåpsrads kortände. Vid motstående vägg, fanns ett långt väggfast arbetsbord med perstorpsskiva och med det klassiska virrvarr mönstret.

Men som sagt, möjligheten fanns att låsa skåpen vilket Karin också funderat på att göra flera gånger.

Hon tog fram sin nyckelknippa och den speciella nyckeln som krävdes för färd i hissen till olika låsta våningsplan i huset. Allt för myndighetens säkerhet och sekretess. Vid knappen märkt 1, fick hon stoppa i nyckeln och vrida om för att kunna trycka på den aktuella våningsknappen.

Hissen, en av den äldre typen med en gallerdörr att stänga och sedan ytterligare en rasslande gallergrind att dra för som ett draperi, när man väl var inne i hissen.

Nyckeln var en säkerhetsdetalj bland fler, för att komma ner och sedan in i arkivet. När hon vred om nyckeln, för att komma ner till den nedersta våningen, våning 1 startade hissmotorn och då blinkade alltid lampan i hissen till. Det var som någon form av spänningsfall som uppstod när hissmotorn skulle starta då man vred om sin nyckel.

Den långa, till synes ändlösa raden med arkivskåp, var alltså det som mötte Karin då hon klev ut ur hissen i detta kompaktarkiv.

Men, det är ensamt, ödsligt och lite skrämmande där nere i arkivet med endast suset av fläktsystemet som surrande malde på. Det kunde nog vara både olustigt och pressande om man hade någon form av, klaustrofobi.

Bara man började fundera på var man befann sig, hur långt ner under huset man var, skulle nog vara tillräckligt för att olusten skulle krypa innanför skinnet. Hur långt var det upp till marknivån och friska luften? Bara tanken på hur trångt det var i arkivet och lågt i tak, kunde få vem som helst att börja irra med blicken. Det piper och viner i det gamla fläktsystemet för att hålla arkiven fuktfria och ibland flimrar även lysrören till lite olycksbådande.

42

Varför lysrören flimrar och slocknar för ett kort ögonblick, beror alltid på när någon är på väg ner i hissen till arkivet och han eller hon, vridit om nyckeln vid knappen för Ettan. Då slocknar lysrörsarmaturerna. Visserligen för att omedelbart tändas igen. Det var nog något med det elektriska och hissmotorn som krävde sin strömstyrka, hade Karin gissat lite flyktigt.
Men för någon med svaga nerver, var platsen inte att rekommendera. Scenen skulle mycket väl kunna ingå i en klaustrofobisk skräckfilm om det nu fanns någon som producerade denna sort av underhållning. Karin tänkte aldrig i dessa banor de flesta andra på hennes avdelning associerade till när de någon gång var tvungna att åka ner i arkivet. För deras del hände det bara då Karin Gunnel Beck - Horntygel, hade semester eller var frånvarande av annan anledning och orsak.
Ettan och kompaktarkivskåpen här nere i underjorden, ansåg Karin vara en säkrare plats än hennes eget stora kassaskåp på kontorsrummet. Här nere i rad Z:8 hade hon sitt gömställe. Glasklart, eller nattsvart, vilket man nu vill men säkert var det.
Med sin gedigna utbildning i företagsekonomi och med bokföring som specialämne, hade hon lite försprång före sina arbetskamrater. Även om

de så var kronodirektören själv, som var på besök.
Det fanns en liten lucka i systemet som hon hade upptäckt. Från den stund en kronoinspektör tagit emot en gäldenärs kontanta medel, det var innan alla plastkort svämmade över, och inspektören skrivit ut sitt kvitto till gäldenären, uppstod ett litet utrymme för viss korrigering av summan på dessa kontanta medel till den stund hon stängde sitt kassaskåp. Här, fanns det en glipa i systemet och det var den hon relativt enkelt funnit. Gäldenären hade ju, de facto, blivit avprickad i laga ordning i kronoinspektörens protokoll med en blyertspenna. Ett OK i en kolumn, samt inspektörens signatur. Kvitto på gällande belopp hade av inspektören snyggt och prydligt skrivits ut för gäldenärens räkning.
Karin fick de kontanter det handlade om i sin hand av handläggande kronoinspektör för att låsa in i sitt kassaskåp samt i sin tur diarieföra, skriva kvitto samt arkivera detta tillsammans med bandbuntade kontanter.
Karin räknade igenom bunten med sedlar och som i detta, det senaste fallet, hade handlat om 150 000 kronor.
Hon skrev därför nogsamt ut ett gångbart kvitto på kontanterna med beloppet, 120 000 kronor som bifogades till sedelbunten i kassaskåpet. Inte i nypan på den handläggande kronoinspektören, som antagligen skulle protesterat då.
Stämplade med inkommande datum, samt klämde till med Stadsverkets KFM stämpel också, så verkade allt sanktionerat och i väl ordning snyggt och prydligt. Belopp angivet, plus att Karin skrivit sin signatur KGB. En signatur med hennes egna lite speciella humor.
Ingen skulle kunna ha något att erinra vid en eventuell kontroll, eller höja på något ögonbryn. Allt skulle till synes vara helt i sin ordning. I kassaskåpet ligger rätt belopp, det vill säga i detta fall nu 120 000 kronor som också intygas av bifogat kvitto på den summan.
Med de 30 000 kronorna på fickan som så att säga blev över, vid hennes lilla korrigering, tar Karin hissen ner till Ettan.

Hon behöver inte vara orolig någon plötsligt har ett ärende ner i helvetet, som hennes kollegor kallar arkivet. Alla, utom Karin. Man ber henne istället hjälpa dem, om så skulle vara. Ja, du som är van, brukade dom säga.

Hon stegar ner med bestämda kliv till rad Z. Tar veven på gaveln till arkivskåpet, tittar sig instinktivt om och ser sedan till att med vevens hjälp, skåpet glider åt sidan. I det här fallet flyttas även tre skåp till åt sidan, så hon kan kliva in mellan skåpen Y och Z.

Längst in i på skåprad Z och högst upp på hylla åtta, stod hennes flyttkartong.

Den såg anspråkslös ut. Lite lagom sliten och stack inte i ögonen på något vis, en dammig flyttkartong som sett sina bästa dagar och en gång i tiden tjänat Wasa Express verksamhet. Ingen normal människa skulle förvara något värdefullt i denna lite nötta kartong. Därför var denna förvaringsplats sanslöst bra och noga uträknad.

Nu innehöll flyttlådan Karins lilla portmonnä, som hon kallade den. Lådan var bottenfylld av sedelbuntar med vita banderoller om och med tryck, Stadsverket på.

Hon log när hon såg travarna med pengar och rättade till koftan som hasat lite på sned och hindrade henne då hon sträckte sig för att lägga i ytterliga några sedlar från hennes senaste lilla snattande.

För hennes verksamhet, var denna plats ett alldeles utmärkt gömsle med det krånglande lyset. När lysrören slocknade för någon sekund innan de glimmade för att tändas igen, var det en varningssignal. Då förstod hon att någon var på väg ner i hissen.

Karin kände sig lite som Robin Hood, den tecknade figuren i TV på julafton, där hon stod. Hon tog från de rika och gav åt de fattiga. Prisa Gud, här kommer skatteåterbäringen. Nåja, direkt fattig var nu inte fröken Karin Gunnel Beck - Horntygel. Och samvetet var i detta fall, ordentligt stort och rundnätt tilltaget.

Gäldenärerna hade ju gjort sig skuldfria gentemot staten och hade fått *kvitto på gälden. De var avprickade hos handläggande kronoinspektör med ett OK, samt en sirlig signatur i deras handlingars marginal. Hon hade bara tagit ifrån de rika...*

Men nu var det Karin som tummat på överdådet med sin förslagenhet, kunskap och insikt, och såg till att kollekten i kyrkan blev god varje söndag. Det hade hon så att säga råd med. Att det var så enkelt, tänkte hon. Som att snatta ur en femårings godispåse. Men det är väl kanske just därför det fungerar, för att det var så sagolikt enkelt. Att karva ur statens kaka hade blivit som ett gift.

Ett beroendeframkallande. Hon hade helt enkelt svårt att låta bli norpandet.

Nu stod hon och funderade med armarna i kors, som vanligt.

Rättade till den långa slitna koftan som hasat snett över axeln igen. Petade upp glasögonen på näsryggen med långfingret, medan hon till synes funderade.

Det var flera miljoner där i lådan. Men eftersom det till största del endast var använda sedlar utan nummerföljd och i valören tusenlappar, tog de inte särskilt stor plats. Hon skulle kunna packa sedelbuntarna i en kartong av något slag. En kartong inte större än en tolvbitars tårtkartong. Oj så enkelt det blev nu plötsligt. Måste skaffa en tårtkartong. Jag köper en tårta, en prinsesstårta, så den håller sig länge och ställer in den i kylskåpet på klockargården till kommande kyrkkaffe. Bara ta med den tomma kartongen till arbetet och så fylla med andra godsaker.

Frågade någon av arbetskamraterna eller vakten, kunde hon alltid säga att det var för kyrkkaffets räkning. Det var de ju, på sätt och vis. Men vem skulle fråga. Det syntes ju på håll att det var en tårtkartong, så varför fråga? Ingen skulle titta närmare, ingen skulle bry sig om Karin. Tyngden från sedelbuntarna och en gräddtårta, eller vilken sort det nu kunde vara, skulle vara marginell och därmed perfekt. En vanlig plastkasse ifrån någon närbelägen matvarubutik, skulle också gå bra i värsta fall och räcka till i storlek. Den hade dock nackdelen att det var lätt att kika ner i plastkassen.

En tårtkartong med snören om, lite proffsigt och snyggt knutna, var idealiskt. Liksom plomberat och klart. Bara att passera GÅ, utan att hamna i fängelset. Hon funderade inte ens på att ta en Chans-lapp.

Nu började hon bli riktigt varm i kläderna både i bokstavlig och bildlig mening och tog till och med upp en näsduk för att torka sig i pannan.

43

Nu fick jag svårt att slita mig ifrån läsningen av provtrycket. Kändes lite egotrippat och jag hörde någon röst som påminde mig om Jantelagen och dess första budord. "Du ska inte tro du är något" den lagen är skriven på norska? Den innehåller egentligen hela tio budord. Från ursprunget så handlar Jantelagen om en liten småstad i Danmark. Författaren Aksel Sandemose bodde i Danmark och berättar i sin genombrottsroman om den fiktiva staden Jante. Budordet dök upp nu som en påminnelse då jag läste vad jag själv skrivit samtidigt som jag tyckte det kändes egotrippat. Det fanns ju en aning om att jag hade försökt skriva en kriminalroman för en duktig massa år sedan på min gamla Halda maskinen. Då kallades nog sådan här skrift för, deckare. Mitt taffliga försök till den gastkramande kriminalromanen, är säkert tjugofem eller troligen trettiofem år gammalt och bäst före datum har ju säkert gått ut för länge sedan. Nu är Jante där igen... Manuset har sedan dess legat och bidat sin tid i en skrivbordslåda till bara för något halvår sedan. Då tog jag fram manusbunten

och började skriva om den på min laptop.
En blick mot fönstret skvallrar om att det fortfarande regnade.
Jag tände lampan i fönstret och tog åter boken i knät för att läsa vidare. Nu gav jag fullständigt fan i Jantelagen och dess tio budord.
Vädermässigt var det en perfekt miljö att läsa en kriminalroman liksom att författa i. Men mycket av det jag skrivit, rent miljömässigt, har ju förändrats till nästan oigenkännlighet idag. Och under den tiden har datorvärlden spridit sig på alla de håll och kanter samt riktningar och öppnat en del dörrar, portar och inkörsportaler, för mer praktisk funktion.
Få är väl de blyertspennor som används idag... i varje fall på Statliga verk där en gång Karin Gunnel Beck - Horntygel, hade varit anställd. Säkerhetsrutiner och sofistikerade kontrollsystemen är legio idag.
Jag måste bläddra fram lite tänkte jag, medan det fortfarande smattrade ihållande och behagligt mot fönsterblecket. Fick gärna bli ett dagslångt regn. Man satt inte i sjön. Jag satt bra där jag satt och utsikten var betagande om jag bara höjde blicken. Var jag hade fått idén till kriminalromanen jag nu satt och bläddrade i ifrån, mindes jag inte. Utgången på berättelsen vem mördaren är, om det nu finns någon sådan, har jag ingen aning om. Spännande!
Berättelsen var ju harmlös så här långt. Inte ett endaste blodigt lik. Men långt ifrån enkel i sina delar, och i beaktande av att de är saxade och tagna ur sitt sammanhang, blir de kanske lite krystat. Borde ju funnits en tanke bakom dessa rader. Funnits en idé en gång i tiden, en story tänkte jag. Jag hade bevisligen en gång då det begav sig skrivit dessa rader på min gamla Halda. Ganska fantastiskt med manusbunten ifrån den tiden. Maskinskrivna ark, som till och med fanns kvar?

Minns att skrivmaskinen inte hade varit elektrisk, utan ett riktigt gammalt hederligt, nåja hederligt och hederligt, men tröskverk hade det i varje fall känts som.

Knattrandet ifrån skrivmaskiner minns jag. Det lät riktigt trevligt. Det lät som ett riktigt hantverk, på något vis. Och det var det ju också. Ett ljud som jag minns det lät en gång på gamla saliga tidningen, Idrottsbladet. Där gällde långt ifrån några elektriska skrivmaskiner.

På den tiden låg Idrottsbladets redaktion i industriområdet vid kanalen i östra delen av Södertälje vid klaffbron. Det var en gammal tegeltrave i vinklar och vrår med en massa charm i. Som gjord för kulturarbetare. Man minns den säregna lukten i huset, den knarrande gamla ekparketten, de gnällande svängdörrarna in från trapphuset och så upp en trappa, nya spröjsade, gnällande svängdörrar med vattrat glas, som är så svindyra att köpa i dag. Till och med begagnade.

Det sköna knattrandet ifrån ivriga skribenter samt en ständigt ringande telefon i mitten på det stora skrivbordet, under och bakom alla travar med manus, bilder och urklipp. Det var en trevlig atmosfär som jag sög i mig med hull och hår vid mina besök på redaktionen. På den tiden besökte jag relativt ofta denna tegeltrave för att lämna material i text och ibland även bilder. Kanske var det där det riktiga fröet sattes att gro för mitt blivande skrivande? Kanske såddes ett frö när jag gick en kurs för amatörförfattare och där ingen mindre än självaste Sigge Ågren, tidigare redaktionschef på Expressen men nu nybliven pensionär, var min mentor. Det var kul minns jag. På alla skrivningar man skickade in, fick man en personlig kommentar med kulspetspenna där det stod små kommentarer om de man hade skickat in. Aldrig några bockar i kanten som i plugget, utan bara en vägledning som berättade konstruktivt vad jag kanske skulle tänka på. Något jag tänker extra på när det gäller Sigge Ågren, är det uttryck han myntade men som jag har så svårt att leva upp till. Det är så fyndigt och bra, "skriv kort, helst inte alls." Där har jag mycket att lära.

Med detta i tankarna, tar jag upp boken igen för jag måste läsa en liten bit till innan det är dags att göra lite nytta. Om inte annat så för att uppdatera mig, bli påmind vad jag totat ihop... men, varför blir inte skomakaren vid sin läst? Varje skomakare borde bli vid den bekanta lästen. Eller som Sigge Ågren sa, skriv kort, helst inte alls! Ledsen bara att jag endast har ett enda häfte ifrån denna kurs kvar. Det var ju ett större antal ifrån början, återstår ett endaste. Undrar därmed vart de andra tagit vägen? Häftet jag har kvar är häfte 1, och handlar om journalistik, som det står på framsidan, ifall någon nu undrar. De övriga kurshäftena har väl försvunnit bland en del flyttar man gjort. Ska vi bestämma det? Ja, det gör vi!

44

Det blev ju av alla de där bäckarna små under årens lopp av pengaflöden, till en mindre insjö i Karins flyttkartong. Nu var det kanske det nionde året som hennes små blygsamma manipulationer och verksamhet putsade statens kaka och naggade den aningen i marginalen.
Karin vågade inte tänka på hur mycket pengar det låg där egentligen. Hon hade räknat igenom sedelbuntarna och fick ihop 31 buntar! Varje bunt innehöll hundra tusenkronorsedlar. Men käre tid, det var inte lite det på bara 9 år? Det kanske är läge för att nu, innan någon kommer på min lilla hobbyverksamhet, lägga den lilla hobbyn på den så kallade hyllan, tänkte av en ren tillfällighet Karin. Hon blev så varm om ansiktet när hon gjorde överslaget av sin ekonomi så glasögonen immade igen. Men bara ett tag till funderade hon, för att jämna ut summan.
Det fattas ju endast fyra hundra tusen. Sedan får det vara stopp. Tänk om man får någon form av abstinens när jag slutar snatta, hemska tanke? Karin visste inte vad sådant skulle kunna innebära eller ta sig för sorts uttryck. Hon hade ju aldrig rökt gudbevars, och avhållsamheten ifrån alkohol hade hon inte heller haft problem med eftersom hon aldrig smakat. Karin var ju också fröken, så något besvär med avvänjning hade

hon ju inte på någon av lustans gårdar. Dagen innan påsk, hade antagligen Karin tagit ledigt. För påsken var ju Herrens högtid så det var tätt på given i Karins kyrka. Påsken är ju egentligen den största händelsen i kyrkoåret, så det var tätt på given för Karin, förstod hennes närmaste arbetskamrater.

Ingen hade sett henne sedan morgonen den dagen. Inget märkligt alls. Hon hade haft en ganska så stor tårtkartong med sig som hon antagligen skulle ta med till kyrkan. Myndigheten var stamkund vid kvarterets konditori och det var där Karin hade inhandlat sin tårta. Det hade stått Konditori Kjellgården på kartongen, mindes någon. Den hade stått i fikarummets kylskåp ett tag också, mindes en annan. Sedan var kartongen plötsligt borta. Minns inte när jag upptäckte att den var borta. Men borta var den och när Karin skulle hämtat den i så fall, var det heller ingen som hade sett. Ja om det nu var Karin som hade hämtat tårtkartongen.

När man lyssnade med vaktbolaget nere i hallen och receptionen, sa man att de hade hälsat på Karin då hon kom efter lunch. Det var på Skärtorsdagen och hon hade burit på en stor tårtkartong.

Vakten hade tigit med att de inte sett henne gå ut på lunch, för de hade vakten inget minne av, och beslöt därför att hålla mun om den missen. Hon kanske hade flexat?

Några minuter efter det hon kom, hade hon lämnat myndigheten med kartongen i näven. Man hade önskat varandra trevlig påsk, mindes man i vakten. Vakten hade nickat vänligt och frågat, att nu ska det bli tårtkalas? Karin hade bara nickat och lämnat huset. Sedan har man inte sett henne.

Karin hade inte skrivit något meddelande på deras stora whiteboardtavla som hängde i fikarummet att hon var ledig till efter påsk, som vägledning.

Ingen sa sig minnas att hon berättat något att hon skulle unna sig lite ledighet över långhelgen. Men okej, det var innan påsk det, på skärtors-

dagen. Hon kanske har åkt till Blåkulla, funderade någon, men hade ångrat sig då hon sagt det. Det var så dags då. Det var för fem dagar sedan det. Men, man kanske inte mindes. Nu var påsken över, och fortfarande var det tomt på hennes kontorsrum, liksom det var på infotavlan.

Visserligen hade det varit en hel del i kyrkan över påsken det hade hon berättat om under en längre tid. Men Karin var plikttrogen sitt dagliga värv in absurda, så det var mer än konstigt med hennes frånvaro.

Hon pläderade exempelvis att skulle man vara förkyld, skulle man se till att vara det under helgen. Då kunde man vara på sin arbetsplats och i tjänst igen på måndagen. Nu hade hon alltså frångått sina egna principer. Detta syntes vara särdeles egendomligt.

– Tänk, sa någon. Tänk om hon låst in sig nere på ettan, ja jag menar om någon dörr har gått i baklås eller så. Hissen pajat? I så fall har hon ju suttit i arkivet hela påsken. Herre gud, det är ju mer än fem dygn nu!

– Någon mer som ställer upp? Vi måste åka ner i arkivet direkt. Var är Stenis, förresten?

– Ledig, var det någon som föreslog, och hade ryckt på axlarna. Kanske duschar?

Två av de manliga kronoinspektörerna tog mod till sig som det såg ut och hoppades detta skulle vara till gagn och tillräknas dem hos de kvinnliga kollegerna vid nästa firmafest. De kände det som ett mandomsprov att åka ner i det så kallade, helvetet. Det var ingen lusttripp på något vis. Ingen avund hade uppstått.

I med nyckeln vid hissknappen och vrid om. Det blinkade oroväckande som vanligt i hissen som samtidigt hade ryckt till och påbörjat färden nedåt. Ner mot helvetet.

De båda inspektörerna såg sig oroligt omkring och på varandra. De hade ju inte samma erfarenhet och kunskap vid detta blinkande, som Karin hade

– Hoppas nu inte hissen stannar på halva på vägen, sa Levin som var

den som hade fler år i tjänsten än Eriksson men aningen fjantig och var inte särskilt förtjust i hissar, svängdörrar eller trasiga glödlampor.
Levin kallades utom hörhåll för, "fröken" Levin!
Så skakade hissen plötsligt till och stannade.
– Jaha, vad var det jag sa? Nu stannade skiten!
 Som tur var, hade man då nått ettans våningsplan. De var orsaken till att hissen stannade och man förde den rasslande grinden åt sidan och öppnade gallerdörren.
 – Nu har ventilationen pajat, var det första Eriksson sa, och ville därmed bidra med något tekniskt kunnande. Det luktar som vad ska jag säga, en frysbox gått sönder. Lukt som av ammoniak, liksom. Minns lukten ifrån träslöjden i skolan då vi fick testa att lukta på ammoniak. Tror det är sånt som tyngdlyftare brukar sniffa på innan de ska till att hiva upp en herrans massa skrot i luften.
 Båda stod vid ingången till arkivet och påminde om jakthundar som vädrade och sniffade.
Men fläktarna i taket fungerade som vanligt vilket fick Eriksson lite ur balans. Fan tänkte han. Så fel jag hade. Och någon frysbox finns inte nere i arkivet heller. Förr fanns det kylskåp. Men vad skulle ett sådant haft för funktion i så fall i dag?
Inspektörerna såg på en gång att arkivskåpen inte var låsta. De var bara sammanförda åt vänster, längst ner i slutet av raden av skåp. Man tog sig försiktigt vidare nedför ett par trappsteg i klinker till det gamla slitna marmorgolvet.
Tidigare hade det legat en begravningsbyrå i denna lokal och det fanns en skylt kvar på dörrens utsida, den mot det stora garaget.
Bergström & Bodén Begravningsbyrå, stod det.
Levin försökte sig lite desperat på att ropa...
– Karin!
 Men hans rop dog ut precis lika fort som han ropat. Det var å andra sidan inte mycket till rop heller.

– *Karin!*

Hans rop dog ut igen då han hade försökt att ropa. Det var fortfarande dödstyst. Förutom suset ifrån fläktarna i taket.

Hans rop hade bara låtit ödesmättat. De hade fortsatt sakta framåt utefter den långa skåpraden, oroligt spanade. Ju närmare de kom slutet av arkivraden, ju vidrigare blev lukten, eller stanken. Definitionen var stank eller odör!

Stanken av ammoniak kändes mer påtagligt lik en överfull stor soppåse med gamla räkskal som legat ute i solen där förruttnelseprocessen tagit sin början.

Plötsligt hade Levin stannat och tagit sig åt huvudet.

– Men för helvete Eriksson, det luktar ju för fan död! Det är liklukt vi känner. Jag har känt denna stank tidigare och fan må ta mig för att jag inte kom på det på en gång.

45

Har man känt liklukt en gång, glömmer man normalt sett aldrig den stanken. Men nu hade jag uppenbart gjort det.
Den sätter sig liksom i kläderna på samma vis som om man ätit surströmming. Doften sitter i kläderna.
– Oh! Fy för fan, sa Eriksson och såg ut som om han mådde illa. Sa du surströmming?
– Något eller någon, ligger här någonstans och ruttnar, det är så det förhåller sig. Det är den dystra verkligheten. Vi måste ringa polisen på direkten, sa han och pekade på Erikssons mobiltelefon.
Vi öppnar bakvägen ut mot garaget och lotsar polisen in den vägen när de kommer farande. Säg åt dem att köra ner i Katarinagaraget uppifrån och att vi möter upp i tunnelgaraget.
Nu tog Levin tag i händelserna, men visste inte var han fick kraft ifrån.
– Bakvägen sa han igen och tittade på Eriksson med en frågande min? Bakvägen, den hade jag fan i mig så när glömt, sa han och pekade mot bergväggen åt vänster där en bred järndörr syntes. Ändå bad jag dig lotsa in polisen den vägen? Men, det blev kanske lite chockartat med den här

stickande odören i näsan. Det finns ju för fan som sagt var, en bakväg in till arkivet.

– Bakväg, undrade Eriksson?

– Det är den dörr begravningsbyrån använde sig av då de hade sin verksamhet i denna lokal. Bakvägen, är ju in från det stora garaget. Det är bara en tjock träregel som numera ligger som spärr på insidan, vill jag minnas. Ganska bastant.

Någon träregel tvärs över dörrarna ut mot garaget, låg dock inte där nu. Den kanske hade tagits bort utan att de tänka på det och inte heller hade de informerats. Men den har funnits där. Regeln stod nu istället lutad mot väggen till höger om dörrarna och var gråmålad som dörrarna, vad de nu hade med saken att göra.

– Men dörren, fortsatte Levin, hade i varje fall varit låst. Om än med ett vanligt ASSA-lås. Mer behövs inte, för vem kommer på idén att bryta sig in i en likbod? Det dräller väl knappast med nekrofiler i området.

Utanför dörrarna fanns en liten parkeringsruta där det stod, P-reserverad. Och på dörren kunde man läsa på en något korroderad skylt, men där det ändå framgick tydligt att det var där som Bergström & Bodén Begravningsbyrå hade haft sin verksamhet en gång i tiden. Parkeringsrutan rymde deras firmabil. I övrigt var det ett enormt stort parkeringsgarage i flera våningar, som mynnade nere vid Katarinavägen vid Slussen. Inkörningsvägen var uppe vid en park på Södermalm.

Levin hade inte tänkt tanken klart, innan det blixtrade av blåljus uppifrån garagets inkörsportar. En målad polisbil och två civila polisbilar anlände och stannade där Levin stod vid den öppna dörren in till den gamla begravningsverksamhetens lokal, numera alltså ett stort arkiv för KFMs räkning.

Inkörningsporten uppifrån och ner till garaget, var nu spärrad med ett blåvitt band och där stod också två poliser ifrån ordningen. Det fanns också två poliser utanför dörren till den gamla begravningsbyrån som numera alltså hörde till den statliga myndigheten och var ett arkivutrymme. Där inne jobbade nu teknikerna och blixtarna från deras fotograferande syntes ut i garaget där Bergman och Ulfsson, även de ifrån ordningen, stod för bevakningen.

– Vilket stort jävla parkeringsgarage, hade Ulfsson sagt och nickat ut mot det parkeringsdäck där de befann sig.

– Det är inte alltid saker och ting är vad det ser ut att vara, sa Bigge.

– Men du, vad kommer hända nu? Tänk på att jag bara är aspirant. Är med för att se och lära. Jag kan ju gissa förstås och minnas ifrån utbildningen och alla föreläsningar, men aldrig varit med i praktiken.

– Först och främst, detta kommer ta sin rundliga tid. Bara att gilla läget. Nu håller ju teknikerna på att plåta, du ser ju själv hur man jobbar därinne. Fortfarande kan du se fotoblixtar där inifrån. Dessa blixtar kommer snart upphöra. Sedan kommer kroppen snarast föras bort.

– Jaha du. Och då väntar vi på att politibilen kommer och hämtar kroppen vad jag förstår. Inget avundsvärt jobb att köra den bilen. Med döden som passagerare.

– Våra blåvita plastremsor kommer hänga kvar ytterligare en tid för att spärra av, och man kommer möjligen plombera dörren. Men det är mest framför dörrarna här där vi nu står och så kommer vi hänga upp en skylt där det står något som, "Jämlikt rättegångsbalken 27 kap 15§. Överträdelse medför straffansvar". Ja någonting sådant kommer det stå på skylten. Jag minns inte exakt, jag vet bara var skylten finns i vår bil och hänger upp den utan att tänka på vad där står. Men de fick ni väl också lära er under utbildningen kan jag tro?

– Jo så var det. Men jag kommer inte heller ihåg så där ordagrant vad det stod på skylten. Bara att den skulle vara gul med en röd kant runt om, eller? En trekantig?

– Stämmer! En del har tydligen fastnat. Du kommer gå långt du grabben, sa Bergman och skrockade. Garaget kan användas som vanligt igen när vi släpper på de stora avspärrningarna här nere och grabbarna *plockar in de blåvita remsorna som de spärrade av portarna med uppe vid parken. Du kan vara lugn för att det kommer en del tidningsfolk så fort man lättar på tejpen där uppe.*

Bigge var en gammal polis som traskat den långa vägen och patrullerat gata upp och gata ner och varit nöjd med det.
– Och här står du nu som erfaren poliskonstapel med stort vetande och kunnande. Varför har du inte hamnat bland befälen, eller på kriminalpolisen, Säpo eller Span?
– Det har aldrig legat för mig att gå omkring och peka med hela handen. Det får andra göra som trivs med det. Sammanhållningen är mycket bredare på den här nivån, men såklart har inte plånboken samma bredd som kamratskapet.

46

Karin hade som vanligt i rutinens hjulspår, tagit sig ner till Ettan och arkivet för att hämta lite pengar innan påsk. Sedan skulle det vara flera helgdagar och ledigt. Hon hade beslutat att nu skulle verksamheten avvecklas snyggt och propert trots att det fattades lite. Hon hade med sig sin tårtkartong och för den observante hade hon ett lättsamt outgrundligt drag i ena mungipan. Påminde lite om den kända oljemålningen av Mona Lisa med det gåtfulla leendet, ett konstverk som man kan se i det största nationalmuséet i Frankrike, Louvren i Paris. Och med Karins outgrundliga drag i mungipan, var därmed också liknelsen med Mona Lisa avslutad. Tårtkartongen skulle, då hon lämnade huset, innehålla allt annat än en sötsliskig prinsesstårta. Karin föredrog tårtor med mycket grädde. Gärna en Schwarzwaldtårta som var familjen Horntygels adelsmärke och särdrag. Att denna tårta skulle vara släktens antavla, är att överdriva. Men Karins rötter sträcker sig långt tillbaka i tiden och har det gröna lant- och bergsområdet Schwarzwald, i det syd Tyska området, som släktens begynnelseplats.

Men, för det praktiska i denna lilla operation, var såklart en prinsesstårta den absolut lämpligaste sorten om man såg ur hållbarhetstid hur gärna hon nu än ville sätta en egen liten tusch på operationen och då med en schwarzwaldtårta för att ära den urgamla ätten Horntygel. Och det var inte utan en viss spänning hon åkte ner med den skraltiga hissen till arkivet och med den tomma tårtkartong dinglande i nypan.

Hennes magkänsla sa plötsligt att något var fel. Hon såg sig om i hissen, men uppfattade inget särskilt konstigt eller något att oroa sig över. Det skulle hon märkt på en gång utom vid färden ner, då hon känt en svag men frisk doft av duschschampo. Men det ringde genast en larmklocka inombords hos Karin. Adrenalinpåslaget blev påtagligt och hon fick torka sig om pannan. Har Stengren varit här, funderade hon och sköt upp glasögonen på näsryggen med pekfingret som en ren reflex när hon klev ur hissen. Nu var hon spänd. Vad gör Ulla här?

– Hallå, Ulla!

Karin hade ropat och sett sig snabbt omkring. Något hade synbarligen rubbat hennes ritningar och flödeschema, och det måste vara Stengren. Kan inte vara någon annan. Inte med den doften av nyduschad. När hon gick ner mot skåpraden där hon hade sitt lilla sparkapital, beklagligtvis utan ränta från alla dessa år, såg hon att någon hade varit inne vid hennes skåprad som ju var märkt med ett Z.

Det fanns en bred öppning mellan raden Y och Karins rad, Z. Hon hoppades i det längsta att detta var ett resultat av hennes egen försummelse och slarv senast, men egentligen trodde hon något helt annat. Någon hade varit där. Och någon hade varit där relativt nyligen, för bara någon timma sedan, högst.

Hur Karin än kontrollerade utrymmet mellan hennes två skåprader, fanns där ingen Ulla. Karin tog nu för givet att det var Ulla det handlade om. Hon måste vara här någonstans.

Duschschampot avslöjade henne, log Karin.

Det fanns ett smalt utrymme på baksidan av skåpen, mot väggen. Men där kunde knappast Stenis gömt sig då måste hon ha pressat sig in. Nä, hon har nog varit här men antagligen lämnat arkivet igen. Det underliga

253

var dock att hon borde lagt märke till det uppe på avdelningen.

Medan tankarna rubbade henne en aning, lyfte hon ner sin flyttkartong och flyttade över alla sedelbuntar till tårtkartongen, snyggt travade och placerade så de fick plats. Sedan var det bara att slå några varv om tårtkartongen med det gröna snöret. Hon log åt resultatet som blev exakt på det viset hon hade tänkt och räknat ut. Nu var det bara att tassa ut ifrån arkivet via bakvägen som aldrig brukade användas. Hon ropade igen...

– Ulla, är du dä-är?

Men, inget svar. Men den där friska doften av duschschampo hängde där fortfarande i luften. Hon tog några steg fram mot bakdörren som spärrades av genom att där låg en träregel tvärs över dörren som hon var tvungen att lyfta bort. Sedan gick hon tillbaka till sin arkivrad och ställde upp sin nu tomma flyttkartong på sin plats. Tog veven och började pressa ihop arkivskåpen igen, som för att släta över, sopa under mattan. Det lät lite konstigt när hon vevade ihop skåpen och hon fick ta i ordentligt, men ändå fick hon inte ihop skåpen helt och hållet. Kartongen hade nog kilat emellan, tänkte hon och så fick det väl vara då. Nu var det hög tid att lämna arkivet och promenera till hissen ute i garaget för att åka ner till Katarinavägen. Men hon ropade ytterligare en gång...

– Ulla!

Det förblev tyst. Tyst som i graven. Inte ett ljud. Hennes tankar var fullt sysselsatta med vad Ulla kan ha gjort i arkivet. Det var ju inte vanligt att Ulla Stengren gjorde sig omaket att åka ner på Ettan, tänkte hon. Det hade väl aldrig hänt, när hon tänkte efter. Inte som hon kände till i varje fall. Ja, hon hade nycklar och befogenhet, men se det var en annan sak.

Nere på Katarinavägen tog hon en kort promenad till Slussens T-bana för att åka till Medborgarplatsen och få steg sedan till myndigheten och den stora entrén med vakten innanför glasdörrarna. Falk's vaktbyrå AB bakom disken, hade hälsat på Karin och de verkade inte bry sig om hennes tårtkartong. Karin var ju liksom känd i huset. Komiskt nog, eller beräknande, hette kvarteret där myndigheten låg, Kv. Nattugglan. Men ännu värre var det för de som jobbade i Skatteskrapan som låg i kvarteret, Kv. Gamen. Tillfällighet, vid namnberedningen på stadens gatukontor. Hur som helst med det, Karin gick in i en av besökstoaletterna på nederplanet för att tvätta sig om händerna och rätta till de få anletsdrag som gick att rätta till. De rosor som nu prydde hennes kinder, baddade hon med kallt vatten. Hon kunde ju inte se ut som ett billigt dyft. Nu hade hon visat sig för vakterna och det var huvudsyftet. Nu tänkte hon lämna myndigheten för en lång påsk ledighet och vila nerverna efter hennes lilla pengauttag, för det hade varit påfrestande.

När Karin gick igen, hade vakten skojat något om hennes tårtkartong och hon hade nickat åt dem som svar. Vad han sagt, hörde hon inte. Hon ville bara därifrån så fort hon kunde med tanke på det som låg i tårtkartongen. Lite nervigt var det, och hon var inte fyrtio år längre. Hon tog sig snabbt tillbaka till Medborgarplatsens tunnelbanestation för att åka upp till sina invanda gatstenar och Engelbrektskyrkan i Lärkstaden. Hon klev av vid stationen Tekniska Högskolan och såg sig lite diskret om. Här fanns det ingen bland dem hon mötte som hon kände igen från sin arbetsplats. Hon var nu en av alla andra i vimlet och som bar helt oförargligt på en tårta som det verkade, i varje fall en tårtkartong. Själva tårtan stod ju i kylskåpet uppe på klockargårdens kafferum invid kyrkan. Kartongen var inte mer annorlunda än att bära på en påse äpplen för en ovetande. Näja, kanske.

Väl framme sköt hon upp porten på Friggagatan när hon knappat in portkoden. Hon hörde porten slå igen och det blev plötsligt tyst omkring henne. Där kom klicket som bekräftade att kodlåset reglat porten bakom henne.

Här fanns inte doften av något duschschampo. Det var något rengöringsmedel för tamburens marmorgolv som hon registrerade. Och här kände hon sig hemma och trygg. Stukaturen i taket, den stora femarmade tak-

lampan innanför porten, mässingstavlan på väggen till vänster innanför porten som berättade om var man kunde finna fastighetens hyresgäster. Där kunde hon se att det stod, 1tr. K. Horntygel. Och brickan, som såg ut som en vapensköld och satt bredvid, berättade vilket vaktbolag som vakade över fastigheten. Allt vilade på lugn och ro, samt säker sockel. Nästa steg skulle nu bli att tömma tårtkartongen på dess nuvarande innehåll och gå med kartongen till klockargården och trycka ner den i en papperskorg lite synligt. Tårtan i kylskåpet, dess kartong i den intill stående papperskorgen. Såg det oskyldigt ut i kyrkans klockargård om någon skulle fundera?
Ja, det gjorde väl det. Så tog hon trappan upp till sig, lät hissen vara. Låste upp och sjönk ner på en liten emmafåtölj i hallen. Kartongen ställde hon på golvet bredvid och djupandades ett par gånger. Det gamla vägguret i hallen slog tre slag med dov klang. Hon tittade på klockan... kvart i ett.
Det gamla vägguret var av nyrenässans i det ädla träslaget mahogny från sekelskiftet 1900. Hon hade inhandlat det ifrån Ur Antik, på Köpmangatan i Gamla Stan. Det var en prydnad för hennes enkla lilla hall på Friggagatan. Det var skönt att få sitta ett tag nu och pusta ut. Hon försökte koppla av, sänka pulsen och de uppdragna axlarna.
Inte något år vid den årliga revisionen, fick avdelningen något yttrande om obalans. Debet och kredit var tvärt om, alltid i balans. Karin såg till att varje verifikation som bokfördes i hennes kassaskåp, hade ett lika stort monetärt belopp i debet som i kredit. Eller, från vänster till höger, om man så vill, så fann revisorerna balansen i statens lilla kaka. Karin var myndighetens egen lilla klippa, mindes hon fått sig berättat. Det fanns därmed inget att oroa sig över, allt var i sin ordning, tänkte hon och log. Men, jag undrar vad Ulla Stengren gjort nere i arkivet. Doften av duschschampot var ju betydande och typiskt Stenis.
Hon kunde inte helt släppa tanken på vad som skulle hänt om hon blivit ertappad av Ulla. Kanske hela hennes fleråriga projekt skulle

slagits i spillror på bara ett fåtal minuter. Kanske skulle man kommit överrens och delat på pengarna. Men, nu var det som det var. Hon hade sin egna lilla pensionsförsäkring bevarad i en tårtkartong. Vem är så dum så man går omkring med flera miljontals kronor i en tårtkartong, tänkte hon? Nä just det, ingen. Därför har jag slantarna i en tårtkartong. En tårtkartong från Kjellhagens Konditori på Götgatan. Hon kom att tänka på att hon kanske borde göra sig av med tårtkartongen som kunde leda till den omedelbara närheten av myndigheten. Inte bra. Det får bli som jag tänkte först. Jag lämpar tårtkartongen i en papperskorg vid kylskåpet på Klockargården. Det skulle se enbart naturligt ut. Hon tänkte inte riktigt klart nu, hon var för trött.

Från sitt vardagsrum, kunde hon mellan träden i skogsdungen utanför sitt fönster, fågelvägen, se tornet på Engelbrektskyrkan. Hon hade nära till herrens hus, inte enbart andligt. Det var bara att ta stentrappan ner genom skogsdungen så var hon strax ibland de gamla husen som kändes lite engelskt medeltida. Hon sträckte ut benen, drog ihop koftan, sjönk ihop och somnade.

47

I arkivet fortsatte den tekniska undersökningen av och kring kroppen som hade legat inkilad på golvet mellan ett par av skåpen i den långa raden. Rättsläkaren hade noterat en kontusion på vänster sida av huvudet som efter trubbigt föremål eller genom fall mot underliggande marmorgolv. Vid undersökningen av kroppen på plats, trodde han inte kontusionen var det som orsakat kvinnans död. Man hade heller inte funnit de små karaktäristiska blödningarna som annars var vanligt vid strypning. Det fanns några mindre fissurer vid hals och kindben på vänster sida med mindre blödningar, troligen uppkomna av arkivskåpens vagnshjul som var av stål. Kroppen hade legat framstupa med vänster ansiktshalva mot golvet och mellan två av trettiotalet arkivskåp. Fötterna mot bakväggen. Man saknade också vänster sko. Det hade varit en kvinna i medelåldern där vi även kunnat identifiera kroppen med hjälp av de passerkort med bild hon hade i ett band runt halsen utfärdat på den myndighet hon arbetade. Det lutar mer åt att kvinnan blivit kvävd, än att ha utsatts för strangulation sa rättsläkaren. Rättsläkaren var en veteran i sammanhanget och Ekholm arbetade numera på övertid. Tryggve Ekholm var en aktad och saklig rättsläkare som talade många gånger i klarspråk utan medicinska termer så alla kunde förstå honom, men dock inte alltid. Han var en rättsläkare som hade varit med i Thailand vid den stora tsunamikatastrofen för att identifiera döda kroppar.

– Min spontana teori mellan tummen och pekfingret och mitt preliminära utlåtande, är att personen har avlidit genom suffocatio. Alltså kvävning, förtydligade han sin vana trogen. Jag tror också döden har inträffat före påsk, jag vågar påstå under Skärtorsdagen. För fem dygn sedan alltså. Detta kommer naturligtvis Nadja berätta för oss efter obduktionen. Nadja Sokolovska är den patolog på rättsmedicin som kommer att bekräfta eller förkasta vad jag nyss sa. Men preliminärt, handlar det om kvävning under Skärtorsdagen den 18 april.

Kvävd mellan de båda arkivskåpen som pressats samman av någon från utsidan så att säga och som med veven har skruvat samman skåpen. Utväxlingen från vev till skåp är av sådan art och kraft att vi kan jämföra det med ett skruvstäd. Det kan vara en ren olyckshändelse eller ett kallblodigt mord, mer än så vill jag inte spekulera i. Vi får ge oss till tåls och invänta den slutgiltiga rapporten.

Den svarta politivagnen stod nu utanför i det gigantiska garaget och väntade på att ta hand om kroppen och köra den till rättsmedicin ute i Solna, när rättsläkaren var klar. Man stod med politivagnen mitt i nedfarten till garaget och fortfarande med motorn igång, men med nedsläckta lyktor. Bara parkeringsljusen lyste. Plötsligt klev man ur och tog den smala bårvagnen och gick in.

Kriminalinspektör Pierre S. Svanstrand, var den som ledde den nyligen påbörjade utredningen och kom ifrån kriminalpolisens våldsrotel inne på Kungsholmen.

Svanstrand var en man som kunde peka med hela handen, men använde sin röst istället för att få saker och ting gjorda. En röst som ingen kunde missförstå och inte heller missförstod. Han hade också en väl tilltagen näsa, som heller ingen kunde missförstå. Bakom ryggen kallades han för Sigge Banan. S, som i Sigurd blir lätt Sigge, och banan för sin väl till-

tagna näsa. Att han sedan var ifrån Mjölby, gjorde inte saken bättre. Svanstrand var lite rostig i rören och harklade sig titt som tätt. Han hade däremot inte funderat på att hans rökande kanske var den egentliga orsaken till att han var lite skrovlig i rösten.

Svanstrand steg ut igen i den breda garagenedfarten där de två uniformerade poliserna ifrån ordningen posterade, och han såg sig om för att läsa in sig på den omedelbara exteriören utanför arkivet och den trista händelse som hade inträffat där inne. Den första titten inne i arkivet var klar för tillfället och han letade i fickorna efter sina cigaretter där han stod och såg sig om medan han försökte skaffa sig en bild av vad som hade hänt där inne. Han tänkte bättre med en cigg att blossa på, och snart stod han där och andades in den första röken, som ett slag av en drog. Han observerade att det fanns en skylt om en hiss i garage och tog några steg i riktningen mot hissen, men vände så tillbaka.

Ut från arkivet kom männen ifrån politibilen och drog sin smala bårvagn med dagens skörd täckt under landstingets gula filt. Svanstrand sög på sin cigarett och klev åt sidan medan han harklade sig.

– När teknikerna är klara, plockar vi ner avspärrningen uppe vid infarten och bandar bara av dörren här, in till arkivet så länge vi behöver, sa han och pekade denna gång även med hela handen mot den breda blå/vita plastremsan.

Ordningspoliserna hade nickat förstående efter Svanstrands förklaring om hur avspärrningen skulle ske i fortsättningen.

– Alla murvlar och plåtslagare som kommer farande då vi släppt på avspärrningen där uppe, sa han och pekade upp mot infarten vid Björnsträdgård, håller ni utanför arkivet.

Ordningen hade åter nickat som om de förstått även denna order, och tittade på varandra och log lite tålmodigt.

– Svanstrand, sa en av teknikerna inifrån arkivet för att påkalla hans uppmärksamhet. Svanstrand!

Kriminalinspektör Svanstrand vände sig om och gick tillbaka in i arkivet. Knäppte iväg fimpen av hans cigarett i en båge som hamnade mitt i körbanan utanför. Ordningen hade naturligtvis noterat detta med viss tillfredsställelse och antecknat detta i minnet som nedskräpning på allmän plats av kriminalinspektören Pierre S Svanstrand.

– Jahaja, sa Bigge, den äldre av de två poliserna ifrån ordningen. Hur ska vi hantera detta då om inte haspen är på, sa han och funderade.

– Hans kollega sa att i miljöbalken regleras detta av 29 kapitlets 7 paragraf som gäller nedskräpning så säger lagen att den som begår gärning som avses i 7 paragrafen döms för nedskräpningsförseelse till penningböter, om nedskräpningen är att anse som mindre allvarlig.

– Ja där du Sigge Banan, nu har du skitit i det blå skåpet och på miljölagens normer och statuter vad gäller nedskräpning på allmän plats, om än av ringa och ej av allvarlig art.

Svanstrand hade klivit in i arkivet igen för att ta del av teknikernas arbete då man kallat på honom utom hörhåll för ordningen.

– Saker och ting försvinner som bekant. På liket fattas vänster sko som vi ännu inte hittat. Ekholm påpekade det också vid sin genomgång tidigare. Den andra skon hade suttit fast på foten med hjälp av en gummisnodd.

– Gummisnodd?

– Ja lite egenartat kanske. Den satt fast med en sådan där bred gummisnodd man har på kontor du vet. Naturfärgat rågummi, 6 millimeter brett. Vi söker nu den andra skon, en sko av svart loafers modell med ett lite exklusivare snitt och ett litet spänne i gulmetall.

Vi kommer troligen få lyfta bort några skåp, för vårt tips är att skon ligger under något av de närmaste skåpen, eller på baksidan av skåpraden men det tar vi senare.

Varför det nu suttit en gummisnodd om skon, sa teknikern och ryckte på axlarna, kan man ju fundera över.

– Något annat anmärkningsvärt som framkommit?

– Nej, det är allt de där vanliga, och inget annat då än den saknade *skon.*

– Jag ska lyssna med personalen uppe på myndigheten, men just nu har dom krisgruppen hos sig. Så, vi väntar en stund med att ta den biten. Men jag är på väg upp i huset.

– Hade ingen aning att det varit en begravningsbyrå i denna lokal tidigare. Hur många har vetat om de kan man ju undra. Men, å andra sidan, känner jag inte till någon annan likbod heller, sa den nya teknikern.

Kriminalinspektör Svanstrand hade nöjt sig med att höja på ögonbrynen och skaka lite sakta på huvudet och vände istället blicken mot en bil som var på väg ner i garaget.

Ingen av deras egna bilar, så man hade alltså nu tagit bort avspärrningen uppe vid Tjärhovsgatan.

Inne i arkivet hade man med ett järnspett, lyckats lätta på ett av arkivskåpen från sin skena i golvet och hade kunnat kika in under skåpet. Där fanns ingenting annat än lite damm. Återstod det andra skåpet i raden, skåprad Z.

Under med spettet och lyfta. Här var det ganska tomma skåp så det var lätta att lyfta med ett järnspett via hävstångsprincipen. Det var egentligen bara en sliten flyttkartong som stod på en av de övre hyllorna i skåpet. Den var tom för övrigt. Tur att det var en nästan tom skåprad och inte någon med Svensson eller Andersson, för de hyllorna är väl överfulla skulle jag med min fulla övertygelse tro.

Här hittade teknikerna mycket riktigt den andra skon, aningen förstörd i formen, under skåpet och teknikerna kunde med en griptång plocka fram skon under skåpet. Det var en vänstersko av samma typ och sort av sko som man funnit på kvinnans högra fot, det såg man meddetsamma och där fanns även en gummisnodd om skon. Snodden var av rågummi och 6 mm bred och teknikerna behövde inte fundera för att begripa att detta var den saknade skon som en gång suttit på kvinnas vänstra fot. Skon av storlek 38, lades i en pappåse och klistrades ihop.

Men något annat låg där också såg man i strålkastarens sken. Inte särskilt stort utan snarare tvärt om. Något tillknycklat kvitto, papper, eller liknande såg det ut som.
Naturligtvis plockade man även ut detta med den långa griptången.
Det visade sig vara en skrynklig tusenkronorssedel, eller en så kallad långsjal. Karl XIV Johan pryder framsidan, kunde man lätt också konstatera. Varför den låg där, förbryllade en aning. Enklaste förklaringen var väl att någon tappat sedeln och den hade virvlat in under skåpet. Sedan har den helt enkelt blivit liggandes där och någon hade blivit en tusenlapp fattigare. Men vem går omkring och fumlar med en långsjal i nypan bland dessa skåprader? Man kände sig nu nödgade att underrätta Sigge Banan, och man ropade därför på Svanstrand.
– Svanstrand!
– Okej, hade kriminalinspektören ropat tillbaka, när han hörde att man hojtade på honom. Det var ett jävla tjatande, grymtade han. Så fort man tänder ett röka, är det någon som ropar.

Det droppade av fukt ifrån taket där de stod och de började kännas lite kyligt och den skumma dåliga belysningen, gjorde inte saken bättre. Men det var lite trevligare då politivagnen hade kört iväg. Lite spöklikt var det allt, så polis han ändå var. Det var så där kyligt ruggigt som det alltid brukade kännas ute på Skogskyrkogården mindes Bigge, som egentligen hette Birger Bergman. Om man ändå hade rökt som Sigge Banan, så hade man i alla fall haft något att sätta händerna vid, tänkte han.

– Spärra bara av dörren här, sa plötsligt Svanstrand, sedan kan ni utgå för mer upplyftande verksamhet sa han till de två poliserna från ordningen som höll ställningarna nere i tunnelröret vid bakdörren till arkivet.

Svanstrand klev in i arkivet igen till teknikerna efter att ha knäppt iväg sin halvrökta cigarett i en båge igen så den hamnade ut på garagets körbana.

Poliserna ifrån ordning, hade bara tittat på varandra med en frågande

min. Det var andra gången på kort tid som Sigge gjort sig skyldig till en nedskräpningsförseelse även om den räknades som mindre allvarlig.
De kortade av den blåvita plastremsan till att bara spärra dörren, sedan hade de utgått och rullat ner i sin tjänstebil genom Katarinagaraget för att följa sitt ordinarie schema. Ut i den friskare luften som fanns där nere vid Slussen, ut i dagsljuset.

– Välkomna skall ni vara allihop sa kriminalinspektör Pierre S. Svanstrand och svepte med blicken över de närvarande vid det första mötet med sin spaningsstyrka.
Han hade det vanliga bläddeblocket där han skrivit:
    Torsdag 19 april 1973 Skärtorsdagen
– Om vi ska ta det ifrån början, så har vi alltså en person som under oklara omständigheter lämnade detta jordeliv någon gång för fem dygn sedan. Vi talar då om Skärtorsdagen. Sedan har myndigheten i stort sett gått på sparlåga till idag då personal ifrån myndigheten sökte genom sina lokaler och påkallade vår uppmärksamhet efter sitt makabra fynd. Han pekade på skärmen med en bild på Ulla Stengren, 52, från personalens Id-kort hon haft om halsen i ett band när man fann kvarlevorna efter henne. Allt beror nu på vad Nadja Sokolovska, den rättsläkare vi har till förfogande kommer fram till.
Vad vi kan säga, är att offret blivit kvävd, det fick vi ett preliminärt utlåtande för av vår rättsläkare som var på plats i arkivet där den döde påträffades. Men vi ska naturligtvis vänta till den officiella orsaken ges. Ekholm sa då att den fraktur offret hade på vänster sida av huvudet, inte var det som ledde till hennes död. Vi har då att reda ut om det är en ren olyckshändelse vi har på vårt bord, eller om det är någon gärningsperson som helt enkelt har försökt att få det se ut som en olyckshändelse. Har gummisnoddarna någon roll i själva händelsen. Ja, de gummisnoddar hon hade om sina fötter och skor? Och, var kom den tusenkronorssedel ifrån vi fann under ett av arkivskåpen där även en av offrets skor

fanns. Alla har fått bilder i er mejlbox ifrån arkivet där offret påträffades av tjänstemän ifrån myndigheten högre upp i samma hus som arkivet ligger. Jag räknar med att Nadja kommer lite mer ingående berätta för oss och mer exakt, när Ulla Stengren, offret, har hamnat mellan arkivskåpen. Och vad den exakta dödsorsaken var. Några stick- eller skärsår har vi inte kunnat konstatera. Hon är heller inte skjuten.

Gärningspersonen, har troligen försvunnit ut genom bakdörren till arkivet och vidare ner- eller upp, genom garaget...

Vi ska också kolla hur den hiss som finns i garaget fungerar och var man kommer ut om man använder sig av hissen, vare sig det är uppväg eller nerväg. Att hitta några eventuella spår i hissen, blir inte lätt då hela påsken har passerat och garaget varit väl använt av fordon och personer som nyttjat denna hiss vad jag förstår.

48

Jaha, tänkte jag. Det var alltså så jag hade skrivit och det var tydligen så det var. Eller rättare, det var så jag hade fantiserat på den tiden. Jag blev onekligen nyfiken på resten av boken. Hyfsat språk och hyggligt välskrivet så här långt. Men inte hade jag skrivit den vid de årtal som står i deckarboken inte. Snarare var den skriven 1978 – 79 och inte 1969. Detta är vad jag gissar mig till.
Ibland är man nöjd, tänkte jag... är man?
Okej då. Alltid något, sa fan när han fick se Åmål.
Vendela hade väl sagt, om jag inte minns fel, att jag skulle skriva ner händelser, högt som lågt stort som smått, om sådant skulle dyka upp ur mitt minne under resans gång. Så kunde vi sedan ses för att gå igenom de fragmentariska.
Kanske dags att tänka till. Kanske jag skulle berätta för henne om denna bok, eller deckare. Kanske skulle få hennes tilltänkta diagnos att stämma eller rasa samman som ett korthus. Det skulle ju kunna bli en anledning om inte annat, att träffa henne igen, goda tanke. Men oftast är det väl så då man seglar

på sin räkmacka i medgång. Dagen efter är det prickig korv igen.
Eller... var det kanske så hon hade gett en vink om mellan raderna, att vi kulle träffas?
Oj, vilket ego man är, men man är ju sin egen lyckas smed och sig själv närmast, funderade jag då jag satte nyckeln i min skrivarstuga. Ibland skriver jag hemma i det ombyggda arbetsrummet, men inte särskilt ofta. Där läser jag mest korrektur och låter skrivaren gå för högtryck, även om jag korrekturläser i skrivarstugan förenat med en god whisky som medför en total avkoppling. Men, det säger jag inte till Vendela, för då hötter hon med pekfingret.
Friden att skriva infinner sig alltid i stugan med betoning på stuga.
Äntligen! Här kan jag andas fridfullt och i ostördhet, var tanken när jag stod inne i den gamla sjöboden med puttrande hemtrevnad. Egentligen är det inte min ägandes skrivarstuga, det var egentligen fasters ombyggda sjöbod, utan bygglov. Men, det inte byggnadsnämnden ser eller vet, har det inte så mycket att grymta över. Men för fasters del fick jag disponera den som jag ville och bättre skrivarstuga fanns väl inte. Bra om någon är där så den inte står och förfaller, omfattade fasters kommentar.
Jag startade upp laptopen på det gamla charmiga och väl slitna bordet framme vid fönstret. Bara bordet gav en härlig ombonad varm känsla av gemyt. Ett slitet gammalt bord som man kunde dra isär för att lägga i en extra bordsskiva. Tog boken för vidare korrekturläsning och satte mig i den stora korgstolen som antagligen var lika gammal som faster. Med ett knirkande och tydligt protesterande klagande, lät den mig förstå med en fin vink, att mina åttio kilo som plötsligt sjönk ner

i dess inre, var i mastigaste laget. Klart den protesterade, stolen var åldrig och jag möjligen något för tung.
Jag hade nyss suttit och filosoferat samt läst korrektur i den gamla korgstolen som nu stod där och *pratade* för sig själv liksom och ömkade sig för den omilda behandlingen den nyss fått utstå.
Det var ett evigt, men oregelbundet knäppande och knakande den gav ifrån sig vid konvalescensen.
Den gamla boden, var för mig en perfekt skrivarstuga. Det hade egentligen varit en enkel sjöbod till en början, men faster hade låtit isolera väggar och golv och satt i ett nytt fint spröjsat fönster ut mot vattnet. Där fanns en kamin att elda i om man tyckte det behövdes. Helt klart skulle man kunna övernatta i boden utan att fråga byggnadsnämnden först förstås. Kaminen såg jag bara som en mysfaktor rent allegoriskt. Här hade farbror Erik haft sina kräftburar och en del olika fiskedon hängande. Det fanns kvar ett svartnat bomullsgarn för abborrfiske, som hängde på kortväggen som en slags pimpad inredning. Ett par av hans bästa pimpelspön låg där också. Ett par rullar tjärgarn av olika grovlek, och ett tiotal korkflöten var travade bredvid. En flaska lavendelolja stod på en hylla och lämnade väldoft ifrån sig med endast en papperstuss som kork. Det var fler rullar än två, med tjärgarn som stod där på hyllan såg jag nu. Några museala verktyg låg på en pinnstol. En rubank och ett par profilhyvlar samt några tvingar helt i trä, men fortfarande funktionella, såg jag också. Vid väggen stod även fyra limknektar, även de tillverkade helt i trä. Dessa var funktionsdugliga än idag som det såg ut. Jag var bara tvungen att prova en av knektarna. Visst, i allt väsentligt var funktionen felfri och ett konstverk i sig. Där stod en burk blymönja också. Ja käre tid och söte Jesus, där fanns allt egent-

ligen. De spred en hemtrevnad och skapade tydlig grogrund för författande.

Attributen låg framme, bara att mata in ett ark i maskinen, om man nu haft en sådan att tillgå.

En skomakarlampa hängde ovanför bordet och spred ett behagligt sken när man behövde. Utanför fönstret sköt bryggan rakt ut i viken, men bara några meter. Lagom för en eka att vara förtöjd vid. Och lutade man sig lite åt vänster, när man satt vid fönstret, kunde man se på håll, en fyrlykta på vit förrådskur med grönt bälte. Den lyste från mitt håll med rött sken, men jag befann mig ju också utanför farleden.

Fyren hette Estbröte, och den stod på den södra delen av ön med samma namn. Ön har lämningar efter en gammal befästning och boplatser. Fyren Estbröte, som står där i öster i förhållande och nära nog i vattenbrynet, är från 1940 talet.

Blickar jag åt andra hållet, åt väster, ser jag med bästa vilja fyren Slagstaholm. Kollar man i förteckningen över fyrar, ser man att den är betydligt äldre än Estbröte. Den uppfördes redan anno 1919.

Jag har det så behändigt att på sjöbodens vägg till höger om fönstret, så sitter en förteckning över fyrarna som ligger närmast runt hörnet. Något jag tacksamt noterade.

Fyrförteckningen berättar också att på fastlandssidan, bortom Slagstaholm, hittar man fyren Vällinge på seglats in mot Kringelstan, och Södertälje. En trevlig användbar tavla med sjötermer och kuriosa för en seglats vid det gamla åldrade bordet.

49

Ja, det är väl en situationsbild om var jag befinner mig då jag använder fasters sjöbod. Närmare än så, vill jag inte gå för att inte tumma för mycket på integriteten.
Min manusmall på laptopen blinkade som för att göra sig påmind. Klickade på länken till Vendela. Nu såg jag att hon även hade sitt telefonnummer vid sin mejladress. Hur kan jag ha missat detta? Dags att uppsöka en optiker. Döm om min förvåning då jag vet hur upptagen hon är, redan efter andra signalen, svarade den ljuvliga stämman...
– Vendela... Hej Lars!
– Hej! Hur visste du att det var jag, gjorde jag genast bort mig med att fråga. Undrar om jag är dum i hela huvudet, funderade jag vidare? Var har jag nu dumstruten...
– Lika enkelt som att himlen är blå, Lars. Det kan du få som hemläxa. Vad hade du på lilla hjärtat då?
– Ja, jag tänkte bara på vad allt detta letande, sökande och grävande ska vara bra för. Allt har ju så att säga haft sitt bäst före datum. Saker och ting som är gjorda och upplevda och

kanske nu bara framkallar ångest, är ju redan så att säga för sent att åtgärda. Ska man inte stryka ett streck över allt och så att säga, gå vidare. Ingen idé att gråta över den spillda mjölken. Bara gilla läget, eller?

– Tid har onekligen passerat förbi. Det har du glädjande nog nu insett. Men däremot kan naturligtvis ingen ta den tiden ifrån dig, den har varit din egen. Lika lite som du inte heller kan få den igen. Du måste leva vidare. Men det kommer heller inget gott i att fly ifrån den, sa Vendela.

– Det är jag såklart medveten om sa jag. Det är därför jag försöker leta efter mina rötter och platser från den tid som passerat, försökt förstå, försökt inse för att sedan kunna stänga dörren, slå upp en ny sida.

– Man ska bara välja tillfälle då man bör påminna sig sitt ursprung, kontrade Vendela.

– Jo det är inte utan att jag är lite nyfiken på mitt ursprung, vem jag är och varför egentligen. Kanske därför min jakt på gårdagen stundtals stressat mig. Jag har ju trots allt nu efter kunskap och insikt om mitt sommarkollo, kunnat stänga denna fråga. Jag är klar med den.

Vi har ju rätat ut detta frågetecken, eller vad vi har gjort. Med vetskapen om detta, inbillar jag mig det kan vara lättare att nu se vägen jag ännu har framför mig även om den inte verkar så väldigt lång längre. Annars får man väl kanske ta det som de kommer. Men ducka som en boxare för de värsta snytingarna. Men jag är klart nyfiken på vem jag är. Nyfikenheten kanske ligger i mitt DNA?

– Vad trevligt att du lyssnat och tagit till dig de vi talat om tidigare. Det som är intressant är att du tar din traumatiska händelse med din infarkt, eller dina infarkter kanske jag skall säga, med en klackspark idag. En klackspark med respekt. Du kan ju berätta om tiden då du var inlagd med en massa humor och utan någon egentlig tragedi. Normalt sett är det en av de värsta upplevelser man kan tänka sig, som du har omvandlat till en tid fylld med berättelser med humor i. Många grubblar i åratal om vad som kunnat hända med dem. Dom bär på en ånger som de inte blir av med.

– Nej, det har jag aldrig gjort eller känt. Jag försökte se det komiska i vad som hände från den stund *"man frågade vad jag ville ha till frukost, te eller kaffe? Det blev inget kylrum förstod jag och sedan har bara allt snurrat på. Mina mest orättvisa ögonblick var på sommarkollot, som nu är lagt i cylinderarkivet och så då naturligtvis i skolan."*

– Klara framsteg, Lars.

– Bara din förtjänst Vendela.

– Jag försöker bara sköta mitt arbete så väl jag kan. Ibland går det bra, ibland har man en sämre dag på jobbet. Jag tror en del kan bero på att du "skrivit av dig" det du grubblat på. Det brukar vara så att man kan göra det. Kanske var det din mor som var inkörsporten till ditt skrivande eftersom hon tydligen var flitig med pennan och läste gärna böcker. Hon var en intellektuell person.

– Ja, det blev en del legat, heter det så, efter min mor fortsatte jag. Bland annat en skrift jag tycker är intressant som min mor skrivit på maskin. Kände inte till att hon använde den gamla skrivmaskinen. Hon var mer för att skriva för hand, inte använda en skrivmaskin. Maskiner och tekniska hjälpmedel var hon ingen frontfigur för. Nej hon var mer en gedigen hantverkare.

– Det var ju ifrån din mor du trodde du hade nedärvt din förmåga att formulera ord och intresset för att skriva. Visst var det så, det har vi väl varit på det klara med?

– Jo, så var det. Men det här maskinskrivna arket, trodde jag ett tag hon inte var den som skrivit. Men när jag läste språket som användes, såg jag att det var ett äkta dokument. Fantastiskt att det fanns sparat. Det var ju min mor som var den som hade den närmaste och största kontakten med den vi hela tiden kallade "moster Tora".

Moster Tora var i själva verket en yngre syster till min mormor Anna Erika Maria Westergren - Håkansson.

Halvsyster kanske jag ska säga om man ska vara helt korrekt. Så för min mor, och även hennes syskon, så var Emilia Viktoria Danielsson, kallad Tora, deras moster.

– Men Lars. Nu har det flutit upp något nytt igen som vi kan tala om. Du har ju hur mycket som helst att berätta. Vi, både du och jag, anade att vi nog plockat de bästa bitarna av det du berättat redan tidigare. Men du har tydligen fler assietter att plocka det finstilta ur, om jag får uttrycka mig så.

Jag satte mig igen efter att ha öppnat dörren ut mot bryggan och vattnet för få en liten frisk fläkt. Nu i den knarriga korgstolen med risk för att den skulle knäckas och sönderfalla i alla dess beståndsdelar och att Vendela skulle undra vad det var som knastrade och knäppte. Men hon sa ingenting, eller så uteblev denna ljudeffekt.

– Ja, du har naturligtvis rätt igen, sa jag.

– Såklart jag har, sa hon.

Och jag intalade mig hur hon log så där tilltalande när hon sa det. Härligt att prata med henne så här privat utan hennes formella språk. Detta var äntligen privat samtal där vi talade med varandra utanför stadens hank och stör. Jag har i mångt och mycket försökt gallra i mina minnen av de jag berättat för henne. Man vill liksom inte vända ut och in på sig själv helt och hållet. Men känner jag nu Vendela rätt, har hon säkert redan lagt märke till en del svarthål i min berättelse.

– Det hade alltså funnits ett aningen gulnat maskinskrivet ark bland min arvslott. Min far hade vid den tiden köpt en skrivmaskin, en mörkgrön frostlackerad Olympia av resemodell, på auktion. Troligen den maskinen min mor Hilly, skrivit på och som kallat skriften *In memorian,* över just denne moster Tora, fröken Danielsson. Att hon skrivit rubriken på engelska, förbryllade mig också och gjorde mig osäker på om det verkligen var hon som knackat ner dessa rader. Jag underskattade henne såklart. Varför skulle inte hon kunna nedtecknat denna parafras på engelska?

– Jag tror som dig, du underskattade din mor. Hon var ju en intellektuell bibliofil och bokmal, så varför tror du inte hon skulle kunnat svänga sig med några engelska glosor?

– Det står så här, men jag har tillåtit mig tukta en aning i det triviala, vardagliga inledningsfraserna.

Men naturligtvis är originalet helt intakt och inget jag klippt och klistrat i utan det arket ska få åldras med behag, om jag kan uttrycka mig så. Undrar bara ibland vad det var som fick min mor att nedteckna sina tankar och skriva dessa minnesord?

– Jag citerar:

In Memorian
Vi visste inte mycket om den lilla mäniskan. Somliga av oss kanske aldrig hade något minne av att ha träffat henne. Likväl, får vi nu alla en påminnelse om att hon existerat. Hon var mycket ensam, dels på grund av sin dövhet, och på att hon tillhörde Filadelfiaförsamlingen i Stockholm. Men var och en blir ju salig på sin tro. Ibland besökte jag henne på Västmannagatan där hon hade en snygg och prydlig liten lägenhet.

Själv var hon alltid snygg och proper. Hon visste alltid på förhand om man skulle komma på visit, och då hade hon dukat upp lite gott till kaffet.

På senare år, när hon på eget initiativ flyttat till gamla Enskede och Hem för Gamla, fick hon inte ta med sig sina egna saker att ha kring sig. Då verkade hon tappa lusten till allt. Hon bara satt där, sysslolös för det mesta och bara åt och drack kaffe och blev aningen olustig. Så insjuknade hon i lunginflammation och kom aldrig mer upp på fötter igen.

Ett par minnesverser som Tora skrivit:

Att <u>leva</u> ensam
är att <u>lära</u> sig kunna <u>vara</u> ensam
inte att undfly människor
men att finna ensamheten lika naturlig
som umgänget med andra.
Tora

Sorgen kan man sköta själv
men för att få full valuta av glädjen
måste man ha någon
att dela den med.
Tora

Så moster hade tydligen en hel del inombords, som man inte kunde tänka sig. Sällsamma, beaktningsvärda verser.

/Hilly

Så långt alltså min mors nedtecknade minnesord om denna hennes moster på ett väl bevarat A4 ark om än något gulnat och något nött efter alla vikningar av arket. Att detta fanns kvar i vår ägo, är mig en gåta. Ett tidsdokument om än inte så väldigt gammalt, men likväl finns det här. Undrens tid är inte förbi som det verkar.

50

Själv minns jag ju den gamla damen mycket väl och var också vid några tillfällen för att hälsa på Tora tillsammans med min mor och lillasyster. Påminner mig hennes ganska mörka lägenhet på nedra botten med höga fönster, behängda med tjocka, tunga gardiner ut mot trottoaren på Västmannagatan. Fönster som inte släppte in det minsta ljus. Det var taklampan och en golvlampa som svarade för de lilla ljus som fanns. Det var som att gå omkring i ständig skymning. Hon behövde nog inte använda några mörkläggningspapper för fönstren då detta krävdes under andra världskriget.

Vad skulle vi småknattar, förströ oss med under det långa besöket vi var där hos moster Tora, efter saft och bulle? Vi kan inte varit särskilt gamla, kanske jag var en fem - sex år gammal.

Jo, vi fick ju några tidningar att bläddra i. Idun, minns jag väl och antagligen var det den enda tidningen som fanns hemma hos fröken Danielsson. Visserligen kan jag nu dra mig till minnes hur det var, eller så är det en efterkonstruktion. Ja, att moster Tora förutom Idun, även hade tidningen Dagen, som vi kunde förströ oss med. Utbudet för en tre pannkakor hög liten kille, var inte vidlyftigare än så. Men, kommer vi som ändå var med, att minns hennes utanförskap? Kommer vi någonsin verkligen förstå henne? Behöver vi det? Vem var, moster Tora?

Måste man minnas allt, måste jag veta?

Räcker det inte med att notera att det var en syster till vår mormor, låt vara halvsyster, men spelar det någon roll?

Moster Tora och hennes syster Anna, min mormor, hade ytterligare ett syskon. Även denne, var en halvsyster. Hon hette Hedvig Tony Håkansson. Det är lite rörigt med vem som var vad och till vilken, eller varför.

Mormor blev ju till vid ett snedsteg när mormors mor, Amalia Håkansdotter arbetade som piga på en gård i Augerum i Blekinge län. Sonen på gården, tog sig friheten en piglördag och en strålande höstlig onsdag.

Amalia födde året därpå en dotter som döptes till Anna Erika Maria och fick faderns efternamn, Westergren.

Amalia kunde dock inte ta hand om den nyfödda som därför auktionerades ut.

Amalia fick sparken från gården såsom lössläppt, men fann snart ett nytt arbete som piga hos en apotekare, och då kom lilla Emilia Viktoria "Tora" Danielsson till världen. Naturligtvis kunde inte Amalia stanna kvar som piga hos apotekaren. Men apotekaren såg till att utom synhåll ge Amalia ett underhåll som hjälp på vägen. Så det blev till att hon fick söka sig ett nytt arbete som piga. Och naturligtvis var olyckan framme även här och Amalia blev mor igen då hon födde Hedvig Tony Ulrich Håkansson. Man kan tycka att Amalia borde lärt sig.

Det gick hett och raskt till på den tiden. Så, sammanfattningsvis hade moster Tora två syskon, eller om man så vill, halvsyskon med två olika fäder där alla tre fäder lade benen på nacken. Och Tora kom bara att ha kontakt med sin äldsta syster, Anna. Efter Annas frånfälle, blev det hennes man Nils Ingvar och hans barn, som höll kontakten med Tora. Systern Tony, brodös till professionen, levde ett lugnt familjeliv tillsammans med mor Amalia och hennes man glasblåsaren Sigfrid Norling innan hon gifte sig med arbetaren Axel Myrman på Tanto Sockerbruk.

Även moster Tony och hennes man Axel, träffade jag några gånger om jag minns rätt tillsammans med min familj. Dom bodde på Södermalm och hade en fin kolonilott i Tantolunden. Ett magiskt minne ifrån Tantolunden är farfar och farmors lilla kolonilott med stuga. När farfar grävde för ett potatisland, så fann han en hel del mynt nedgrävda som legat i en jutesäck en gång i tiden. Ja av jutesäcken var det naturligtvis bara fragment kvar, men de gamla mynten var såklart intakta. Det äldsta myntet var ifrån anno 1715 och ett så kallat nödmynt, eller kreditmynt, och var ett som man kallade skiljemynt, där metallen i myntet inte morsvarar myntets valör som skulle som skulle vara jämförbart med 1 daler silvermynt i det här fallet. Kuriosa bland de mynt jag har är också ett mynt på ⅓ skilling banco från år 1851 och ett mynt om ¼ skilling från år 1799. Detta är naturligtvis inget jag minns, utan det är mynt jag genom mina rötter fått ärva genom min farmor. Jag sitter nu och vänder och vrider på alla de 13 mynt jag har i min hand och tänker tillbaka på den möjliga historien. Men dessa mynt blev min skärv. Ringa saluvärde idag, men värde för mig. Men, det var ju så länge sedan så man minns inga detaljer.

Vad jag minns tydligt, det var att moster Tony hade en TV innan vi själva hade någon sådan apparat. Där kunde man se testbilden i svart/vitt.

Jag minns naturligtvis inte allt. Men det är så som jag minns hur det var en gång. Måste man minnas allt?

51

– Nej, man måste inte minnas allt. Man minns det man minns helt enkelt. Hur var din mammas uppväxt och leverne? Var bodde hon, hade hon syskon etc. etc. Nu tror jag mig förstå att något syskon hade hon. Berätta, bad Vendela?
 – Jag tror inte det är så lätt att berätta. Men vi kan väl göra ett försök. Jag kan mejla över några skrivna rader till dig om min mor i unga år, om det är okej för dig?
 – Oj, jag brinner av nyfikenhet att få ta del. Mejla gärna mig så ringer jag dig när jag läst. Okej?
 – Jätte okej, Vendela.
 Ja, så fick jag börja bläddra bland alla skrivna blad som inte längre bara är ett eller ett tiotal, de är några hundra blad. Ja ja, i en viss ordning naturligtvis, men ändå.
Manusbladen till den roman jag skrivit fanns såklart i hemmets lugna vrå och arkiverade i digital- som i pappersform. Jag började bläddra bland manusbladen för att hitta något om min mor. Jag trodde mig veta vad jag letade efter, och var inte sä-

ker på att de jag hittade var det rätta, det som Vendela velat få läsa. Minnesbilden var mest dimmig. Diffus och otydlig.

Sakta eller rättare sagt, understundom, skingrades så dimmorna. Men det tog tid. Samtidigt som minnet av den vänliga varelsen Vendela, gjorde sig påmint för min inre syn och tog över hela spelplanen.

Vendela Grense, funderade jag under det att pulsen steg och antagligen gav eko i mina öron som både blixtar och festfyrverkerier.

Jag hade ju hennes mejladress och funderade hur jag nu skulle gå till väga. Inget kunde väl vara enklare. Jag hittade filerna jag sökte bland mina papper ganska lätt, så det var bara att stuva ner dem snyggt förpackade i ett mejl och skicka till v.grense@mejl.se och sedan var det bara att vänta. Vänta och hoppas. Vad då hoppas och på vad då?

Vad jag väntade på visste jag alltså inte, men väntan kom att kittla mina högt skruvade förväntningar till en hoppfullhet när hon läst de jag sände henne. Inte för att bli recenserad, utan bara för att höra hennes röst, och höra henne sammanfatta sina tankar. Här var filen jag sände henne...

"Hilly arbetade som springflicka på en handskaffär inne i staden på Hamngatan, Smith Hansens Handskar.

Meningen var att man skulle se och lära samt gå lite ärenden.

Återlämna handskar som varit inne för reparation och ibland hämta handskar hos kunder och prominenta för reparation.

Det var dags att stänga affären för dagen. Men vilket aber, ett par herrhandskar skulle sändas till en kund! Hilly fick förfrågan om hon kunde åta sig detta? Det var synnerligen angeläget.

Oj, det var nästan i andra ändan av staden, kände hon och fredag kväll dessutom. Hilly hade tänkt att hon skulle bli ganska ordentligt försenad hem och pappa skulle troligen bli ond, funderade hon.

Men, å andra sidan skulle hon ju tjäna en extra slant och kanske få en dricksslant av mottagaren, vilket brukade vara vanligt. Hilly hade nigit och sagt att hon skulle se till att kunden fick sina handskar.

Hon fick en nota med adressen. Hilly läste, Strandvägen 25 högst upp. Det skulle stå Anders de Wahl, på dörren!

Anders de Wahl, sa Hilly för sig själv men antagligen även högt, för föreståndaren undrade vad hon sa?

– Jag ska skynda mig, hade hon meddelat sin butiksföreståndare.

– Bra! Hilly kan väl ta vagnen och får hon dricks, får hon naturligtvis behålla det. Då ses vi i morgon. Adjö, adjö!

– Adjö och tack, hade Hilly svarat och raskat iväg.

Anders de Wahl, det är väl den där skådespelaren! Och, senare fick hon uppleva att så var det också. Det var ganska många människor ute på Strandvägen denna afton. Hilly mötte flera herrar i snygga kläder och storm vid Kungliga Dramatiska Teatern. Dom hade gett Hilly några uppskattande blickar, och det fick henne att öka farten ytterligare. Hon pinnade på över Artilleriatan och såg den fina allén ta sin början och passerade strax även Skeppargatan. Hon stannade till lite vid Grevgatan som hon sakta gick över. Hon såg sig om på husfasaden efter det husnummer hon skulle till. Ett kvarter till var det nog och så satte hon fart igen.

Hon korsade även Styrmansgatan, men nu närmade hon sig Strandvägen 23. Nästan framme! En spårvagn kom utifrån Djurgårdshållet när hon knuffade upp en sirlig port i en brunlaserad ton. Såg ut som en stor kyrkport, tyckte hon. Innanför porten, hade någon rökt cigarr nyss.

Doften låg kvar liksom en förnimbar strimma av en parfym, och var någon herres avtryck. Huset var stort och pampigt med en hiss med gallergrindar. Hissen förde henne ända upp till högsta våningen. Där fanns bara en dörr på trappavsatsen.

En ringklocka hördes svagt när Hilly tryckte på en fin mässingsknapp till höger om dörren. Det dröjde ganska länge innan en herre öppnade dörren. Han hade haft vinröd sidenrock om sig och en käpp i ena handen. Hon hade berättat sitt ärende och överlämnat det lilla paketet med notan och så hade hon nigit. Han hade tagit emot paketet och notan och sagt "tack ska lilla fröken ha. Var så god här är en liten dusör för besväret!"

Ja, så hade skådespelaren sagt, och stängt dörren. Han hade haft rosor på kinderna, eller var han kanske bara sminkad, hade hon tänkt.

Fort nerför trapporna, för hissen stod på bottenvåningen.

Hon skulle egentligen vara hemma nu, men pappa skulle nog förlåta när han såg hur jag bidragit till försörjningen genom detta extra skubb.

Från handskaffären hade hon fått två kronor för skubbet plus femtio öre i spårvagnspengar. Hon hade istället sprungit på raska fötter hela Strandvägen fram till Nybroplan och sparat därmed det mesta av respengen.

Där tog hon spårvagnen. Väl hemma efter en lång spårvagnstur där hon suttit och våndats för vad hennes pappa skulle säga. Det skulle nog bli ett rysligt liv nu varför hon kom hem så sent. Den långa backen ner för Hornsgatan fram mot Bergsund och Hornstull, var som en evighet och hon tyckte vagnen bara kröp fram. Raska fötter tog henne sista biten.

– Hilly, du är en och en halv timme senare än vad du skulle vara, hade han domderat. Springa omkring och ränna på stans gator om kvällarna det går an, men det är inget jag vill veta av.

– Men pappa, titta vad jag tjänat, hade hon sagt och redovisat fyra kronor och trettio öre!

– De där vet man nog hur flickor kan tjäna ute på gatan, hade han sagt, till Hillys ledsnad.

Anna hade tittat förvånat på Nils och undrade lite? Men, hur menar herr Nilsson nu? Vadan denna vetskap, hade Anna undrat för sig själv, men hon sa det inte.

– Jamen pappa, jag fick ett skubb när affären skulle stänga och fick två kronor för det, samt spårvagnspengar. Sedan fick jag två kronor i dricks av den där skådespelaren, Anders de Wahl! Det var han som skulle ha sina lagade handskar.

– Jaså, svarar du också, hade Nils bara sagt och sett vredgad ut. Uppstudsigheter tål jag inte. Inte ens av min äldsta dotter som tar sig ton!

Anna hade lagt armen om Hilly som storgråtande fördes in på sitt rum ovan gården.

– Jag som trodde pappa skulle bli glad när jag kunde bidra lite med de få pengar jag tjänat på skubbet, hade hon hulkande sagt. Det var ju nästan fyra kronor och femtio öre. Det var väl bra, undrade hon och tittade på sin mor?

– Det var väldigt bra Hilly. Pappa kanske är ur humör för han har ont i sitt finger. Han har varit lite stingslig sedan olyckan var framme. Men Hillan, den man älskar, den agar man, heter det. Hur konstigt det nu än låter.

– Men jag var ju så glad för att ha tjänat lite extra och så blir pappa så där arg.

– Nils är nog glad innerst inne ska du se. Han kanske bara var orolig för att du blev så försenad. Nu ska vi se till att du får en trevlig födelsedag, nästa lördag, för då blir du så gammal som jag en gång var nere i Kristianstad och skulle börja på Yllan. De du lilla Hilly! Då blev jag myndig. Nu är det din tur att fylla 21 år. Jag trodde jag hade glömt den tiden. Men, det var ju för min del något särskilt att få bestämma om sig själv och äntligen få börja mitt eget liv. Ett eget liv på det viset att styra min kosa dit jag önskade. Ja, allt ifrån den dagen är ju egentligen historia som du säkert hört ältas gång på annan. Tänk vilken historia du en gång kan berätta om dina år för dina barn som din gamla mor en gång berättat för dig.

52

Väl i hemmets lugna vrå, började jag bläddra bland mina manusblad till den roman jag då jobbade med. Det var väldigt svårt att komma igång igen med författandet märkte jag. Massor av minnesluckor hade uppstått och avgrundsdjupa svarthål som ständigt och oupphörligen grusade mitt skrivande och var av betydande antal. Men nu måste jag rycka upp mig och ta mig i den virtuella halslinningen. Jag måste helt enkelt fortsätta skriva, var min tanke när jag bläddrade i manusbunten.
Jag tog mig i kragen och ringde Vendela. Det kändes som hon var mer privat än någon som arbetade som en beteendevetare inom landstingets hägn. Hon var fjärran från strikta ramar och den väl strukna vita rocken som hon bar vid vår första kontakt på avdelning tio.
Fjärran, det var som ett solvarv. Vi var mer privata i hennes yrkesutövning. Men jag ringde henne på icke arbetstid. Det gick fram tre signaler innan hon svarade.
– Stör jag, har du tid?
– Jag har tid, jag har alltid tid för dig Lars.

Mina tankar svindlade då jag tänkte på vad hon nyss sagt. "Jag har alltid tid för dig Lars." Så försökte jag rätta till anletsdragen som troligen kommit lite på kant.

– Mirja! sa jag lakoniskt.

– Mirja, undrade Vendela lite frågande? Nu är jag inte riktigt med. Ordet Mirja, är väl ett finskt kvinnonamn med en form av Miriam/Mirjam, om det nu är ett finskt kvinnonamn du syftar på. Betyder, efterlängtat barn.

– Just så. Det är kvinnonamnet jag menar. Jag visste inte att ordet hade någon annan form än just Mirja. Men det kanske de flesta namn har, ja olika former menar jag.

– Ja, Lars. Ditt namn betyder ju, den lagerkrönte. Och om man går till det latinska namnet, är det Laurentius.

Man bleknar. Detta sa Vendela liksom utan att tänka efter. Hon verkar vara ordentligt påläst. Den lagerkrönte, tja vad annars? Lagerkrönte, tänkte jag igen och liksom smakade på ordet. Lagerkrönte som sagt, varför inte? Borde jag förstått.

– Hur som helst, Mirja hette en jättesöt tjej ifrån Finland som arbetade som telefonist på Televerket för många år sedan. Då satt hon som en i de långa raderna med tjejer som var telefonister i Telegrafverkets stora hus på Jakobsbergsgatan i Stockholm. De satt där och kopplade samtal manuellt. En av alla dessa var alltså, Mirja.

– Jaha, och hur kom hon nu plötsligt in i dina tankar då? För det är väl så jag skall tolka de hela, att det är något som flutit upp till ytan på ditt Sargassohavs vida tankeyta, någon i den långa raden av fruntimmer?

Jag inbillade mig att det lät som ett styng av svartsjuka i hennes röst. Men det var väl bara något skenbart i hennes röst. Min fåfänglighet hoppades på en viss svartsjuka i varje fall.

– Det är kanske en lång historia. Vi kan koka ner den såklart som med andra soppor.

– Tror du detta kan vara av intresse, så är det bara att starta din historia om Mirja. Jag är idel öra.

– Ja, det är i alla fall en händelse, möjligen. Och om den är av intresse, är du bättre på att avgöra.

Undrar om hon sitter, ligger eller vankar omkring medan vi talas vid, var min ena tanke medan jag ritade en stor cirkel på rutblocket framför mig. Jag brukar aldrig kladda på papper eller annat då jag talar i telefon. Många sitter ju och ritar blommor, cirklar och gud vet vad medan de talar hur det kan bli något vettigt sagt under tiden, vet jag verkligen inte. Kanske ritar man då man endast lyssnar. Men hur bra lyssnar man då?

– Oj sa jag. Då måste jag börja med min lumparkompis Leffe i så fall. Du minns jag berättade tidigare om våra lättsinniga upptåg på piglördagarna i Leffes fina Volvo Amazon och med Nancy Sinatra i högtalarna sjungandes, *These boots are made for walkin'*.

De här handlar alltså om tiden efter de militära övningarna då vi partajade en del i hans lite avskilda hus Altorpet, ute i Saltsjöbaden. Med denna berättelse förstår jag varför Leffe hade kännedom om området Djursholm. Mirja hade bott i Djursholm tidigare. Nu bodde hon i Gustavsberg.

På lördagarna på den tiden, var de lite festande i Leffes torp. Det började med att vi åkte in till köpladan där apoteket Glada Hatten låg i en provesorisk barack. Ja, Systembolaget, alltså. Leffe hade handlade en platta Pripps Blå, så jag handlade därför också en platta, trots att de inte var min grej. Det handlade mycket om att vara med på banan liksom, vara kollegial.

– Det var inte "din grej" sa du. Du spelade med på andras önskemål trots att du egentligen hade kunnat avstå?
– Ja, något sådant. Enkelt uttryckt, kan man väl säga att jag inte "nyttjade". Men eftersom Leffe handlade en platta, gjorde jag alltså det samma, men valde av någon anledning en annan sort, Falcon. Antagligen för det var snyggare burk. Och jag kanske pressade i mig en burk, resterande burkar från plattan, bjöd jag bort. Man hade gjort rätt för sig liksom och dragit sitt strå till kalaset, eller öl kanske jag ska säga. Åkte inte snålskjuts på det viset.
– Du hade inte förtärt alkohol innan denna händelse. Är det så jag ska tolka det, trots tiden i lumpen?
– Ja, i lumpen lärde jag mig bara att börja röka.
– Okej! Då är jag med på banan, även om jag anade att det var på detta vis.
– Och som med allting annat fortsatte jag, är människor unika i varenda vrå. Så därför blir en del folk mer lulliga av denna dryck, än vad andra blir. En del blir bara glada, en del somnar andra vill mucka gräl.
Hos Leffe var alla glada men någon somnade minns jag. Det var aldrig några fyllefester. Vi lyssnade mycket på musik och folk dansade. Städad lördagskväll skulle jag vilja sammanfatta det som. Detta så kallade festande, blev en lördagstradition. Man var van att nu när det är lördag, är det dags att med Leffes bil rulla till köpladan för att handla aftonens platta med pilsner för att sedan styra tillbaka till Altorpet och kvällens övningar. Men först en liten avstickare till Herrgår'n för att äta Wienerschnitzel med massor av stekt potatis. Man ska inte dricka pilsner om man nu måste det, på tom kräva. Detta var under sommartid och livet lekte och få eller ingen pilsner var kylskåpskall direkt. Men vad gjorde det?

– Har för mig du berättat om era kulinariska intag.
– Jo, det har jag kanske. Vi åt bland annat ganska ofta på ett motell som hette Gyllene Ratten. Då satt vi ofta i grillen och åt Filé Mignon med högvis av sås bearnaise. Det hände också att vi satt i restaurangen med vita dukar och en behaglig servitris som hette Gunhild. Då minns jag hur Leffe log med hela ansiktet när vi hörde hur man ifrån grillen ropade ut i högtalarsystemet, "en grillkorv"! Då kommenterade han, "undrar om dom tog ketchup till?"
– Era matresor minns jag, men inte det där sista, de var nytt.
– Men så plötsligt, var lördagens partajande inställt för att en kompis till Leffe som hette Kenta och hans tjej Mirja, skulle ha en privat fest eftersom Kenta hade permis ifrån anstalten Österåker. Han och Mirja skulle festa lite själva och hade fått låna Altorpet av Leffe som den vänliga själ han var. Och denna lördag var nu vikt för Kentas och Mirjas förlustelser alltså med klackarna i taket.
– Nu kommer vi till det här, ursäkta att jag avbröt, men till det här med ditt minne? Förlåt mig igen att jag avbröt, men du är en intressant historieberättare. Det är nöjsamt att ta del som en av dina fängslade åhörare och lyssna på dina berättelser där jag understundom funderar på hur mycket som är skönlitteratur och hur mycket som är så att säga, autentiskt och dokumentärt. Kanske allt är fiction, tänker jag? Men om inte, vilket enormt minne du har i så fall. Det har vi talat om tidigare, men det är inte mindre sant för det.
– En del saker fastnar som dubbelhäftande tejp, annat går spårlöst förbi. Jag blir lite rädd för mig själv ibland.
– Jag försöker dela mellan vad som är saga och vad som är verklighet. Inte helt lätt som sagt var, sa Vendela.

– Men hur som helst, Kenta och Mirja skulle fira Kentas första permission från Österåker, anstalten han satt på och hade handlat både pilsner och lite mer högoktanigt, om jag får uttrycka mig så.
– Det får du, ansåg Vendela.
– Altorpet var ett litet idylliskt falurött torp med vita knutar i två plan samt ett litet uthus. Uppvuxen trädgård invid en liten sjö som hette Gladan, där vi även brukade fiska kräftor. Där fanns också en liten vitmålad eka vi brukade använda vid kräftfisket eller bara för att ro ut i en fin sommardag, med var sin överbliven bira efter det senaste lördags kalaset.
Nu blev det således inget kalas enligt tradition, utan vi var liksom lediga. Altorpet var så att säga abonnerat denna helg.
Så söndagen utnyttjade jag genom lite lay back med några minnen av tjuvnyp till dem som gjort sig förtjänta och en del trevliga kärleksminnen, sittande med gitarren över knäna och klinka lite. Det var länge sedan, men med lite övning kanske man kunde komma tillbaks när ömheten i fingertopparna avtagit och härdats och fingertopparna blivit lite mer hårdhudade igen. Det blev en fin dag rent visuellt med sol och en laber bris. Inte lika fint med gitarrklinkandet dock, så strax ställde jag undan stränginstrumentet. Men det var ändå trevligt med de gamla låtarna igen och så att säga, det var i alla fall roligt att komma fram.

53

Vid den här tiden var söndagar, söndagar. Allt låg såsom nere. Det vilade en lätt tillbakalutad attityd åt siestahållet, över samhället. Man brukade det tredje budordet, *Tänk på vilodagen så att du helgar den*. Barn gick i sin söndagsskola, fritänkaren drog med handjagaren över gräsmattan med ett känt smattrande ljud utan en tanke på budord och man tog en söndagspromenad samt förberedde söndagmiddagen med den beniga kalvsteken, den gräddigt goda såsen samt pressgurkan och svartvinbärsgelén. Som klassisk efterrätt, stod konserverad frukt. Något jag med varm hand kunde lätt avstå ifrån, minns jag. Ryser vid det blottade minnet. Innehållet i den blandade cocktailen var små bitar av persikor, ananas, körsbär, päron och vindruvor. Detta skulle man envisas med att servera ihop med vispad grädde! Jamen, vispad grädde och fruktjuice. Herre gud! Den vispade grädden skar sig alltid vid kontakten med den konserverade frukten som skvalpade i den sötsliskiga sockerlagen. Ja det var då det, mina minnen seglar åter iväg för plattläns över det kända havet.

Nåväl, denna söndag kunde jag sålunda ägna mig åt en avspänd kontemplation medan solens strålar letade sig ner bland lövträdens kronor och medan svalorna flög högt ovanför och signalerade därför ett fortsatt underbart väder.

Ett avbräck dock kom det att bli i denna finstilta betraktelse i söndagens rofyllda sköte. Det var kvällstidningarnas svarta krigsrubriker. Löpsedlarna och tidningarnas förstasidor talade om mord i denna rofyllda söndag och sommaridyll. Bilden som var förknippad med de svarta rubrikerna på förstasidorna och kvällstidningarnas löp, fick mig att studsa för jag kände omedelbart igen bilden som Leffes hus, Altorpet.

Men för ovanlighetens skull var söndagens kvällstidningar lite chockartande i dess nyhetsiver. Hur media får sin information, är mig en gåta, även om jag borde veta.

Jag är inte på långa vägar insatt i dessa kanaler även om jag känner att det är något jag borde känna till, men just nu står det still. Jag har inte ens den vildaste fantasi, ännu mindre då.

– Nu tänker jag avbryta igen, Lars.

Igen, tänkte jag? I så fall hade jag inte märkt att hon avbrutit mig tidigare.

– Jamen visst?

– Hur ska jag registrera, tycker du?

– Du menar fiction, eller kanske biografi?

– Ja, det var just det jag funderade över och inte kan skilja på. Låter som fiction i mina oskyldiga öron.

– Det är en händelse jag tror man kan hitta i tidningarnas arkiv om man så vill. Jag vet faktiskt inte. Men det är kanske inte så långt ifrån fiction som det kan bli, och möjligen har jag även här fabulerat en del. Eller man kanske ska fundera på att det är att finna någonstans mellan minne och verklighet, kanske.

Vad tidningen hade skrivit om, var att en man hittat en död kvinna och att vid den första kontrollen var polisens rubricering att det handlade om ett mord.

Alla yttre omständigheter pekade på att en brottslig handling hade genomförts och nu hade sökandet efter en gärningsperson pågått sedan några timmar tillbaka. Både genom inre spaning och naturligtvis en yttre.

Så långt tidningarnas grävande.

Upptäkten av den döde hade skett genom att en bekant till Leffe hade kommit ut till Altorpet på söndagsförmiddagen för att hämta årorna till ekan som brukade förvaras i uthuset som låg cirka tjugo meter bort ifrån bryggan vid den fina lilla sjön. Leffe hade inte kommit hem än, men hans kompis hade fått lov sedan tidigare att låna ekan. Årorna hittar du i uthuset, hade Leffe förtydligat. Dessa stod som vanligt mycket riktigt i det intilliggande uthuset. Det visste han i och för sig, men ibland finns inte alltid sådant, där de bör och ska finnas. Nu gjorde det alltså så.

Det första han såg då han öppnade dörren till uthuset och klev in, var en knöligt hoprullad ryamatta som låg över en trave med gamla bildäck. Ur änden på den hoprullade ryamattan såg han en naken fot, som stack fram. Han kände såsom ett hugg, som om det stack till i hjärttrakten och han tog sig instinktivt för bröstet med vänsterhanden. Den första tanken som for igenom honom, hade varit att någon behagade skämta med honom på det lite groteskt sjuka viset. Han tog årorna som stod invid mattan utan att ägna något ytterligare intresse åt ryamattan och stängde dörren bakom sig. Bar ner årorna och lade dem i den rogivande lilla ekan.

Så reste han plötsligt på sig och rös i hela kroppen, han skakade. Stelnade till mitt i rörelsen som om bilden var frusen, visste inte om han hade andats. Blicken var som frusen den med och han sa för sig själv, det var fan i mig en riktig fot. Långt ifrån något practical joke och skämt av det bisarra slaget, utan verklighet hade han tänkt.

Fruktansvärt! Min hemska tanke. Han blev bara tvungen att gå tillbaka för att titta lite närmare. Fasansfullt, men han måste konstatera. Han öppnade dörren igen till uthuset, nu lite försiktigt varför visste han inte. De gamla bildäcken låg där, den hoprullade mattan låg där... Nej då, hans ögon hade inte spelat honom något spratt. Han såg vad han såg. Det var en mänsklig fot, eller rättare sagt, den hade en gång tillhört en mänsklig varelse något annat än så, kunde inte vara möjligt. Det hade varit en kvinnofot antog han genom den nagellack han hade observerat på fotens tånaglar.

Han hade ringt ett larmnummer, vilket mindes han inte. Det hade skett som i en annan värld, någon annan stans av någon annan. Han mindes också att han fick en uppmaning att han skulle stanna kvar på platsen till dess polisen hade anlänt och fick absolut inte röra någonting, var minnesorden ifrån SOS-operatören ringande örat. Polis var på väg, hade han också fått veta.

– Och detta är inte fiction, menar du?

– Jag vet verkligen inte. Tror det är mellan de där minnet och verkligheten.

Jag räknade med att nu kommer polisen ringa mig för att förhöra sig om min kännedom om det inträffade eftersom jag var en flitig gäst i Altorpet. Jag började till och med fundera på vad jag gjorde denna lördag då man ansåg händelsen hade utspelat sig, och de skulle säkert fråga mig var jag befann mig under den aktuella tidpunkten.

– Och vad sa du då till polisen, undrade Vendela?

– Det var ingen som ringde. Jag räknades tydligen inte här heller, men det var ju skönt i förlängningen förstås.

– Vad var det som hade hänt då?

– Jo, Kenta och Mirja hade festat, och det var tämligen uppenbart att det var ordentliget också. Inte bara med öl och whisky, utan man hade tagit några tabletter till hjälp också. Något som Kenta hade fixat på Österåker innan han släpptes för sin första obevakade permission.

Han satt av ett år och sex månader för grov misshandel och narkotikaklassat innehav.

– Och sedan då? Fick man tag i gärningspersonen? Jag har inget minne av att jag läst om denna händelse i tidningen, sa Vendela.

– Nä, tidningarna skrev inget mer för allt hade varit en tragisk olyckshändelse, bedömdes det som. Den man hittat i mattan, hade varit Mirja. Och det var hennes pojkvän Kenta, som i panik rullat in henne i mattan när han tidigt på morgonen fann henne livlös. Inte så smart handlande av honom vilket ju kom att omedelbart sätta en strålkastare på honom. Den första obevakade permissionen förvaltade han på sämsta tänkbara vis. Det skulle knappast korta hans tid på Österåker, snarare tvärt om. Och han kunde påräkna indragna permissioner.

– Det hade alltså vad jag förstår, varit lite för mycket booze och tabletter vid deras firande. Det behöver man ju inte vara någon beteendeforskare för att begripa.

– Precis, och jag minns att Leffe berättade på senare tid att han inte hade varit särskilt glad över händelsen. Han önskade till och med att Kenta mycket väl kunde börja sin vandring till de sälla jaktmarkerna. Han kunde med andra ord, fara åt hel vete å stanna där enligt hans mening.

– Jag vet vad sådant innebär, Lars. Det blir en hel del i tankefunktionen som måste redas ut. Och det kan ta lång tid. Vet du hur det gick för Leffe, fick han någon påföljd av något slag, förutom det psykiska?
– Nej, jag vet inte det. Jag vet bara att han nu tog avstånd och sågade sin bekantskap med Kenta som jag nyss sa. En kille han en gång sett upp till som en slags idol. Han hade gjort sin militärtjänstgöring vid Kustjägarna i Vaxholm. Och Kentas stora idol var, James Bond.
– Oj, det låter lite fiction i alla fall. Levde han kanske i det förgångna, möjligen. I en slags naivism, kanske?
– Ja inte vet jag. Men efter denna händelse, var jag aldrig i Altorpet mer. Jag snackade bara ett par gånger i telefon med Leffe. Det var som allt hade runnit ut i sanden, att denna tid var för mig passerad, något jag lämnat bakom mig.
– Det tycker jag vi gör här också, sa Vendela.

54

Vad klarsynt man blir med facit i hand. Långsam kontemplation med distans till tankar och händelser är kanske det ultimata innan man stänger butiken och skruvar bort backspeglarna.

Det man inte visste svaret på tidigare, syns betydligt klarare och mer uppenbart idag. Men är det idag, i nuet, då något att förfasats över, har man tagit skada?

Förfasats över, tagit skada, ord jag funderar över igen? Nja, det vet jag inte riktigt. Vad då tagit skada förresten? Något hände som kanske inte borde ha hänt men ändå så gjorde de det. Vad visste man då vad som var rätt och vad som var fel? Hade jag tagit fysisk skada, hade jag tagit psykisk dito? Nä, knappast varken det ena eller det andra vågar jag påstå. Så därför kanske man ska låta detta bara vara, om de nu varit något. Men faktum kvarstår dock och jag kan förstå dem som säger sig mått dåligt och aldrig kommer glömma övergreppen de utsatts för, vilket i så fall är ganska trist och tråkigt. Detta gäller inte mig, jag är det bekanta omtalade undantaget. Men när i tid väcks tanken om att man utsatts för övergrepp? Jag berättade aldrig händelsen för någon och vid närmare eftertanke, vad var det jag skulle berättat? Och för vem skulle jag ha berättat? Vad visste väl en liten kille vid fyra års ålder vad som var rätt och vad som var fel? Hur kunde jag veta vad vuxna fick göra och inte göra? Vad var det som naturligt ingick i deras varande av handlingar? Minns bara idag hur det var men ändå inget som i sig var obehagligt, skadade mig eller på annat sätt satte sina spår av obehag i minnet mig veterligt. Kanske ska jag lätta på denna täckelse för Vendela som säkert kommer ha något att tillföra eller förkasta. Eller kanske ska jag låta allt detta bero trots allt. Jag har aldrig funderat över detta tidigare, visste inte det hade varit så. Och jag tror som sagt var inte att jag har något psykiskt men. Och definitivt inte något fysiskt ifrån denna enda tillfällighet. En enda händelse, för jag minns inte det hände vid fler tillfällen än detta jag tänker på. Kanske hade det varit fler gånger än en, men i så fall är det inget jag gråter över eller ligger sömnlös för. Det skulle ju i så fall vara en händelse, eller händelser, jag inte har något minne av.

Varför ska man rota i detta? Vendela kommer troligen säga att det inte är något vi ska forska vidare i. Och vilken bekant som en gång stillat sin nyfikenhet och lusta, kan vara det samma. Ingen skada skedd och inget jag idag kan göra något åt. Att kalla det för övergrepp, är för övrigt mig främmande. Låter överdrivet och förstorat. Minns bara att jag var förlägen och generad över händelsen just då. Och eftersom jag minns händelsen så i detalj, skulle den nog idag kategoriseras som övergrepp.

Jag var bara tvungen att berätta detta nu för Vendela och höra hennes ord, få en sentida dom.

Sagt och gjort, jag knappade in hennes nummer med tummen och välkomnades av hennes röstbrevlåda. Hon skulle ringa upp när hon hade tid.

Nu hade hon tydligen tid, för min telefon gjorde sig påmind med ett vibrerande. Det hade bara gått tre minuter.

– Hej Vendela det är bara jag, sa jag när hon svarade.

– Hej vännen, hur är det så kallade läget?

– Bra tack... att du mår bra hörs lång väg och det är ju trevligt. Alltid fint att må bra, eller har jag fel?

– Stämmer på öret, sa Vendela.

– Du en sak jag måste lyssna med dig om hur det ska räknas och klassificeras som.

– Shoot!

– Jo en gång i begynnelsen av mitt ganska så innehållsrika liv, så kom jag att tänka på en händelse som jag funderat över, eller inte funderat över och aldrig talat med någon om egentligen.

Inget att springa och babbla om, har jag tänkt. Jag var nog fyra år och vi hade middag hemma då jag kände ett plötsligt och trängande behov av att *tvätta händerna*.

– Hur kom du tänka på detta nu?

– Vi talade om gamla tider och hur mycket man minns. Så minnet flöt upp ganska enkelt, här berättas ju i media om kändisar och de övergrepp dessa varit utsatta för långt tillbaka, då tänkte jag... det är väl något liknande jag varit med om en gång. Men jag har aldrig tänkt att det kunde klassas som övergrepp. Tanken har dykt upp på senare år ett flertal gånger och jag har funderat, hur var det egentligen? Jag kanske minns fel, påverkats av vad man skriver i tidningar och så vidare?

– Lars, om det var så som du nu berättar och för så länge sedan i tid samt att du inte känner något obehag, tycker jag vi ska stänga den biten helt. Varför göra kapitäler av minuskler?
– Bra sa jag. Detta var också min tanke. En sten föll.
– Varför rota i sådant som *kanske* har varit och i så fall för så länge sedan?
– Punkt! avslutade jag.
– Hur känns det nu då totalt sett, över alla dessa samtal och med alla dina berättelser. Tycker du att dina frågor har fått svar eller förklaringar och du kan kika framåt?
– Jo, det känns fint. Jag har liksom luftat elementen.
– Det var ju en av anledningarna till att jag pumpat dig på din minnesflora. Den är verkligen diger och ändå känns det som du har en del kvar ändå som du ruvar på.
– Jag har med flit sållat en del, ja. Från unga år så har jag pysslat med musik och spelat i olika band. Det gjorde ju alla grabbar på den tiden. Vi spelade på ungdomsgårdar, på nyårsaftnar, midsommaraftnar, privata fester och så vidare. Jag har också sysslat med motorsport som aktiv, men det är heller inget jag grubblat över och absolut inget jag ångrat. Där finns inget okokt.
Det vi började med en gång som en slags prolog, gick vi så småningen i mål med klassfesten som epilog. Kanske är det den där Kråkan, som är den röda tråden… där ditt liv danades och där det senare inträffar mer eller mindre lustiga episoder under flyktens gång. Vem har inte traskat och snavat under karriärstegens vandrande egentligen? Jag tror att många med mig har genomgått samma procedur och känner möjligen igen sig i en del. Jag känner att jag ventilerat och vädrat bort en hel del av oförrätterna och kränkningarna samt känner mig tillfreds med det efter ett ordentligt korsdrag.

– Du Lars, vet du vad jag längtar efter nu mer privat?
– Har inte den vildaste, kan bara drömma om!
– Att vi bara måste ses face to face.
– En utomordentligt trevlig och underbar idé. Den tanken fanns inte i min vildaste fantasi. Men jag hade ju förstås innerligt hoppats, men de sista sa jag inte min fega krake.
– Vad sägs om en lunch, bara du och jag på Kvarnen, eller Moulin Rouge? Ja som du hellre vill kalla krogen för det som du minns, även om nu någon cancan balett inte serverades och avsaknaden av topless värdinnor var total. Vi skulle kunna prova professor vinet. Vinet du talade dig varm för tidigare. Han, Wille Vingmutters och kriminologens, vin. Och har du tur kan du möjligen få chansen att åter få lyssna på den där stråkkvartetten igen, den som inte fanns. Det var den gången då du försvann i dina tankar och som jag önskade få ta del av, men den karamellen blev jag så att säga, snuvad på. Men även denna gång tror jag du får nöja dig med den skenbara stråkkvartetten.
Men jag undrar idag över vad det var du tänkte på förra gången vi satt på Kvarnen och som kittlar min nyfikenhet.
Den där gången då du var någon annanstans än på Kvarnen.
Var befann du dig i tankarna då, minns du? Jag är lika som sagt nyfiken över dessa tankar idag, som jag var då?
– Ja, men vad trevligt det låter, föll jag in som ett tafatt försök till undanmanöver. Kalvlever Anglais kanske, undrade jag efter en toast med smörslungade kantareller?
Jag mindes naturligtvis hur jag tänkte den gång som nu Vendela nu undrar över. Vi var så intima vid detta tillfälle att jag kände intensivt att jag hade så att säga halva inne. Usch, hemska tanke, eller? Men sånt kan man ju inte berätta.

– Besöket kan möjligen bli lite dyrbart om vi tar de där vinet, sa Vendela. Ja eftersom du bjuder, och jag hörde henne fnissa lite lätt och oemotståndligt.

– Men vad är en bal på slottet, jag har ju ett gångbart högkostnadskort.

Det hördes nästan hur hon log och min vilda tanke gjorde sig påmind igen från förra besöket. Vendela var även intagande när jag till och med talade med henne i mobiltelefonen, märkliga känsla. Hur ska det då inte bli när det är dagligvara med bildtelefoner?

Alltså, dags att ställa in kompassen på Moulin Rouge och min inbillade stråkkvartett samt Kalvlever Anglais med rödvinssås, bacon och kapris. Och, Vendela Grense som kryddig dessert.

55

En annan sak väcker plötsligen mitt minne. Det började redan 2003 då jag frågade min dåvarande chef på jobbet, mer på skoj än särskilt allvarligt, om han kände någon Cederström och som också pysslade med hundar. Chefen sysslade med hunduppfödning och var även domare vid olika tävlingar för brukshundar på sin fritid.

Jodå, sa chefen. Han kände till en Ola Cederström för han hade köpt hundfoder av honom som han börjat lansera i Sverige. Vilket märke, kan göra det samma. Osäkert var han bodde på den tiden, fortsatte han. Men, han är död sedan kanske fem - sex år, om jag inte tar helt fel.

Aha, tänkte jag, de förklarar varför alla rapporter om olika hundtävlingar där namnet Cederström figurerat, upphörde på webben runt 1996.

Varför hade jag nu undrat detta helt plötsligt? Jo jag hade börjat fundera över vad som hade hänt med mina forna klasskamrater under alla år som förflutit sedan skoltiden. En hel del vatten hade ju onekligen plaskat under de bekanta broarna under snart nära nog femtio år. Vad hade de blivit av magister Cederström, mina klasskamrater, min läropulpet, rännsten där man gått och så vidare? Minnet berättar för mig hur vi skulle spela ett litet teaterstycke som utspelade sig i Gamla Stan i Stockholm. Närmare bestämt vid Skeppsbron. Vår lärare var väldigt duktig att teckna och måla och hade gjort kulisserna med hämtade förebilder av husgavlar ifrån Stortorget i Gamla Stan. Där finns ju ståtliga husfasader som han skissade upp och målade i akvarell väldigt fint. Han var också en överdängare att åka skridskor och hantera en bandyklubba samt då att på konstnärligt vis, illustrera en stadsbild ifrån Gamla Stan. Det var två av hans bravurnummer. Man vill vara rättvis. Hur som helst, en konung från den historiska tiden skulle såklart finnas bland rollerna i vårt lilla teaterstycke samt köpmän i konungens närhet. Valet av konung, föll på klassens överdängare i matte. Jag funderade länge, varför? Man kan ju vara en baddare på att räkna, men för den saken skull ingen skådespelartalang utan tvärt om, vara bedrövlig att gestalta en teaterroll. Kanske skulle magistern valt den som hade skådespelarens karaktär och ådra, istället för någon ur hans stall av gullegrisar? Vad vet jag? Hela rollbesättningen fortfor på samma vis. Gullegrisarna fylkades i rollistan som köpmän, stadsråd och stadens vakt. Jag var glad att inte vara med bland de utvalda, det var jag för blyg för. Så vi som inte dög som skådespelare, skulle stå sammanfösta vid torgets kant och låta som hjon och drängar, samt därför bara mumla "rabarber rabarber rabarber... i olika tonlägen. Blev ett enkelt manus att läsa in sig på, men svårt att framföra naturligt utan regi. Hur det uppfattades av publiken, det vill säga våra föräldrar, vet jag verkligen inte. Och jag tror inte det var särskilt teatralt och så särskilt lysande uppfört. Hursomhelst, vår konung i pjäsen skulle se ut som en konung.

Men, vad hade vi för möjlighet till förklädnader och rekvisita från den tiden? Noll och intet, så gott som. Men en som skulle spela köpman, hade en mor vars yrke var hattmodist. Han kom därför till vår första repetition redan, iklädd tidstypiska kläder för en burgen köpman, långt stiligare än den som skulle spela rikets konung. Baaah! Så kunde vi inte ha det enligt vår magister som beslöt att konungen skulle överta köpmannens klädedräkt. Ja, pjäsens konung, stod högre på gullegrisarnas loppmarknad än köpmannen. Sagt och gjort, alltså. Vad köpmannens mor hattmodisten ansåg om detta, beskrivs inte i historien dock.

Men jag bland de andra fattighjonen i hörnan och avskrädet vid Kåkbrinken, uppfattade dock blamagen. Det kändes som, Kejsarens nya kläder.

Och vad som avhandlades i teaterstycket, har jag inte den ringaste aning om. Men, något historiskt skulle det naturligtvis vara i pedagogikens villospår. Jag hade fullt upp med att mumla om mina rabarber och låta trovärdig, liksom tiotalet andra klasskamrater som blev över också skulle mumla i hopen av Kåkbrinkens patrask vi skulle gestalta. Vi var själva pöbeln. Samma roll som vi hade i det vanliga skolarbetet alltså enligt Ola, vår klassföreståndare. Vad jag anat mig till.

– Nu kliver vi in i ett nytt intressant som jag hoppas, kapitel i din historiebok, Lars.

– Ja, det är inget jag lagt så stor vikt vid och därför hade det gömts och glömts.

– Kör så det ryker, som väl ungdomen säger nu för tiden, jag tycker det låter bekant.

– Jo, jag hade alltså börjat fundera på en återträff av gamla klasskamrater. Ja, det började ta form efter vetskapen om att vår gamle plågoande hade signerat det jordiska. Men det tog säkert ett par år innan jag fick ett återfall av sökandet och jakten började på mina gamla klasskamrater.
– För att du var nyfiken på dem?
– Ja kanske inte nyfiken på det sättet, men man funderade på vad de blev av dem, vad de gjorde idag? Om lärotiden i skolan fört dem dit där de stod idag. Blev deras liv de man hade tänkt sig och så vidare. Fanns gullegrisarna kvar, etcetera. Egentligen är det väl så att gullegris blir man väl utsedd av läraren. Inget man kan göra så mycket åt själv, bara finna sig välvilligt i.
Till en början gick jakten i liten skala. Och det kunde bli ett jubileumssteg, om jag nådde ända fram. Det handlade om en hel del år sedan vi skingrades i skolan åt alla håll och fortsatte våra fortsatta utbildningar.
– Ja, det är onekligen några år i tid, de Lars. Ni måste väl varit i mogen ålder när ni träffades, vilket gör att jag nu anat fortsättning på din berättelse om klassträffen.
– Du anar så rätt så rätt. Men när jag hade börjat dra i ett knippe trådar och så att säga krattat manegen, ja då var det dags för andra att ta över. Det var ju liksom redan framkört och det var lätt att hålla i tömmarna. Jag började erinra mig att det var på tok för många år sedan. Ändå inbillade jag mig att sand skulle runnit ur timglaset av den mängd och mått där ansenlig tid skulle passerat och filtrerats genom ett finmaskigt durkslag. Hade hoppats på att all den mängd H_2O som under de bekanta broarna flödat tillräckligt under årens lopp, skulle medfört en viss mängd klarsynthet och empati. Tydligen hade vätan skvalat i samma invanda flodfåra under alla år. Trodde

och önskade lite naivt att det skulle hänt så som Bob Dylan sjöng en gång, "the times they are a changin". Ack så fel jag hade. Empati, sympati, eufori, vad är väl det?
– Bob Dylan, sa du. Var det någon idol du hade, något säger mig att det inte var så, eller?
– Du har bara så rätt Vendela, något säger mig, att du lyssnar på vad jag talar om.
– Men Lars, detta är mitt yrke. Att lyssna är regel nummer ett, fick man lära sig under utbildningen. Det är därför vi har två öron men bara en mun. För att vi skall lyssna dubbelt så mycket som vi själv skall hålla låda. Och jag tycker om att höra dig berätta, har bara svårt ibland att hålla reda på vilket som är amsagor och vilket som är på riktigt, så att säga i dokumentär form. Du blandar verkligen och ger. Bara trycka på rätt känselknapp, sedan fungerar du som ett självspelande piano.
– Ja, så kanske man också kan säga. Vet inte om jag ska bli smickrad eller om jag ska ta till flykten med mitt ohämmade pladder. Men ödmjukt glad, är nog det som tar överhanden. Men det beror nog mest på att det vänliga orden kommer ifrån dig.
Oftast är det endast bristen på fantasin som är det stora hindret. Och jag tror det handlar mycket om i vilken form, vilket humör, jag är på. Men såklart tar jag åt mig med värme så öronsnibbarna antar den rodnandes klädsamma rosa nyans.
Vad får väl fåfänglighetens trista marknad att pråla och gnistra om inte av dessa snälla ord. Du är allt för vänlig.
– Så märkvärdigt var de väl inte. Du tar till överord. Men okej, jag bugar. Hur gick det sedan då med din klassfest? Du har väl inte varit känd för fester och kalas av denna ordning?

– Exakt! Fester av det här slaget känns så påklistrade. Man vet aldrig hur äkta de är.

Det året som vi planerade för, skulle också Ola Cederström, som var vår lärare under några år, fyllt jämna år om han hade fått leva.

Vi insåg att de här kommer att bli ganska stort och att de fordras en hel del planering inför jubileumsfesten, eller en något försenad klassfest, om man så vill.

Det började röra på sig, men vi visste inte om vi fick vara i vår gamla skola för att avhålla klassfesten som var vårt mål. Back to the rooths, kan man väl kalla det för. Kors i taket och andra liknande klyschor.

56

Vi fick ha klassfesten i vår gamla skola plus att vi blev lovade en guidad tur genom klassrum och korridorer vi hade sprungit i en gång i tiden. Vi kom att förundras över hur liten skolan var. Kanske inte exteriört, men hur smått allt var tilltaget interiört. Smala korridorer, små klassrum och allt var ganska så nött av vad dryga år sätter för spår. Det var med andra ord, renoveringsdags enligt oss.
Och medan jag stod där förundrad över detta så anlände klasskamrat efter klasskamrat och jag tog mig också in bakvägen, in över det slitna gamla stengolvet i aulan, där vi samlades och minglet tagit sin fart.
En efter en kom de gamla klasskamraterna travande till glada välkomstrop. De flesta kände jag igen, men några missade jag, och två flickor som jag inte kunde erinra mig att vi skulle gått i samma klass. Märkligt!
Lokaltidningen Mitt i Söderort, uppmärksammade vår lilla klassfest, efter tips, med en artikel och bild i sin tidning i num-

ret veckan efter. De var ju också ett trevligt sätt att dokumentera händelsen på.

Låt mig jämföra denna långa resa med regalskeppet Vasa, men då menar jag inte dess korta jungfruresa år 1628, utan sökandet efter skeppet. Privatforskaren Anders Franzén sökte efter Vasa under lång tid. Han återfann det, såg till att hela skeppet togs upp det till ytan och restaurerades och konserverades så gott det gick. Allt hittades inte, men de som hittades var i fin kondition. På så vis kan jag även sammanfatta vår klassfest. Samma sorts privat och amatörforskning och i stort sett samma sorts resultat av mödan. Men var det mödan värt? I Franzéns möda var den det, absolut. I min då, var den det? Jag vet faktiskt inte. Jag hade trott på något annat, några ringar på vattnet hade jag nog hoppats på. Nu blev det inte så. På flera håll en ren besvikelse. Jag har inte haft kontakt med någon efter denna, vår sista klassfest. Jo, en som jag fortfarande har sporadisk kontakt med. Han är numera en pensionerad distriktsläkare och en mycket underhållande äventyrare.

Och den så kallade läraren, som jag ägnat på tok för mycket energi åt i denna bok, och har fått alldeles för stort utrymme egentligen där jag ifrågasätter hans behörighet så här i efterhand. Han var också i mångt och mycket i mina ögon så som jag minns honom, en ovanligt primitiv skitstövel. Men jag befann mig inte heller på hans skala över gullegrisar i klassen. Vid kontroll av den övre delen av hans skala, de som hamnar i gullegrisarnas skara, var de mer positiva till hans varande som lärare. Dessa mina forna klasskamrater minns inte honom som sådan jag beskrivit honom och har heller inte uppfattat honom så som min indignation över denne maje ger vid handen. Det tror jag är ganska symtomatiskt för en gullegris varande.

Jag har lärt mig i vuxen ålder att man får den plats i livet man tillskansar sig. Jag tog inte vara på den möjligheten.
Förstod kanske inte att möjligheten fanns redan i unga år.
– Lars, skulle du velat vara en gullegris i skolan?
– Nej, absolut inte. Jag tycker inte om den typen av fjäskande och lismande, ännu mindre vara en del av denna genre. Även om dessa åkte i gräddfilen till höger.
– Men en gullegris ska man väl varken vara eller ha? Det bestämmer du i och för sig inte helt själv såsom elev. Kanske inte i den bästa av världar, men i själva verket är det mycket vanligare med dem som får möjligheten att glida fram i den där gräddfilen än vi tror. Vi kan utgå ifrån att sådana kommer att finnas och till och med behövas, från tid till annan. Om man byter ut ordet "gullegris" mot "viktig kollega" eller "betydelse-full arbetskamrat" då kanske det känns bättre att tala om det. Då har vi förflyttat oss till en annan dimension.
En gullegris betecknas av någon elev i klassen som är särskilt duktig och som dessutom och gärna, har föräldrar med dignitet och av klassig socialgrupp, som är något för läraren att smöra för. Här dög inte några vanliga arbetare, eller vars elevs mor bara är någon hemmafru eller ensamstående och därmed utan någon som helst status.
Men nu kände jag att någonstans var det något som... något som sa, stopp. Man kanske måste sluta, och kanske är jag där nu. Bilden är långt ifrån fullständig. Det fattas ju ett par pusselbitar i mitten. Men på grund av min goda uppfostran, låter vi dessa bitar vara utan kommentarer. Kanske blir det en annan roman, någon annan stans.
Det blir för många trådar att hålla reda på redan som det är men den springande punkten, den röda tråden, har jag inte sett skymten av, eller har jag det trots allt, har jag blivit hem-

mablind kanske rent av? Jag var tillbaka där jag en gång började i skolan, i Kråkan. Eller Corvus cornix på latin, även om det inte är samma kråkslott där jag en gång tog det första klivet och lärde mig att "far är rar och mor ror". Snart lärde jag mig att det var "far som rodde och att det var mor som var en orm".

Jag närmade mig skolan och svängde in vid parkeringen där det i normala fall var lärarnas parkeringsplats. Nu upptog vi, de elever som en gång förkovrade oss i denna skola, rutorna. När jag rullade in vid en ledig plats, såg jag en påkörd skata som låg vid kantstenen. Jag klev ur bilen och gick fram till den bevingade varelsen som såg ut att ha flugit färdigt. Det var ingen skata, det var en kråka! Något slöts inom mig.

Kråkan som ett slags sammanband var kanske den som fick cirkeln att slutas. Kråkan, den påkörda som låg på kantstenen vid parkeringen, var kanske orsaken. Påminde mig om en låt med Mikael Wiehe när han sjunger om Flickan och Kråkan. Han sjunger om en skadskjuten kraxande kråka. Så är det som en bild av mig han hade sett och påminner mig om min far som sagt att finns det liv, så finns det hopp. Så jag springer som han på taniga ben för att få hjälp, precis som flickan i sången.

Jag grunnar på dessa strofer, valhänt återberättade och tänker att, det var inte så pjåkigt formulerat av Wiehe. Det började de facto, en gång i tiden för mig i Kråkan. I den kråkslottsliknade byggnaden med tinnar och torn där som det för tidigt började det som en gång krokigt, skulle bli.

Nu låg kråkan där, på kantstenen vars liv redan flytt, och med en spretande vinge som för att visa vägen. Den var på något sätt besegrad, vingbruten. Här fanns dock inget hopp hur mycket jag än skulle springa på mina smala ben.

Jag tänkte bara, "ständigt denna kråka"!
Var jag tillbaks igen på ruta ett, utan att passera GÅ? Nej inte i verkligheten, inte heller imaginärt. Siktet var nu riktat framåt.
Det som passerat, gick inte att ändra, kanske bara snegla i backspegeln på. Ingen tid gick att vrida tillbaka. Bara att gilla det så kallade läget. Ställa in verklighetens kompassnål, ta nästa steg i rätt riktning och undvika att hamna på Normalmstorg i spelet Monopol.
Finns det nu någon röd tråd i denna skrift då? Ja, jag tycker nog det finns det, även om jag är jävig. Om jag drar i den trådända jag finner, så sprattlar Vendela i andra änden. Så är det. Kråkan, ser bara till att vara tillbaka vid utgångspunkten efter en längre period av flertalet parenteser och där den plana kurvan vars alla punkter har samma avstånd till den givna punkten eller om jag ska säga cirkelns centrum, ser jag till att sluta cirkeln, helt enkelt.
Kråkan kanske hela tiden har varit ett villospår, precis som Karin i det där saxade urklippet ifrån deckaren?
Jag har passerat tiden som en mycket ung man och uppnått en ålder då man plötsligt, och med mycket stor exakthet och skärpa, kommer ihåg saker från min tidiga barndom.
Ja det var Vendela såklart vem annars, som var den som berättade detta för mig. Vendela som jag turligt och naturligt träffade på avdelning 10 medicinavdelningen, på Södertälje sjukhus... långt ifrån all fiktion, en vinter då kölden var svår och snön hade vardagens trista vita anletsdrag.
Det var då det begav sig, nu sågs vi igen på en midsommardag då solen sken, prästkragen lyste och göken gol i väster, för ganska många år efteråt och livet lekte som bäst.

Källor:
Wikipedia, Resarö Hembygdsgårds bok samt LM Ericssons tidning, LM-aren

Wikipedia: **Anders de Wahl**, i folkbokföringen alltid skriven som Andreas, född den 9 februari anno 1869 i Stockholm. Död den 9 mars 1956 i Stockholm. Han var en svensk skådespelare. Anders de Wahl läste under många år Alfred Tennysons "Nyårsklockan" i radio vid tolvslaget på Nyårsafton. Anders de Wahl var son till musikdirektören Oscar de Wahl och skådespelaren och operettsångerskan Anna de Wahl född Lundström.
Anders de Wahl 1889–1891 elev vid Kungliga dramatiska teatern, 1891–1892 anställd vid August Lindbergs sällskap, 1892–1907 vid Albert Ranfts teaterföretag, som ett tag ägde samtliga Stockholms privatteatrar, och 1907–1919 vid Dramatiska teatern. Vårsäsongen 1920–1922 arbetade han vid Svenska teatern och åter vid Dramatiska teatern 1922–1930. De Wahl gästspelade även i Köpenhamn, Oslo och Helsingfors. Anders de Wahl skrev själv pjäsen För tidigt, där han i rollen som Ville år 1982, hade en av sina tidiga framgångar. Anders de Wahl var ogift och ligger begravd på Adolf Fredriks Kyrkogård i Stockholm.

Wikipedia: **Långbrodal Gamla skola** uppfördes 1914–1915 och ritades av Georg A. Nilsson en av dåtidens främste skolhusarkitekt i Stockholm. Det slammade tegelhuset i tegelröd kulör har en kraftfull arkitektur med ett markant mittparti som bär skolklockan. Formgivningen är nationalromantikens och anknyter till 1600-talets enkla stenhus med gavlar, branta takfall, portaler och ankarslutar. Långbrodals gamla skola hade öknamnet, Kråkslottet eller, Kråkan.

Wikipedia: **Hansakatastrofen** inträffade den 24 november 1944 då den gotländska passagerarbåten S/S Hansa träffades av en sovjetisk torped och sjönk cirka 44 kilometer norr om Visby, av de 86 ombordvarande (63 passagerare och 23 besättningsmän) omkom 84. Katastrofen var den största inom svensk sjöhistoria sedan 1600-talet fram tills Estoniakatastrofen 1994. På olycksmorgonen var *Hansa* på väg från Nynäshamn till Visby och väntades vara framme runt 7.30. Ett par timmar senare hade fartyget fortfarande inte anlöpt hamnen och man hade dessutom inte någon radiokontakt med *Hansa*. Det har avslöjats på senare tid att det var den sovjetiska K-51 som hade torpederat Hansa och därmed sänkte fartyget.

Wikipedia: **Under andra världskriget**, år 1939 till 1945, var bristen på flygplan i det svenska flygvapnet väldigt stor och regeringen gjorde flera försök att importera flygplan från andra länder. Kriget satte stopp för det dock. Flygvapnet tvingades att söka andra lösningar. Man var tvungen att bygga ett flygplan själva. Projektansvarig för det nya jaktplanet som fick beteckningen J22 blev Bo Lundberg som tidigare varit konstruktör på Sparmanns flygverkstäder. I möjligaste mån skulle vid flygplanstillverkningen endast inhemskt material användas. Aluminium fick inte användas eftersom SAAB behövde allt som kunde produceras i Sverige. Samt att planet skulle använda en Twin Wasp-stjärnmotor från Svensk Flygmotor (SFA), samma som SAAB använde till sin Saab 17. Slutresultatet blev ett stålskelett tillverkat av Hägglund & Söner i Örnsköldsvik med ytbeklädnad av formpressat björkplywood som levererades till en början från Svenska Möbelfabrikerna (SMF) i Bodafors. Sedan var det Nordiska Kompaniet NK, som tog över tillverkningen vilket var ett litet hemlighetsmakeri där man pressade finländskt björkfanér i olika tjocklekar beroende på var på flygkroppen dessa skulle placeras. Komponenterna monterades sedan samman i en flyghangar vid Bromma flygplats. För att tillverka jaktflygplanet, J22, bildade Flygvapnet en speciell organisation, Flygförvaltningens Flyg-verkstad i Stockholm. Där sammanstrålade komponenter från över 500 underleverantörer, som framställde ca 12 000 av de 17 000 detaljer som utgjorde en FFVS J22. Och redan 1942 flögs FFVS J22 för första gången flygplanet. Det var unikt projekt där allt material för tillverkningen skulle finnas inom landet och alla komponenter tillverkas i Sverige. Tillverkningen beslöts att sprida komponenttillverkningen till ett antal underleverantörer. Ingen av underleverantörerna visste vad deras lilla detalj de tillverkade skulle vara till. På det sättet höll man hemligheten med flygplanet från spridning av verksamheten. Det här blev en stor utmaning för svensk industri, men allt genomfördes mycket väl. Söderberg blev utnämnd till chef för hela utvecklingsarbetet och Bo Lundberg blev projektansvarig. År 1940 fick NK:s verkstäder i Nyköping en order om att tillverka flygkroppar och vingar till det svenska krigsflygplanet J22. Och mellan 1943 och 1946 levereras 198 flygplan till det svenska flygvapnet.

Wikipedia: **Catalina affären** var den diplomatiska kris som utlöstes i juni 1952 sedan ett obeväpnat sjöräddningsflygplan baserad på Roslagens Flygkår F2 i Hägernäs (Tp 47 " Catalinan") under uppdrag anfallits av en sovjetisk MIG-15 i internationellt luftrum Catalinan var baserad på Flygkåren F2 i Hägernäs. Alla fem besättningsmedlemmarna räddades av ett västtyskt lastfartyg. Uppdraget var att finna ett svenskt militärt flygplan av typen DC-3A-360 Skytrain.

LM Ericsson LM-aren: **LM Ericssons sommarkollo på Resarö** är huset i backen ovanför ICA ute på Resarö. Det byggdes i början av förra seklet åt skomakare Gustaf Wilhelm Österberg och det kom senare att namnas till Villa

Ingbo. Men redan 1930 byggdes det om till pensionat och från 1947 kom huset att användes som barnkoloni åt LM-Ericsson och dess anställdas barn. Numera är huset privat bostad igen.

Wikipedia: **Katarinagaraget:** Garaget var som en spiral ner genom berget, och detta garage hade ett dubbelt syfte. Både som garage, och en gång även planerat och byggt som skydds-rum. Garaget var ju byggt som en spiral ifrån Björns-trädgård ner genom Katarinaberget på Södermalm i Stockholm till Katarinavägen vid Slussen där det mynnade vid en bensinmack, och där det på varje varv på väg ner i spiralen låg ett stort parkeringsdäck. Det var egentligen tänkt, ifrån början, som enbart skyddsrum. Det byggdes en gång i tiden som atombombssäkert skyddsrum där det skulle rymmas tjugo tusen människor. Det är nästan osynligt som byggnadsverk, Katarinagaraget vid Slussen. Man kopplar inte ihop de anonyma inkörningsportarna uppe i parken bland träd och annan grönska, med en bensinmack nere på Katarinavägen.

Det är så diskret att många inte vet att där finns det parkeringsmöjligheter. Byggnaden smälter in i berget och det är lätt att tro att det som bara ser ut att vara en liten gammaldags bensinstation nere vid Katarinavägen som tar slut några meter in i berget, är ett gigantiskt garage. Men det är där tunnlarna börjar skruva sig på väg uppåt genom berget.

Den som bara kör snabbt ner i garaget för att parkera, märker att bilen kör över en ojämnhet i asfalten på vägen ner i tunneln. Det är där den tunga detonationsporten ska rulla fram och stänga till tunneln för skydda människorna som då förhoppningsvis tagit sin tillflykt till berget. En liten skylt utanför porten berättar sakligt och koncist, om en stötvågsgräns. Bara skylten i sig, är lite kuslig. Det är här tryckvågen från en atombomb ska stoppas. Då när Katarinagaraget började byggas, var hotet påtagligt. Ett sprängarlag tog sig in i berget ifrån Slussen och Katarinavägen, medan ett andra lag arbetade sig in och ner från den motsatta sidan vid Björns trädgård. Ett antal månader senare möttes de två. Men jag tror att det var först någonstans i mitten på femtiotalet som den där bensinmacken kunde invigas nere vid Katarinavägen och några år senare stod hela garaget färdigt. Det var ett imponerande bygge. Det var som tre tunnlar ovanpå varandra som nu kunde fyllas med bilar.